I0553598

عروس مشروطه

مهشید آژیر

شناسنامه کتاب

نام کتاب   عروس مشروطه

نویسنده   مهشید آژیر

جلد و صفحه بندی   علی توکلی

تاریخ انتشار   جولای ۲۰۲۰

محل انتشار   کالیفرنیا آمریکا

شماره ISBN   ۹۷۸۰۵۷۸۷۱۱۳۶۲

این کتاب بوسیله شرکت نشر کتاب از انتشارات
ماهنامه خدنگ برای چاپ آماده گردیده و در
سایت آمازون و نشر کتاب و ماهنامه خدنگ برای
فروش میباشد

برای تهیه این کتاب به منابع زیر مراجعه نمایید

شرکت نشر کتاب ۹۴۹-۲۶۴-۲۲۰۳

ماهنامه خدنگ   ۹۴۹-۲۴۳-۷۹۹۴

شرکت ناشر   Ingram Lightning Source

و یا در روی تارنمای آمازون به آدرس زیر
کتابهای مهشید آژیر مراجعه نمائید

http://www.amazon.com/

کتاب های منتشر شده از این نویسنده

نیلاب	۲۰۰۳
آسمان و زمین	۲۰۱۰
بی وفا جان	۲۰۱۶
مسافر خدا	۲۰۱۹
عروس مشروطه	۲۰۲۰

سر آغاز

پس از نوشتن داستان مسافر خدا که سراسر جنگ و خونریزی و بمب گذاری خشونت ، همراه با چاشنی داستان های عاشقانه بود ، تصمیم گرفته بودم که این بار فقط یک داستان عاشقانه بنویسم و از سیاست و جنگ چیزی نگویم
با بروز ویروس کرونا و عالم گیر شدن آن ، و جریان خانه نشینی اجباری که شاید برای خیلی ها بسیار سخت بود ، من تصمیم گرفتم که از این موقعیت یک توفیق اجباری نصیب خودم کنم و داستان جدیدی را بنویسم . مدتها بود که دلم میخواست داستانی در مورد دوران قاجار بنویسم ، شاید چون درباره این دوران داستان زیاد نداریم !حتی سریال های تلویزیونی و فیلم سینمائی هم کم داریم . سراسر کودکی من پر بود از داستان هائی در مورد زمان مشروطه وحقایق آن زمان و چگونگی زندگی مردم در آن دوره و رشادت های مشروطه خواهان . خانه پدر بزرگم حیاط اندرونی و بیرونی داشت ، حیاط آشپزخانه داشت سرایدار شب داشت وحمامی داشت با خزینه که در اندرونی بود و دیگر آنرا گرم نمیکردند و ما بچه ها برای بازی قایم موشک از آن استفاده میکردیم . شاید همین چیز ها مرا وادار به نوشتن این داستان کرد. حتی تولد پدرم میرقوام الدین آژیر هم در روز امضاء فرمان مشروطه بدست مظفرالدین شاه اتفاق افتاده بود که بنام عدل مظفر معروف است
بنا برعادت من ، که هر وقت چیزی مینویسم باید در مورد آن اطلاعات کافی داشته باشم و داستان بیش ازآنچه که افسانه باشد از حقیقت
سر چشمه بگیرد
برای نوشتن این داستان هم هفته های اول قرنطینه را بخواندن کتاب هائی که در مورد تاریخ زمان قاجار به چاپ رسیده بود گذراندم و همچنین از دوستان و آشنایانی هم که هنوزخاطراتی بیاد داشتند و یا از بزرگان دیگری شنیده بودند کمک گرفتم ، که محیط داستان ، لباس ها ،حتی گفتگوها هم دقیقا مطابق با آن زمان باشد . چندین کتاب خواندم ، فیلم و سریال دیدم که داستان واقعی بنظر برسد اما در این میان قیام مشروطه ناگهان از بین صفحات کتاب ها ظاهر شد ! مگر میشود از دوره قاجار نوشت و از قیام مشروطه و آزادی خواهی و اعتصابات مردم در آن دوران ننوشت !! ؟هر چه را که میخواندم به قیام مشروطه می رسیدم بنابراین داستان دوباره محور سیاسی،اجتماعی و عاشقانه را دور زد و کتابی از بین این همه پژوهشها و خواندن ها و پرسیدن ها و گوش کردن ها در آمد که هم داستان عاشقانه ای را که میخواستم از لابلای تاریخ دوره قاجار بیرون بیاورم به قلم کشیدم و هم از قیام مشروطه گفتم . داستانم دوباره روال همیشگی را در پیش گرفت و داستانی سیاسی و عشقی همراه با دردهای اجتماعی از آب در آمد. برای هر شخصیتی از آن ، مدتها خواندم و پرس و جو کردم که چیزی جز حقیقت نباشد. مثلا برای خلق زن رقاصه ای بنام گوهر تاج ، که در این داستان چند صفحه ای

به او تعلق دارد ، به خیلی ها در ایران زنگ زدم . چون در گذشته از زنی رقاصه که در اواخر دوره قاجار و اوایل دوره پهلوی بوده داستان های زیادی شنیده بودم که به خانه های ثروت مندان رفت و آمد میکرده ، و در مجالس زنانه می رقصیده با مردان ارتباط داشته و صیغه خیلی از اعیان و اشراف هم بوده . چون میخواستم شخصیت واقعی در داستان خلق کنم . بنا براین شاید دو هفته ای به همه کسانیکه که در ایران میشناختم که سن و سالی دارند و هنوز خاطراتی از بزرگانشان بیاد می آورند زنگ زدم و از آنها خواستم که خاطراتشان را برایم بگویند . برای تمام شخصیت ها همین کار را کردم . داستان عشق بی نظیر و شازده اردشیر را هم از بچگی شنیده بودم و همیشه دلم برای آنها میسوخت . داستان عشق شازده ای از قاجار به یک دختر رقصنده هندی. بهر جهت تمام کوشش خودم را کردم که با اینکه داستان حدوداً صد و سی و پنج سال پیش اتفاق افتاده و مربوط به زمان قاجار و قیام مشروطه میشود، ولی طوری از حقایق و شخصیت ها حرف بزنم که خواننده خودش را در آن زمان احساس کند . همانطور که در تمام داستانهای من چنین احساسی در خواننده به وجود می آید . همچنین قهرمانان واقعی دوره مشروطه را هم در این داستان ستار خان و باقر خان انتخاب کردم . چون اهل کرمانشاه هستم در مورد یک قهرمان ملی کرمانشاه هم زیاد شنیده بودم بنام یارمحمد خان کرمانشاهی که به کمک ستار خان و باقر خان در زمان محاصره تبریز رفته بود . از او هم یادی در این کتاب کردم.. با اینکه در کتابهایی که خواندم صد ها نام از مشروطه طلبان آن دوران بود که در بعضی از کتابها از آنها تعریف و تمجید شده بود و در بعضی دیگر از کتابها آنها را رد و تحریف کرده و شخصیت آنها را زیر سوال برده بودند ، که آدم را به این فکر می انداخت که اینها اصلا با مشروطه خواهان بوده اند یانه ؟ زمانیکه این کتاب ها را میخواندم به حقیقت بسیار جالبی در مورد این دو مجاهد بزرگ پی بردم که آنها فقط قهرمان زمان قاجار و مشروطه نبودند! در عهد پهلوی هم ستار خان و باقر خان قهرمانان تاریخ بودند و در زمان جمهوری اسلامی هم آن دو همچنان در مقام والای خود ایستاده اند و این به ما می آموزد که اگر کسانی برای مردم و درراه حقیقت قدم بردارندو ایمان به کاری که میکنند داشته باشند هرگز از خاطره ها نخواهند رفت و این دو قهرمانان همیشه زنده ،درتاریخ ایران بر جای خواهند ماند، بنابراین فقط از آنها گفتم

درست در زمانیکه این کتاب را مینوشتم اتفاق بدی در آمریکا افتاد و بازهم یک سیاه پوست بدست چهار پلیس آمریکایی در حین بازداشت کشته شد که منجر به اعتراضات و تظاهرات در چندین شهر آمریکا گردید . تصادفا من کتابی دارم بنام آسمان و زمین که اگر دوستان آنرا خوانده باشند ، میدانند که این کتاب گرچه یک داستان عاشقانه است ولی سراسر در مورد تبعیضات نژادی ، دینی ، مالی و مملکتی است . در همان روزها ، یک روز از خانم بقراطی که مجری

برنامه من در آیینه در تلوزیون آیینه هستند ، پیامی در یافت کردم که ایشان کتاب آسمان و زمین مرا خوانده بودند و چون در برهه ای از زمان بودیم که تظاهرات تبعیض نژادی در آمریکا بر پا شده بود !! ایشان از من دعوت کردند که در برنامه تلویزیونی او شرکت کرده و در مورد تبعیضات نژادی و کتاب آسمان و زمین صحبت کنم . من هم قبول کردم و ایشان مصاحبه بسیار خوبی با من کردند و در آخر از کارهای جدید من پرسیدند و من هم گفتم که کتابی بنام عروس مشروطه را تمام کردم وهمین روزها برای چاپ میفرستم و ایشان از من خواستند که در یک برنامه دیگر در مورد این کتاب صحبت کنم . بنابراین هفته بعد خانم بقراطی دومین مصاحبه را در مورد کتاب عروس مشروطه و قهرمانان دوران مشروطه با من داشتند. این مصاحبه باعث شد با وجود اینکه هنوز کتاب عروس مشروطه از چاپ بیرون نیامده بود ولی من یک مصاحبه در مورد آن داشته باشم . در اینجا از خانم فریبا بقراطی که باعث شدند مردم قبل از انتشار کتاب عروس مشروطه درباره آن بدانند تشکر میکنم . امیدوارم که این کتاب هم مثل بقیه کتابهای من مورد توجه دوستان قرار گیرد . اگر عمری بود و از کرونا زنده بدر رفتیم شاید داستان بعدی را در مورد این ویروس و چگونه عالم گیر شدن آن و چه کسانی در شیوع آن مقصر بودند ، وچگونه این ویروس دنیا را بسوی دیگری کشاند و همه معیار ها را در هم ریخت بنویسم به امید آن روز

مهشید آژیر

فصل اول

بنام خداوند یکتا

در این برهه از زمان که داستان ما اتفاق می افتد ،ایران آبستن واقع بسیار تلخی بوده . سلطان صاحب قران ناصرالدین شاه قاجار که در جوانی به سلطنت رسیده و در اوایل سلطنت خویش امیر کبیر را که در سالهای کودکی و نوجوانی در تبریز سرپرست و مربی او بود ، وبعد از به تخت رسیدن صدر اعظم او گردید ، به خواست مادر خود و چند وزیر قدرت طلب و مستبد که با کارهای مترقی خواهانه امیر مخالف بودند به قتل میرساند . امیر کبیر شاید اولین نماینده مردم بود که به دربار راه یافت . او مدرسه دار فنون را تاسیس کرد، واولین روزنامه ایران را بنام وقایع اتفاقیه منتشر نمود وعده ای از فارغ تحصیل های دار فنون را برای فراگیری علوم جدید به فرنگ فرستاد . پس از مرگ امیر کبیر شاه به خوش گذرانی و بزرگ کردن حرم سرای خویش پرداخت .

چنان که میگویند دفتری درحرمسرای او وجود داشته و یک نفر مامور بوده تا اسم زن ها و بچه های او را بنویسد که یک زمان خواهر برادری با هم ازدواج نکنند ،گفته شده که هزار زن صیغه داشته است . او با گرفتن قرض از بریتانیا و روسیه به سفر های خارجی میرفت و عمر خویش را خوش سپری میکرد . اما کم کم انتشار روزنامه های فارسی زبان در خارج از کشور و چند روزنامه هم در داخل کشور که یکی از آنها هم روزنامه زنان بوده که بوسیله خانمی بنام شکوفه وبه همین نام منتشر میشده ، باعث رشد سیاسی مردم میگردد و از طرف دیگر نفوذ دولت های بریتانیا و روسیه در دربار ایران و آزار و اذیت مردم و فشار بر روی رعیت و بازاریان ، آهسته آهسته گروه های آزادی خواه و یا مشروطه طلب شکل میگیرند . بعضی از علما هم به این قیام کمک میکردند و خود از پیشتازان این قیام بودند. یکی از این آزادی خواهان که روزنامه ای هم در خارج منتشر میکرد سید جمال الدین اسد آبادی

بود، که در بین مردم هم طرف داران بسیار داشت . مشروطه خواهان دو دسته بودند ، فرنگ رفته گان که با آزادی ها و تمدن فرنگ آشنا شده و میخواستند که مردم را در این مورد آگاه نمایند و مردم بدانند که فقط شاه نباید برای یک ملت و یک کشور تصمیم بگیرد و بدنبال تحولات سیاسی در کشور بودند . حتی آنهاییکه از خانواده های مرفه و اعیانی و حتی از نوادگان ایل قاجار بودند میخواستند تا مردم را به طرف تمدن غرب سوق دهند. از طرف دیگر علما که با قدرت و نفوذی که در بین مردم داشتند هم میخواستند با استبداد شاه مبارزه نمایند و هم از نفوذ غرب گرایان در بین مردم جلو گیری به عمل بیاورند که با وعظ و سخنرانی ها مردم را بسوی یک انقلاب عظیم دعوت میکردند که ریشه اسلامی داشته باشد .

در این میان ملت هنوز هم همان رعیت بیسواد و بیچاره، دست در گریبان با فقر و بیماری وفلاکت بودند! که نه معنی آزادی را میفهمیدند و نه از تمدن غرب بویی برده فقط میخواستند کسی بداد شان برسد وآنها را از آن زندگی فلاکت بار نجات دهد. بار مالیات های سنگین و خراج و گرانی و قحطی و ظلم بیگانگان آنها را به انتهای راه کشانده بود بدون اینکه بدانند مشروطه یعنی چه ! و تمدن غرب چیست ! فقط به امید رهایی و نجات دنباله رو آنها شده بودند. بازاریان و تجار بزرگ هم از رقابت خارجیان و دخالت آنها در بازار به تنگ آمده و چون اعتقادات مذهبی داشتند در کنار علما قدم بر میداشتند و بدستور آنها بازار را تعطیل میکردند و در تحصّن ها و بستن بازار از آنها پیروی و اطاعت مینمودند .

داستان ما در چنین زمانی آغاز میشود . در کنار تحولات سیاسی آن زمان و نحوه زندگی مردم ! داستان زندگی مردم و شاهزاده گان قاجار را روایت میکند.

***

شازده حسام المک نوه فتحلیشاه قاجار بود ، او در جوانی با اشرف السلطنه یکی دیگر از نواده های شاه ازدواج کرده و دارای سه فرزند از او ، بنام های افخم زمان ، حشمت زمان و شازده اردشیر میرزا گشته بود . شاهزاده خانم اشرف السلطنه در جوانی فوت نمود و حسام المک بعد از چند سال با خانم ابتهاج السلطنه که او هم از خاندان قاجار بود ازدواج کرد و صاحب دو دختر دیگر گردید.

حسام المک به همراه خانواده اش در عمارت بسیار قشنگی در تهران زندگی میکرد، این عمارت را یک معمار شیرازی ساخته بود و شاید یکی از قشنگترین عمارت های آن دوران تهران بود. درب ورودی اصلی این عمارت در کوچه ای که دریکی ازمحله های بسیار خوب تهران بود قرار داشت ، این درب از چوب بود و نقش های بسیار قشنگی در روی خود داشت. در دو طرف درب، دو هشتی بزرگ بود که جای خوبی برای نشستن کسانیکه به خانه شازده مراجعه میکردند و باید اجازه دخول میگرفتند بود ،همچنین در تابستان گرم سایه بانی بود برای مردم رهگذری که گاهی برای رفع خستگی چند دقیقه ای بر ان بنشینند . سر در این عمارت با کاشی های رنگی تزئین گشته و جمله بسم الله الرحمان الرحیم نوشته شده بود .

این در بزرگ به دالانی وصل میشد که با پرده ای قلم کار به چند پله می رسید و سپس وارد حیاط بیرونی میگشت . بیرونی، حیاطی بود که هر کس وارد خانه می شد برای کسب اجازه به اندرونی باید در انجا منتظر می ماند . دور بر این حیاط چندین اتاق وجود داشت که سرایدار و کلید دار باشی شب و مباشر حضرت اشرف در آنها سکونت داشتند. حوض کوچکی وسط حیاط بود که دور تا دور آن گلدانهای شمعدانی چیده شده و دو باغچه با سه درخت میوه در حیاط دیده می شدند . دور تا دور حیاط هم چند سکوی بود ، کسانیکه برای دیدن آقا و یا شازده خانم می آمدند تا اجازه ملاقات داده شود بر روی آنها می نشستند . این حیاط بوسیله یک پرده به دالانی وصل می شد که به حیاط اندرونی محل اصلی زندگی حسام المک و خاندان او بود می رسید .

اندرونی ، حیاط بسیار بزرگی بود با حوض گرد کاشی کاری رنگی که فواره ای در وسط آن قرار داشت و چندین ماهی قرمز در آن شناور بودند . چندین باغچه دور و بر حوض وجود داشت که پر از بوته های گل محمدی بودند که در فصل بهار بسیار زیبا می شدند و آشپز ها از گلبرگ های آنها گلاب میگرفتند . عمارت اصلی در این حیاط بود. این عمارت دارای تعداد بیشماری اتاق و تالاربود که هر کدام به اسمی شناخته می شد مانند، تالار عید ، اتاق ارسی ، کتابخانه ، اتاق خانم ، اتاق خواب خانم ، اتاقهای فرزندان ، تالار میهمانی ها و اتاق پنج دری که همه در طبقه اصلی قرار داشت. یک طبقه دیگر هم روی این طبقه بود که با چهار ستون و ایوانی در جلوی آن جلوه بسیار زیبائی به عمارت میداد . آنجا محل سکونت حسام الملک بود . پنجره ها و در های چوبی با طرح های مختلف و شیشه های الوان زیبائی زیادی به عمارت داده بودند .

در زیر این عمارت حوض خانه بسیار بزرگی بود که حوض قشنگی در وسط داشت و دور تا دور آن را تخت چیده بودند . در فصل گرما که هوا گاهی طاقت فرسا می شد نهار را در حوض خانه میخوردند و خواب بعد از ظهر را هم آنجا میگرفتند تا هوا خنک تر شود . عصر ها به حیاط میرفتند تاروی تخت هایی که برای نشستن بوسیله کنیز ها و غلام ها آماده می شد بنشینند و از دیدن گلها و فواره وسط حوض لذت ببرند وشام را هم در حیاط میخوردند ! آنوقت برای خوابیدن به پشت بام خانه میرفتند وتوی پشه بند ها میخوابیدند.

در حیاط اندرونی حمّامی هم وجود داشت که درست پشت آب انبار بود و از حیاط چندین پله میخورد تا به حمام برسد ، پله ها به در حمام ختم می شدند که به رخت کن حمام باز میگشت و دارای دو سکوی و یک حوض در وسط بود و با یک در وارد حمام گرم می شد که سنگ فرش بود و خزینه ای داشت که چند پله میخورد . از آب انبار جوی باریکی وارد این خزینه میگردید که آب جاری در آن باشد . این خزینه بوسیله یک تون (اجاقی که از زیر خزینه را گرم میکرد) از بیرون که در پشت خزینه و در حیاط اصطبل قرار داشت و بوسیله هیزم آتش در آن روشن میکردند گرم می شد . هفته ای یک بار حمام را گرم میکردند تا اهالی خانه به حمام بروند . نظیر این گونه حمام ها فقط در خاندان اعیان و اشراف ، شازده ها و علما وجود داشت . البته کنیز ها و نوکرها

به حمام عمومی محله میرفتند.

خانم ابتهاج السلطنه که یکی از نواده های فتحعلی شاه بود در این عمارت فرمانروایی میکرد .او چندین ندیمه داشت که دو نفر از آنها در واقع دست راست و چپ خانم بودن و هر خبری باید اول به گوش آنها می رسید و در صورت لزوم به سمع خانم می رساندند . سکینه که از اهالی تبریز بود و همراه جهاز خانم به این خانه آمده بود سر پرست امور خارجی منزل از قبیل مهمانی ها ، رفت و آمد ها و گزارشاتی که باید به عرض خانم میرسید بود و دیگری زینت که سر پرست آشپزخانه و مدیر داخلی خانه بود. لباس این دو بیشتر شبیه لباس خانم بود ،هر دو کلاهی از ترمه در زیر چارقد خود پوشیده و جقه ای از جواهر در جلوی پیشانی داشتند که به بالای چارقد آنها وصل بود و سنجاقی از طلا در زیر گلو وجلوی چارقد می بستند ، و کت های ترمه و مخمل رنگارنگ که سر آستین و دور یقه های شان زر دوزی و یا یراق دوزی بود برتن میکردند و دامن های بلندی می پوشیدند و وقتی از عمارت بیرون می رفتند چادر کمری سیاه رنگ می پوشیدند.

لباس کنیزها فرق داشت ، کنیز ها و کلفت ها شلیته که دامن پر چین و کوتاهی بود، روی شلوار به تن میکردند و روی آن هم پیراهنی نیم تنه می پوشیدند که کاملا معلوم بود کنیز هستند . روی پیشانی هم یا ردیفی از مهره های رنگی داشتند و یا یک زیور نقره ای و وقتی که از عمارت بیرون میرفتند چادر کمری آبی رنگی از جنس متقال به سر میکردند . تمام کنیز ها و کلفت ها باید از آن دو ندیمه دستور میگرفتند .

در انتهای این حیاط در دیگری بود که به حیاط آشپزخانه متصل میگردید . حیاط آشپزخانه هم بسیار بزرگ و دارای حوض و باغچه بود و مقداری مرغ و خروس همیشه در آنجا وجود داشت که نه تنها از تخم آنها استفاده میکردند بلکه در صورت لزوم فورا سر ببرند و غذا تهیه کنند . این حیاط دارای چندین زیر زمین بود، که پنجره های مشبک از کاشی آبی رنگ داشتند . اولین زیر زمین آشپزخانه بود که چندین اجاق و سکوی های زیادی داشت تا کنیزان بتوانند به راحتی آشپزی نمایند و در کنار سکوی ها حوضی بود بلند و هم سطح آنها که از زیر زمین بغلی که آب انبار بود آب به آن جاری می شد و برای شستن ظرفها و سبزیجات از آن استفاده میکردند.

یک زیر زمین هم آب انبار بود که چندین پله میخورد و به حوض بزرگی میرسید که نهری از آب شهر به آن میریخت و آب خانه از آنجا تغذیه می گردید. زیر زمین دیگر انبار خانه بود که داخل کندو های بزرگ برنج و گندم و غلات یک سال خانه را نگه داری میکردند . این کندو ها از جنس سفال بودند و به بلندی بیشتر از یک کز و شبیه کوزه های خیلی بزرگ بودند که سوراخی در پائین داشت که با پارچه آنرا می پوشاندند و وقتی که لازم بود پارچه را بر میداشتند و غلات در داخل ظرفی ریخته می شد.

هر سال موقع برداشت محصولات زراعتی مباشر شازده حسام المک به همراه چند نوکر به دهات میرفتند و آذوقه یک ساله را همراه می آوردند . یک زیر زمین هم محل نگهداری مرباجات ، ترشی ها ، روغن پنیر و آبغوره و شیشه های گلاب و سرکه عمارت بود . دور تا دور این حیاط هم طاقچه هایی بود که برای گذاشتن شیشه های آب غوره و ترشیجات در زمان معینی از سال استفاده می شد . صورت همه اینها را زینت داشت که چیزی کم نشود . در طبقه بالای این زیر زمین ها کنیز ها و آشپزها زندگی میکردند .هر چند که عائله حسام المک سه نفر بیشتر نبودند ولی باید برای تمام نوکر ها و کلفت ها هر روز غذا پخته می شد .

حیاط چهارم اصطبل خانه بود که اسب ها ، الاغ ها ، دو کاری و دو درشکه و یک کالسکه ، و یک دلیجان در آن وجود داشت . درشکه ها مخصوص خانم و آقا بودند . درشکه خانم جلویش یک پرده یراق دوزی توری داشت تا کسی درون آنرا نبیند و دلیجان هم برای وقتی بود که دسته جمعی به شمیرانات برای فرار از گرمای تهران و یا به زیارت حضرت شاه عبدل العظیم میرفتند . در این حیاط هم چند میراخور ، کالسکه چی ، کاری چی و درشکه چی زندگی میکردند.

دختران حسام المک ازدواج کرده بودند . دختر بزرگ او افخم زمان با یک تاجر افغانی بنام میرزا امیرخان ازدواج کرده بود . دومین دخترش حشمت زمان همسر مشیرالدوله بود و دو دختر کوچک تر که از ابتهاج السلطنه بودند به دو شازده در ایل قاجار شوهر کرده و از تهران رفته بودند .

***

مشیر الدلوله، داماد حسام المک مرد ثروتمند و با سوادی بود . او سمت معاونت یکی از وزیران دربار را داشت بنابراین با دربار در ارتباط نزدیکی بود. او مرد با نفوذی بود و چون با شعرا و نویسندگان آن زمان معاشرت داشت کم و بیش به اوضاع و احوال مملکت آگاه و از تحصّنات و گرد هم آیی مشروطه خواهان نیز با خبر میگردید.

مشیر الدوله صاحب سه فرزند بود . دو دختر که به ترتیب شانزده ساله دوازده ساله و یک پسر بنام اردلان میرزا که کوچکترین فرزند بود و در آن زمان هشت سال داشت . هنوز هیچکدام از دختر ها ازدواج نکرده بودند. البته فروغ زمان دختر بزرگ خاندان خواستگارانی داشت که هیچ یک مورد تائید پدر قرار نگرفته بود . خانم حشمت زمان چون خودش زن با سوادی بود یک کنیز بنام ملا باجی را به خدمت گرفته بود که به فرزندانش سواد بیاموزد . در آن زمان بسیار کم خانواده هایی بودند که به فرزندان خود مخصوصا دختران اجازه سواد آموزی میدادند. همچنین یک باجی قزی هم همراه خانم از خانه پدرش آمده بود .او کتاب های زیادی را از حفظ داشت ، مثل هزار و یک شب ، داستان امیر ارسلان رومی ، اشعار حافظ و سعدی و داستان های شاهنامه که بعضی از شبها پس از صرف شام همه در تالاری می نشستند و او برایشان قصه میگفت و یا شعر میخواند .

خانم حشمت زمان ، همسر مشیر الدوله ، داری یک خواهر و یک برادر از مادر خودش بود و دو خواهر هم از مادر نا تنی خود داشت . البته بخاطر خون اشرافی قاجار او با خواهر های ناتنی خود رفت و آمد میکرد ،هر چند که به اندازه خواهر تنی خود آنها را دوست نداشت ولی تظاهر میکرد که همه را به یک اندازه دوست دارد مخصوصا که زن پدر آنها هم از ایل قاجار بود و خون سلطنتی داشت، برای همین مورد احترام همه فرزندان حسام المک بود.

***

دختر بزرگ حسام المک که افخم زمان نام داشت و فرزند اول پدر بود ، با یک تاجر شیعه افغانی بنام میرزا امیر خان افغان که اهل هرات بود ازدواج کرده بود. از سالها پیش ، پس از جدایی هرات از

ایران ، هراتی ها که خود را ایرانی میدانستند و بیشتر آنها مذهب شیعه داشتند با سنی ها همیشه درگیر بودند و همین موضع باعث شده بود که خیلی از هراتی ها به ایران کوچ کنند و این مهاجرت سالهای زیادی وجود داشت . آنهاییکه از این موضوع رنج می بردند ، برای اینکه در درگیری های بین شیعه و سنی نباشند به ایران مهاجرت میکردند . امیر خان هم بخاطر همین درگیری ها از شهر هرات کوچ کرده و با خانواده و اموالش به ایران آمده و تجارت خانه ای براه انداخته بود، ازدواج کرده و صاحب چهار فرزند بود .

میرزا امیر خان ، قبلا ازدواج کرده و صاحب دو پسر از همسر اولش بود که زن بینوا در کوچ از هرات به تهران در بین راه بیمار گشته و در گذشته بود . میرزا پس از جا افتادن در بین اعیان تهران دختر شاهزاده حسام الملک را به زنی اختیار کرد و بدین ترتیب ارتباط ش با اعیان و خاندان سلطنتی محکم گشته و یکی از رجال مملکت بشمار میرفت. در عمارت آنها هنوز در میهمانی ها بعضی از مراسم افغان ها را انجام میدادند و این برای دختران خانم حشمت زمان بسیار زیبا و جالب بود و هر وقت میهمانی در منزل آنها بود از مادر میخواستند تا آنها هم همراه او به خانه خاله جان شازده بروند . دو پسر ناتنی افخم زمان هم با او بسیار خوب بودند و خانواده او را مانند خانواده مادری خود دوست میداشتند .

**

حسام الملک فقط یک فرزند پسر بنام اردشیر میرزا داشت که در دار فنون درس خوانده بود و قصد داشت که به فرانسه برود و ادامه تحصیل بدهد . او رفت و آمد هایی با فرنگ رفته ها و باسواد ها داشت که او را بر علیه خاندان قاجار و شاه تحریک میکردند . او مرتب به جلسات اعتراضات وحتی تحصّن ها میرفت و این باعث نگرانی پدرش و خاندان او گشته بود . شازده اردشیر میرزا عضو یک انجمن بنام کمیته آزادی هم بود ودر جلسات آن شرکت میکرد . این کمیته را جوانان فرنگ رفته درست کرده بودند و در این کمیته چندین خانم فرنگ رفته هم عضویت داشتند و برای آزادی ملت و مخصوصا زنها فعالیت میکردند . در آنزمان هر چند که زنها در زیر سلطه مردها بودند ولی باز هم از خود رشادها و شهامت ها نشان میدادند ، مثل زمانی که

نان گران شد، نانوایی ها را تحریم کردند، این زنها بودند که از خرید نان خود داری نمودند . این کمیته بیشتر کوشش میکرد که مردم را با حقوق انسانی آنها آگاه نماید .

***

عمارت مشیر الدوله هم کم از عمارت پدر زنش نمی آورد و دارای بیرونی ، اندرونی ، و حیاط آشپزخانه و اصطبل، همچنین دارای مباشر و سرایدار و کلیددارباشی بود. خانم حشمت زمان هم دو ندیمه مخصوص داشت یکی جیران که مسئول رفت و آمد ها ، میهمانی ها و دادن گزارشات به خانم بود ودیگری اختر که سرپرست کارهای داخلی عمارت بود.

آنروز قبل از صرف نهار مشیر الدوله به همسرش گفت که بعد از نهار به اتاق او برود چون کار مهمی پیش آمده . حشمت زمان نگران شد ولی مطمئن بود که هر چه هست بازهم حتما برادرش اردشیر میرزا دسته گلی به آب داده ، ولی به روی خودش نیاورد . نهار تازه تمام شده بود که جیران ندیمه مخصوص حشمت زمان وارد اتاق شد تعظیم کوچکی کرد و گفت :

"خانم جان از عمارت بانو افخم زمان مرجانه خانم و یک کنیز برای شرفیابی آمدند اجازه دخول میدهید ؟"

حشمت زمان با اینکه نگران حرف شوهرش بود و میخواست بداند که چه اتفاقی افتاده است، ولی سری تکان داد که بله داخل شوند . دو کنیز که یکی از آنها مرجانه ندیمه مخصوص خانم افخم زمان و دیگری یکی از کنیز های معمولی بود، چادر کمری و پیچه هایشان را در آورده و منتظر اجازه ورود پشت در ایستاده بودند . با اشاره جیران وارد اتاق شدند و تعظیم کوچکی کردند ، خانم حشمت زمان با سر اشاره کرد که جلو بروند . کنیز ها به او نزدیک شدند روبروی او روی زمین دو زانو نشستند و با احترام سینی کوچکی که رویش توری قرمز انداخته بودند و در سینی بقچه ترمه آبی رنگی و یک ظرف کلوچه به چشم میخورد را روی زمین گذاشتند .سپس مرجانه از داخل سینی ظرف شیرینی را برداشت و جلوی خانم نهاد و بعد بقچه را باز کرد و چند قواره پارچه های ابریشمی و ترمه و ساتن را هم روبروی خانم گذاشت و گفت :

" با اجازه شازده خانم خدمت رسیدیم تا به عرض شما برسانیم که پسر حاج صفر بزاز رئیس صنف بزاز ها قرار است شب جمعه به خواستگاری منور زمان دختر شازده خانم افخم زمان بیآید، ما از طرف میرزا امیر خان و خانم افخم زمان برای دعوت شما به این مراسم خدمت رسیدیم "

مشیر الدوله لبخندی زد و یک دانه شیرینی به دهان گذاشت ، بعد بلند شد و گفت:

" مبارک باشه انشاالله "

و اتاق را ترک نمود . حشمت زمان به جیران اشاره نمود ، جیران از اتاق بیرون رفت و پس از چند لحظه با یک ظرف شیرینی و یک کیسه ترمه دوزی کوچک بازگشت . آنها را جلوی خانم گذاشت .خانم ظرف شیرینی را در سینی قرار داد و از داخل کیسه ترمه یک جفت النگوی طلا که دور تا دورش برلیان کار شده بود ، بیرون آورد که همه ببینند و بعد دوباره درون کیسه نهاد و کیسه را هم روی شیرینی گذاشت و دو تا سکه هم به مرجانه و کنیز دیگر انعام داد و گفت :

"به شازده خانم بگید انشاالله مبارک است حتما می آییم "

کنیز ها بلند شدند تعظیمی کرده و اتاق را ترک نمودند . پس از رفتن آنها دختران حشمت زمان با خوشحالی به همدیگر نگاه کردند دختر بزرگ او فروغ زمان پرسید :

"خانم جان ما هم اجازه داریم که همراه شمابرای این میهمانی به عمارت خاله جان برویم ؟"

حشمت زمان نگاهی تند به آنها کرد و با عصبانیت گفت :

" دیگه چی!!! میخواین مردم بگن حشمت زمان دخترانش را برای نمایش آورده تا خواستگار پیدا کنند !! نخیر حق ندارید "

قیافه دختر ها خیلی توی هم رفت ، آنها که جایی برای رفتن نداشتند و تنها همین میهمانی ها بود که میتوانستند از خانه بیرون بروند، اما دیگر جرات نکردند حرفی بزنند.

حشمت زمان که قیافه های دمق آنها را دید ادامه داد که :

'' حالا ببینم ..اگر آقا اجازه دادند شما هم بیایید''

حشمت زمان که دلش سخت شور میزد که شوهرش با او چه کار دارد بلافاصله بلند شد تا به اتاق همسرش که در طبقه بالای عمارت بود برود. او میدانست باز هم برادرش مشکلی به وجود آورده چون در این چند ماهه بارها بین او و شوهرش بحث در مورد اردشیر میرزا درگرفته بود . او با نگرانی به اتاق مشیر الدوله رفت . شوهرش هنوز جبه و کلاه قجری خود را در نیاورده بود و در درون اتاق قدم میزد . حشمت زمان وارد شد و گوشه ای ایستاد هر چند که از شوهرش حساب میبرد ولی بخاطر شاهزاده گی ،باز هم کفه او سنگین تر بود . مشیر الدوله وسط اتاق ایستاد و گفت :

'' خانم جان .. این برادر شما کی میخواد آدم بشه و دست از این کارها برداره دیشب باز هم همراه این جماعت جلف فرنگ رفته در صحن سفارت انگلیس به تحصّن نشسته امروز به زور قزاق ها او را از آنجا بیرون آوردیم میدانی اگر به گوش شاه برسد چه بر سر ما و پدرت می آید ؟''

حشمت زمان دستی بر نیم تاجی که بر سر داشت کشید شاید میخواست که شوهرش بفهمد که او یک شازده است وسعی بر آن داشت که خونسردی خودش را حفظ نماید ، نگاهی به مشیر الدوله کرد و پرسید:

'' حالا بین آن همه جمعیت ، شیخ و ملا و تاجر ، مترقی ، مجاهد و بازاری چطوری او را شناختن ؟''

مشیر الدوله آب دهانش را قورت داد و گفت :

'' خانم جان ...حالا این چه اهمیتی داره که چطور او را شناختن ؟ مهم این است که اگر پایش گیر بیفتد و سر از محبس انبار شاهی در بیاره دیگر کسی نمیتونه او را نجات بده ؟آخه این تا کی میخواد دست به این کارها بزنه ؟ تا همه ما بدبخت بشیم ؟ یا خودش یا پدرت برن بالای چوبه دار؟''

حشمت زمان با دست محکم زد توی صورت خودش و با نگرانی گفت :

" زبونتون را گاز بگیرید آقا ! خدا آنروز را نیاره ! مگه شاه بابا میگذاره که چنین روزی بیاد"

مشیر الدوله سعی میکرد که او را قانع کند که موقعیت همه آنها در خطر است و باید هر طور شده اردشیر میرزا را از راهی که میرود باز دارند .

حشمت زمان دامن بلند ساتن خود را جمع کرد و روی یک صندلی نشست ، حق با شوهرش بود همین دیروز شنید ه بود که یک شازده را به اتهام ارتباط با سید جمال الدین اسد آبادی دستگیر کردند ، باید فکری در این باره میکرد نگاهی از پنجره به بیرون کرد و پرسید :

" شما چه پیشنهاد میکنید آقا؟"

مشیر الدوله شروع به قدم زدن کرد . او هر وقت به چیز مهمی فکر میکرد دستهایش را پشت سرش غلاف کرده و قدم میزد شاید این حرکت به او کمک میکرد تا تصمیم درستی بگیرد .

" حشمت زمان این مسئله خیلی بزرگ است ! همه ما به آتش او خواهیم سوخت"

حشمت زمان که حالا واقعاً ترسیده بود با لحنی که نمیداند تصمیم درستی است یا نه گفت :

" بنظر شما اگر او را به فرنگ بفرستیم که از اینجا دور باشه بهتر نیست؟"

مشیر الدوله روبروی او ایستاد و با نگاهی شماتت بار به او نگاه کرد و گفت :

" خانم جان این دیگر چه عقیده ای است ؟ من میگم او را از متجدّد ها دور کنیم آن وقت شما میفرمائین که بفرستیم او را در مهد این آزادی خواهی ها !! نه خانم جان بهتره با والد محترم مذاکره کنی که برایش زن بگیرند شاید این طوری دست و پایش را توی پوست گردو بگذاریم ."

حشمت زمان هیچوقت به این موضوع فکر نکرده بود ! شوهرش درست میگوید ! اردشیر میرزا که درسش را تمام کرده ، چند بار پدرش برایش کاری در دولت پیدا کرده ولی او نپذیرفته بود ! خوب وقتی که کاری

برای انجام دادن ندارد زن و بچه هم ندارد ،بفکر مشروطه خواهی و متجدّد شدن می افتد، ولی اگر سرش به زن و فرزند گرم شود و پای بند زندگی گردد شاید دور این کارها را خط بکشد و دنبال کار بیفتد و زندگیش را عوض کند . با خوشحالی گفت :

”شما درست میگید آقا ! چرا به فکر خودم نرسیده بود ؟ اگر من بفکر ازدواج او نباشم خودش هزار سال این کار را نمیکنه ! اتفاقا شب جمعه منزل افخم زمان که برنامه خواستگاری دخترش منور زمان است بهترین فرصته برای اینکه یک دختر از خاندان خوب برایش پیدا کنم .حتی به آباجی خانم که کارش همینه که برای دخترهای دم بخت خواستگار پیدا میکنه هم میگم و انعام خوبی هم به او میدم .

عصر آنروز حشمت زمان کربلای علی یکی از نوکر ها را به دنبال برادرش شازده اردشیر فرستاد.

شازده اردشیر در عمارت پدر زندگی میکرد ، او بیست و چهار سال داشت ، شازده ای خوش بر و رو و تحصیل کرده ای بود که شاید خیلی از خانواده های اعیان و اشراف آرزو داشتند که دختر خود را به او بدهند. بنابراین پیدا کردن یک دختر خوب برای او کار بسیار آسانی بود، ولی او قصد ازدواج نداشت و سودای فرنگ رفتن در سر داشت و فعلا هم با دوستان متجدّد خویش خوش بود و بیشتر اوقاتش با دوستان فرنگ رفته در جلسات سیاسی و یا تحصّن ها و یا در مساجد پای وعظ علما میگذراند .

هر چند که مرتب ازطرف پدر در این مورد نکوهش می شد ولی عقیده داشت که این مملکت باید یک تکّان اساسی بخورد و دیگر استبداد بیش از این نمیتواند مردم را به سلّاخه بکشد . در کنار فعالیت های سیاسی ،خوشگذرانی های قاجاری خودش را هم داشت که قدم زدن در باغهای اطراف تهران و رفتن به قهوه خانه و کافه هایی که جدیدا به رسم فرنگ در گوشه کنار خیابان های اصلی باز شده و در آنها چای و قهوه و پالوده عرضه می شد سرگرمی بیشتر روزهای او بود. تازگی ها زنان و دختران اعیان و شازده هم با همدیگر در اماکن عمومی مثل باغها و کافه ها دیده می شدند که این هم سوغات فرنگ بود. بعضی از خانواده های اعیان دختران شان را هم به فرنگ فرستاده بودند و این

دختران فرنگ رفته گشتن و بیرون رفتن از خانه را در تهران متداول میکردند . البته تشکیلات زیر زمینی بانوان بر علیه شاه و دربار هم وجود داشت که در بیشتر تحصّن ها شرکت میکردند حتی در زمان قحطی نان به کمک مردم رفتند و برای خانواده های نیاز مند غذا میبردند و به کمک مجاهدین زخمی می شتافتند . شاهزاده خانم ها و دختران اعیان هم با چادر کمری های گرب دوشن قیطان دوزی و پیچه های قشنگ با درشکه های خصوصی به گردش دراین اماکن می امدند که این به مذاق جوانانی چون شازده اردشیر میرزا خوش آیند بود.

***

آنروز عصر وقتی کربلای علی پیام خانم حشمت زمان را به اردشیر میرزا داد ، او میدانست که برای چه احضار شده است و باید جواب خوبی برای خواهرش داشته باشد. وقتی وارد اندرونی عمارت خواهرش شد دختر های حشمت زمان بسوی او دویدند و او را در آغوش گرفتند .آنها دائی جان را خیلی دوست داشتند مخصوصا که همیشه خبر های خوبی از بیرون برای شان می آورد . مانند درس خواندن دختران در بیرون از خانه ، کار کردن زنان اروپایی درخارج از خانه ودر کارخانه ها ، را برای آنها تعریف میکرد . خلاصه او سر چشمه همه اطلاعاتی بود که دختر ها تشنه شنیدنش بودند . در آنزمان چند روزنامه برعلیه دولت ایران در انگلیس و عثمانی به زبان فارسی به چاپ میرسید که مخفیانه وارد ایران می شد ، خواندن این روزنامه ها در عمارت مشیر الدوله قدغن بود ولی شازده اردشیر هر وقت به خانه خواهر می آمد پنهانی چند شماره از آنها را برای دختر ها می آورد که این خودش دنیایی از شادی برای آنها بود که بدین وسیله از دنیای خارج از خانه با خبر می شدند .

دختر ها از دیدن او بسیار خوشحال شدند و روی تخت توی حیاط در کنار او نشستند تا که جیران اجازه ورود از خانم بگیرد پس از چند دقیقه جیران بازگشت و گفت که خانم در اتاق ارسی منتظر شازده هستند . به این اتاق به دلیل داشتن شش پنجره ارسی ، اتاق ارسی میگفتند . این پنجره ها دو تیکه بودند ولی برعکس بقیه پنجره ها که از دو طرف باز می شدند ، این ها روی هم قرار داشتند و وقتی که میخواستند پنجره را باز کنند یکی را بر روی دیگری سوار میکردند . این اتاق تقریبا اتاق پذیرایی خانم حشمت زمان از میهمان های خصوصی بود . دور تا دور

آن چندین صندلی مخمل زرشکی چیده شده بود که جلوی آنها هم میز های کوچکی قرار داشت . دیوار های این اتاق دارای طاقچه و رفعه های زیادی بودند که در طاقچه ها لاله های رنگی که در شب روشن میشدند قرار داشت و در رفعه ها ظروف چینی قشنگی چیده شده بود و چند قاب هم که نقاشی هایی از فتحعلی شاه و ناصرالدین شاه بود روی دیوار به چشم میخوردند . بانو حشمت زمان روی یکی از صندلی ها نشسته بود ، شازده اردشیر وارد اتاق شد سلامی به خواهر کرد و بسویش رفته و دستش را بوسید . جیران برای فراهم آوردن وسایل پذیرائی اتاق را ترک کرد . پس از احوال پرسی حشمت زمان پرسید که این روزها چکار میکند . اردشیر میرزا لبخندی زد و گفت :

'' خوبم ، مثل همیشه با دوستانم هستم ! پدر شغلی در دربار برایم پیدا کرده اما هنوز تصمیم نگرفته ام ''

حشمت زمان نگاه پر معنایی به او کرد و با لبخندی گفت :

'' برای اینکه با دوستان متجدّد و مشروطه خواه میگردی تصمیم نگرفته ای که در دربار کار کنی درسته ؟''

اردشیر میرزا که میدید حدسش درست است و برای بازجویی احضار شده است جواب داد :

'' مثل اینکه اخبار زودتر از من به اینجا رسیده !؟''

حشمت زمان با مهربانی گفت:

'' تصدقت کردم ،برادر جان ! چرا در صف مخالفان ایل قاجار قرار میگیری؟ به خدای احد و واحد اگر این ها پیروز شوند خون قجری را از روی زمین پاک میکنند ، بخدا سنگ روی سنگ بند نمیشود ، اینها دشمنان ما هستند ! چرا همراه آنها به سفارت بیگانه پناه میبری ، آخه چطور یک کشور مسیحی میزبان آزادی خواهان مسلمان میشود ؟ تو فکر میکنی که انگلیس دلش برای مردم ایران سوخته ؟ که شب و روز در سفارت خانه خود از شما ها پذیرایی کند ؟ تو چرا گول این حرفها را میخوری !! آنها میخواهند سلطنت را بر اندازند و ایران را هرج و مرج کنند.. برادر جان اینها دشمن جقه روی کلاه قاجاری تو هستند ''

اردشیر میرزا دولا شد و دوباره دست خواهرش را بوسید و با لبخندی جواب داد :

"خواهر جان مردم به ستوه آمدن ، نان ندارن بخورند ، دهقان ها بزر ندارند بکارند ، خواهر جان شما نمیدانید که این کشورهای خارجی دارن این مردم را به قهقرا سوق میدن و شاه هم بخاطر مخارج سفر های اروپایی همیشه دستش جلوی آنها دراز است و هر چه آنها میگن انجام میده "

شاهزاده خانم حشمت زمان سعی میکرد که شازده اردشیر را از این راه باز دارد و پس از گفت و شنود بسیار و پذیرایی در خاتمه گفت :

" برادر جان حالا بیا و این حرفهای یه من صد غاز رو کنار بگذار زن بگیر ، بچه دار شو ، انوقت آنقدر سرت شلوغ میشه که مردم را فراموش میکنی "

اردشیر میرزا که سودای فرنگ رفتن در سر داشت و میدانست که زن گرفتن او را از هدفش باز میدارد با خنده گفت :

"میخوای دست منو توی حنا بگذاری !! نه خواهر جان من فعلا قصد زن گرفتن ندارم ، میخوام برم فرنگ درس بخونم طبیب بشوم، این بده؟"

حشمت زمان جواب داد :" نه عزیزم بد نیست ، خیلی هم خوبه !خوب برو چرا اینجا وقت خودت را با این ارازل و اوباش میگذرانی؟"

آنروز هر چه که حشمت زمان گفت اردشیر میرزا جوابی برایش داشت . او که دیگر خسته شده بود جریان خواستگاری شب جمعه منور زمان را پیش کشید و از او خواست عوض رفتن به تحصّن به خانه خواهر بیاید شاید بیشتر به او خوش بگذرد .

شازده اردشیر از مهمانی هایی که مجلس زنانه هم داشت خیلی خوشش می آمد ، البته اجازه ورود به مجلس زنانه را نداشتند ولی اگر جایی بود که رودربایسی نداشت، گاهی از پشت پرده و یا پنجره ،یواشکی به میهمانی زنانه نگاه میکرد . مخصوصا اگر یکی از دسته های زنانی که با دف و دایره به این مهمانی ها می آمدند و با رقص بذله گوئی مجلس

را گرم میکردند هم دعوت شده بودند . البته این میهمانی ها برای خانم
ها که غیر از گاهگاهی به بازار و یا هر از گاهی به زیارت حضرت شاه
عبدل العظیم رفتن تفریح دیگری نداشتند خیلی هیجان انگیز بود .

***

عمارت میرزا امیر خان البته کوچک تر از عمارت حسام الملک بود.
این عمارت دارای یک بیرونی و دو اندرونی بود ، چون میرزا امیرخان
دارای دو پسر بنام های میرزا گل محمد و میرزا جان محمد از همسر
اولش بود!یک حیاط اندرونی مردانه نیز در عمارت خود ساخته بود تا
پسرانش مستقل زندگی کنند و به حیاط اندرونی زنانه کاری نداشته
باشند.. عمارت زیبائی در وسط اندرونی زنانه بود که شبیه نقاشی
های قصر های هندی بود ، شاید چون امیرخان از افغانستان آمده بود
دوست داشت گوشه ای از مملکت خودش را در خانه خود داشته باشد
(افغانستان سالهایی که مغول ها برهندوستان حکومت میکردند جزء
هندوستان بود بنابراین فرهنگ هندوستان در آنجا تاثیر زیادی گذاشته
بود)زنان عمارت او هم به سبک زنان افغانستان که پیراهن و شلوارهای
قشنگ و سنگ دوزی شده بود لباس می پوشیدند و بعوض چارقد هم
تور هایی رنگی بر سر می انداختند فقط افخم زمان و دختران و ندیمه
های مخصوص او بودند که به سبک زنان ایل قاجار و شازده خانم ها
لباس می پوشیدند، حتی دو خدمتکار افغانی هم در این عمارت زیبا
کار میکردند و غذاهای افغانی هم گاهگاهی پخته می شد .

آن روز در عمارت امیر خان برو بیا بسیاری بود در حیاط آشپزخانه
کنیز ها و نوکر ها میوه ها را در حوض ریخته ومی شستند و سپس
خشک کرده و در سینی ها می چیدند و در شیرینی خوری های بلورین
رنگ وارنگ هم کلوچه های که از بازار خریده شده را چیده و به تالار
های پذیرائی میبردند . تالار اندرونی مردانه را برای آقایان و تالار
اندرونی زنانه را برای خانم ها در نظر گرفته و تزئین کرده بودند.

طرف های غروب میهمان ها یکی یکی از راه می رسیدند ، مجلس
خواستگاری از منور زمان خیلی رسمی برگزار می شد . میهمان هایی
که از طرف خاندان عروس دعوت شده بودند تقریبا همه آمده و در تالار
های زنانه و مردانه از آنها پذیرایی می شد و در انتظار طایفه داماد بودند

که از راه برسند .

در مجلس مردانه میرزا حسین بنکدار که به بذله گویی معروف بود داشت برای آنها لطیفه میگفت و بساط خندیدن و خوش گذرانی آقایان را فراهم می آورد. شازده های مجلس جبه قاجاری که معمولا سیاه بود و در جلوی سینه آن قیطان دوزی زر داشت بر تن کرده و کلاه قجری که جقه ای در جلوی آن بود هم بر سر داشتند . اما بعضی از جوان ها لباس فرنگی را که تازه در ایران رواج می یافت پوشیده بودند ، کت های بلند تا نزدیک زانو که از ترمه و یا شال بود و یقه آنها به سبک فرنگی بود .. بعضی ها هم دستمالی در جلوی یقه پیراهن بسته بودند .

اما در مجلس زنانه خبر های دیگری بود . زنان ایل قاجار با پوشیدن لباس های بسیار گران قیمت اطلسی و ساتن و ترمه و نیم تنه های مخمل و یا ترمه که سر دوزی های زر داشت و بیشترشان علاوه بر کلاه قاجاری نیم تاج مرصع نیز بر سر گذاشته و بدینگونه شاهزاده بودن خود را به رخ دیگران می کشیدند .

زن رقاصه زیبایئ بنام گوهر تاج برای گرمی مجلس دعوت شده بود که برای خودش دار و دسته ای داشت ، که چندین دختر جوان و زیبا روی بودند، دایره میزدند ، آواز می خواندند و میرقصیدند . معروف بود که گوهر تاج هر صباحی صیغه یکی از اعیان و اشراف و یا درباریان میشود و بدین وسیله پول خوبی بدست می آورد . او بعضی وقتها هم از کسانیکه صیغه آنها شده بود در خواست هایی میکرد و بعنوان حق سکوت به خواسته خود میرسید . این خواسته ها گاهی مالی و خیلی وقتها هم سیاسی بودند، مردهایی که با او ارتباط داشتند از ترس رسوایی خواسته او را بر آورده میکردند. او تقریبا به عمارت بیشتر اشراف و شاهزادگان رفت و آمد داشت و همه او را می شناختند.

شازده خانم ها و خانم های اعیان زیاد از او خوششان نمی آمد چون می ترسیدند که صیغه شوهر های آنها بشود و یا شده باشد . البته خیلی از خاندانهای متدین و اصیل اجازه نمیدادند که او به خانه های آنها رفت و آمد کند. شایعه ای هم بود که او دختران زیبا را نشان میکند و گاهی باعث گمراهی آنها میشود. گروه گوهر تاج معرکه ای گرفته بودند خانم های اعیان و شاهزاده روی صندلی های مخملی لمیده و زنانی که

از خانواده های پائین تری بودند دور تا دور تالار روی زمین نشسته و منتظر آمدن طایفه داماد بودند . گوهر تاج گاهی هم سر بسر خانم های مجلس میگذاشت که باعث خنده حضار میگردید، البته کسی هم زیاد از شوخی های او دلگیر نمی شد . مثلا به یکی از خانم ها که دو بار ازدواج کرده بود گفت :

" شازده خانم کوکب السلطنه هنوز زن همون بیلاخ میرزای دولت شاهی هستی ؟"

که باعث خنده همه شد و یا به دیگری که شایعاتی در باره زن گرفتن شوهرش بر سر زبان ها بود گفت :

" پروین السلطنه چیه باز شوهرت سرت هوو آورده که کز کردی گوشه مجلس نشستی ؟"

او در غالب شوخی حقایق را میگفت که البته گاهی تلخ بود،اگر میهمانی خانم های میان سال بود گامی فراتر میگذاشت و شوخی های غیر معقول هم میکرد چون حجب و حیای زیادی نداشت ، اما در مجلسی که دختران جوان بودند شوخی هایش فقط طنز آمیز بود .

***

در تالار مردانه با میوه و کلوچه از همه پذیرایی میشد . مشیرالدوله در کنار امیرخان نشسته بود که حسام الملک پدر زن آنها وارد شد همه به احترام او از جا برخاستند و تعظیم کوتاهی کردند و او با اشاره سر از همه خواست تا بنشینند . دراین تالار هنوز میرا حسین بنکدار مشغول بذله گویی بود و ادای رجال مملکت را در می آورد و باعث خنده مدعوین می شد . او بیشتر بذله هایی که به نقل ازکریم شیره ای دلقک دربار ناصرالدین شاه به بیرون از دربار درج میکرد میگفت و باعث خنده حضار می گردید.

در این هنگام خبر آوردند که طایفه داماد وارد بیرونی شدند . البته زنها به طرف اندرونی زنانه و مردها روانه اندرونی مردانه شدند . امیر خان و مشیرالدوله به خیاط اندرونی رفتند تا از آنها استقبال نمایند .

دوازده طبق خوانچه روی سر نو کران بود ، که با کنیزان همراهی

میشدند، کنیز ها پس از اینکه چادر و روبنده خود را در آوردند طبق ها را روی سر گذاشته و به طرف اندرونی زنانه براه افتادند، در جلوی آنها چند دختر بچه با شادمانی دست میزدند و دو نفر دایره بدست هم آنها را همراهی میکردند و شعر(آمدیم طشت طلا را بدهیم دخترتون رو ببریم) را میخواندند . بدینگونه وارد تالار زنانه شده و پشت سر آنها خاندان داماد و میهمان هایشان وارد شدند. همه به احترام طایفه داماد بلند شده و کف میزدند . گوهر تاج هم ساکت شده و در کناری ایستاده بود . کنیز ها که خوانچه ها را بر سر داشتند پس از اینکه یک بار خوانچه ها را دور تالار گرداندند ، بسوی میز بزرگی که در بالای تالار قرار داشت رفتند و خوانچه ها را روی میز چیدند و بعد کنار اتاق ایستادند . پس از جا بجا شدن میهمان ها گوهر تاج هلهله بلندی کشید و مجلس را از آن سکوت و خاموشی در آورد . سپس کنیز ها به پذیرائی از تازه وارد ها پرداختند و مجلس دوباره به حالت قبلی خود بازگشت .

پس از پذیرایی از طایفه داماد، یکی از آنها بلند شد و بعد از اجازه گرفتن از بزرگان خاندان، خودش را عمه داماد معرفی کرد و همچنین خواهر بزرگ داماد هم برخاست و در کنار او ایستاد تا هدایا و تحفه هایی را که برای عروس و فامیل عروس آورده بودند به همه نشان دهند. اولین بقچه ترمه ای که باز کردند چندین قواره پارچه شال کشمیر بود بقچه دوم پارچه های اطلسی ، سومی قواره های ترمه ،چهارمی پارچه های ابریشمی و بعدی پارچه های اطلسی بود تا به جعبه های زیور آلات رسیدند. در یک جعبه چهار عدد گوشواره ، سنجاق طلای زیر گلو و جقّه جلوی پیشانی که همه از طلا ساخته شده و دارای نگین های جواهر بودند را به نمایش گذاشتند و بعد جعبه دیگری که گردنبند ها و دست بند هادر آن بود و بالاخره جعبه نقره ها که دست بند هایی با نگین های بزرگ فیروزه و انگشتر ها و گردنبد هایی که جلوی چارقد می بستند به نمایش گذاشتند . هر کدام از این هدایا را کنیزان بالای دست گرفته و دور تالار می گرداندند و به همه نشان میدادند و میهمان ها هم با کف زدن از آنها تعریف میکردند . گوهر تاج دو سه بار خواست که با هدایا شوخی کند ولی با اخم خانم افخم زمان مواجه شد و سکوت اختیار کرد . بعد از نمایش هدایا دوباره آنها را به داخل بقچه ها گذاشته و چند کنیز نیز کنار میز ایستادند که کسی دست به آنها نزند.

***

تالار مردانه هم جنب جوش خودش را داشت پس از ورود طایفه داماد وحال و احوال پرسی و پذیرایی از آنها،مردک بذله گو دوباره شروع کرد به مجلس آرایی و خنداندن مدعوین . شازده اردشیرمیرزا که همراه پدرش آمد ه بود ، پس از مدتی حوصله اش سر رفته و با اشاره از میرزا گل محمد پسر صاحب خانه خواست که به بیرون از تالاربروند وقتی آنها بلند شدند چند جوان دیگر هم بدنبال آنها از تالار خارج شدند . در حیاط اندرونی مردانه روی تخت بزرگی که رویش فرش انداخته و مخدّه دورش چیده بودند نشستند . مباشر میرزا امیر خان بلافاصله دستور پذیرایی داد و خدمتکاران میوه و کلوچه و چای برای آنها آوردند. این جوانان که بدنبال شازده اردشیر میرزا از تالار خارج شده بودند میدانستند که او فعالیت سیاسی دارد و میخواستند که در مورد تحصّن ها و اجتماعات مشروطه خواهان از او سوال کنند . بیشتر آنها یا شازده بودند و یا فرزندان بازاریان ، شازده ها از ترس پدران شان جرات شرکت در جلسات مشروطه خواهان را نداشتند و تشنه شنیدن اخبار جدید بودند . فرزندان بازاریان که از پدران خود در باره انجمن تجار زیاد سخن شنیده بودنددوست داشتند از مجلس تجار بگویند. زیرا دولت بلژیک گمرک ایران را در اختیار داشت و با تعرفه های خیلی کم اجناس خارجی را وارد ایران می کرد و باعث کم شدن صنایع داخلی گشته بود که تجار از این بابت بسیار عصبانی بودند و فکر میکردند اگر مجلس تجار تشکیل گردد، تجار داخلی نفسی خواهند کشید و این مجلس مانع ورود بی رویه اجناس خارجی خواهد شد و از ورشکسته شدن بازاریان جلوگیری میکند .

پسر امام جمعه محله خودش در بین جوانان محل طرف داران زیادی داشت ، او از قیام مشروعه میگفت که قوانین مملکت باید تابع شرع باشد و چیزی از آئین شرع کم و یا زیاد نشود. دو سه نفری هم طرفدار مجلس مشروطه بودند و دم از آزادی قلم و بیان میزدند . صحبت های آنها گرم شده بود که یکی از نوکر ها نزدیک میرزا گل محمد شده و آهسته درگوش او گفت که شام حاضر است . او از همه خواست تا به تالار برای صرف شام بازگردند.

پس از صرف شام شازده اردشیرمیرزا آهسته از میرزا گل محمد پرسید :

" امشب به پشت پرده مجلس زنانه نمیرویم ؟"

گل محمد خندید و گفت:" صبر داشته باش ! دلت برای گوهر تاج تنگ شده ؟ اما امشب نمیتوانیم پشت پرده بریم "

میرزا اردشیر با بی حوصله گی پرسید :" چرا ؟"

گل محمد جواب داد :"چون نمایش دیگری قرار است در پشت پرده برگزار شود "

میرزا اردشیر پرسید :" یعنی چی؟"

گل محمد توضیح داد که امشب در آن قسمت تالار زنانه که به تالار آیینه کاری معروف بود و با پرده ای از تالار عمومی جدا می شد و همیشه آنها در آنجا می نشستند و تالار زنانه را نگاه میکردند قرار است یک نمایش مخصوص اجرا شود که هیچ کس تا بحال ندیده . یک تحفه ناب از کشور هندوستان ، باید به غرفه خانم افخم زمان که یک پنجره به تالار دارد و از پشت آن پنجره مستقیما تالار آیینه کاری دیده میشود بروند و این برنامه نوظهور را ببینند .

***

شازده اردشیر به همراه گل محمد و برادرش بطوری که کسی نبیند از در عقب حیاط اندرونی مردانه وارد حیاط اندرونی زنانه شدند و به غرفه افخم زمان رفتند . توی طاقچه یک چراغ لاله قرمز رنگی نور قشنگی به اتاق داده بود ولی از بیرون داخل غرفه دیده نمی شد، آهسته به پشت پنجره ای که مشرف به تالار بود رفته و لبه طاقچه پنجره نشستند .

در تالار زنانه شام تازه تمام شده بود وهنوز خبری نبود زنها همگی با هم حرف میزدند اصلا معلوم نبود که کی با کی حرف میزند .. که مرجانه کنیز مخصوص خانم افخم زمان چیزی در کنار گوش او گفت و بعد به صدای بلند از همه خواست تا سکوت اختیار کنند . سپس به طرف تالار آئینه رفت و از همه دعوت کرد که روبه تالار آیینه بنشینند و تماشاگر یک رقص از کشور هندوستان باشند .

شعله لاله های تالار را کم کردند و مرجانه آهسته پرده بین دو تالار را کنار کشید . انگار که یک تابلوی نقاشی در مقابل چشم همه بود ،کسی نمیتوانست باور کند که آنچه در آن تالار است واقعی است !! شاید اینها مجسمه باشند !!؟

در وسط تالار آیینه روی زمین یک چلچراغ بزرگ سبز رنگ گذاشته بودند که تجلی نور سبز چلچراغ در آیینه های دیوار ها و سقف آیینه کاری شده ، انجا را تبدیل به یک دنیای رویایی کرده بود . درست مثل یک خواب ، خوابی از بهشت ، که میگویند دالان های از نور دارد . در کنار چلچراغ زنی که لباس قرمزی بر تن داشت روی زمین نشسته یک زانویش را بغل کرده و سرش را به آن تکیه داده وبا یک دستش تور قرمزی را روی صورتش کشیده و دست دیگرش را روی پایش گذاشته بود. شاید که او واقعا مجسمه بود!!؟ دو دختر جوان پشت چلچراغ طوری ایستاده بودند که دست راست یکی دست چپ دیگری را گرفته و مثل یک گنبد دستهایشان را بالای چلچراغ گرفته و دست دیگر خود را به کمر چسبانیده بودند . لباس هر دو سراپا سفید بود شلوار سفید تنگ و پیراهنی دور چین تا روی زانو که دور تا دورش گلهای الوان سنگ دوزی شده داشت و تور سفیدی هم بر سر داشتند که همان گلها در حاشیه آن تور بود . دو زن دیگر هم لباس سفیدی پوشیده بودند که خیلی به لباس دو دختر جوان شبیه بود ،در دو طرف تالار نشسته و تار بزرگی در بغل داشتند . انگار تور های سرشان را با سنجاق به موهای آنها چسبانده بودند . هر پنج نفر مثل نقاشی های داخل یک تابلو !بی حرکت بودند ، تالار زنانه را سکوتی در بر گرفت وهمه در سکوت به آنها نگاه میکردند .

در یک لحظه نوای سی تاری که زنها می نواختند در تالار پیچید و دختری که لباس قرمز بر تن داشت !آهسته آهسته به همراه موسقی سرش را از روی زانویش برداشت ، و تور قرمزی را که با دست حائل صورتش کرده بود آرام آرام با دست به طرف دیگر کشید و صورت مثل قرص ماهش کم کم هویدا می شد . آویزه ای به دماغش وصل بود که بوسیله یک زنجیر به پشت گوشش میرفت و زیبائی او را صد چندان میکرد ، در بالای پیشانی اش تیکه جواهری به موهایش وصل بود و از فرق سرش آویزه های طلائی با نگین های رنگی که به طرف گوشش میرفتند به صورت نیم هلالی کشیده شده بودند . بالای ابروهایش با

پولک های نقره ای تزئین شده بود ، آنقدر زیبا بود که نفس را از هر بیننده ای میگرفت .

دختر در زیر تور قرمزی که حائل صورتش بود شبیه قرص ماهی شده بود که در پشت ابری قرمز پنهان شده باشد . نفس شازده اردشیر بند آمده بود مات و مبهوت به این تابلوی نقاشی نگاه میکرد ، یعنی این دختر واقعی است !و یا او در عالم خیال می بیند!!؟ واقعا او انسان است و یا مجسمه ؟ ناگهان با آوای بسیار قشنگ و ربّانی دو زنی که تار مینواختند دخترک شروع به حرکت کرد . دو دختری که در پشت چلچراغ ایستاده بودند دستهایشان را به صورت دعا بالا برده و آهسته بدور خویش می چرخیدند ،و با هر چرخش دامن هایشان یک دور کامل میزد . انگار این نوای موسقی در شریان آنها جریان یافته بود . دختر قرمز پوش آهسته به با یک دست تور قرمز جلوی صورتش را به کناری زد و دستهای قشنگش را به نمایش گذاشت ،در کف دستهایش با حنا نقش خورشید کشیده شده و دور تا دور ناخن هایش هم برنگ حنا بود ویک بند انگشت پائین تر هم یک حلقه دیگر با رنگ حنا کشیده شده بود. درست مثل یک نقاشی ، در انگشت هایش انگشتر های کرده بود که بوسیله زنجیر های باریکی به یک دست بند که بدست داشت وصل می شدند ، و النگوی های شیشه ای قرمز رنگی هم مچ دستش را تا آستین پیراهنش پوشانده بود.

با نوای موسقی یک دستش را بسوی پیشانی ش برده و بعد آهسته به طرف مردم اشاره میکرد . انکار با یکی یکی مدعوین حرف میزد و آنها را مخاطب قرار میداد . بعد با دست دیگرش به پاهای حنا گرفته اش که چندین حلقه خلخال فلزی روی هم پوشیده بود اشاره کرد و پایش را آهسته آهسته به زمین میکوبید تا صدای پای زیب هایش شنیده شود . پس از چند دقیقه کم کم با آهنگ از جایش بلند شد.

انگار قلب شازده اردشیربا این بلند شدن از جا کنده می شد . این موجود چه بود ؟ فرشته بود ؟ انسان بود ؟ یا پری ... با کرنشی بلند شد یک دستش را به کمر زده و دست دیگرش را با آوای موسقی به چرخش در می آورد !! و با هر نوای موسقی یک پایش را به جلو میگذاشت و می ایستاد و بعد دوباره قدمی برمیداشت . هر قدمی که بر می داشت می ایستاد و بعد آهسته قدم دیگرش را جلوی آن می گذاشت . این

رقص نبود ، شاید زیباترین نمایش دنیا بود، تصویر او در تمام آینه های تالار منعکس می شد که این رقص را بیشتر به جادو تبدیل میکرد .

اردشیر میرزا تا بحال چنین چیزی ندیده بود . او شنیده بود که در فرنگ نمایش اپرا اجرا میشود که هنرمندان به عوض حرف زدن آواز میخوانند ولی چنین چیزی نه دیده و نه شنیده بود .

صدای ملکوتی دختر تالار را پر کرد ، انگار یک بچه خوش صدا آواز میخواند ، نوائی که هیچکس تا بحال نشنیده بود . دو دختر پشت سر او دستهایشان را با حرکت بدن به یک طرف میبردند و کنار گوششان کف میزدند این حرکت را آنقدر ظریف انجام میدادند که بیننده فکر میکرد مجسمه هایی هستند که هر چند دقیقه یکبار حرکتی میکنند . دختر قرمز پوش یک قدم برمیداشت و مکثی میکرد و بعد قدم دیگرش را جلو میگذاشت انگار تالار را گز میکرد . با هر قدمی دامن قرمز زر دوزیش را چنان می چرخاند که یک دور کامل بزند . بعد می ایستاد و دستش را به طرف قلبش می برد و شعری میخواند که به زبان دیگری بود و کسی نمی فهمید. سپس انگشت سبابه و انگشت بزرگش را در دو طرف چشمش قرار میداد انگار با چشمهایش حرف میزد . در این موقع یکی از زنها که موسقی مینواخت تارش را زمین گذاشت و ضربی را نواخت و پس از شنیده شدن صدای ضرب دختر قرمز پوش ناگهان ایستاد و کف پاهایش را آهسته به زمین میکوبید و بدنش را می لرزاند که فقط صدای بهم خوردن خلخال هایش شنیده می شد این کار چند دقیقه ای طول کشید و بعد ایستاد و نگاهی به جمعیت کرد سپس به طرف دخترهای پشت سرش باز گشت و همچنان از پشت به رقص خودش ادامه میداد ویک دور کامل همان رقص را تکرار کرد و دوباره به طرف جمعیت چرخید و یک شعر فارسی ولی با لهجه ای غریبه را خواند

بیا با هم در آویزیم و رقصیم ز گیتی دل بر انگیزیم و رقصیم

رویم اندر حریم کوچه دوست ز چشمان اشک خون ریزیم و رقصیم

بعد چرخی زد و پاهایش را دوباره روی زمین کوبید و خودش را لرزاند و سپس ایستاد و دوباره همان رقص را از نو تکرار کرد و قدم به قدم تالار آیینه را کز نمود ،در دو طرف او دو دختر سفید پوش هم با حرکات

آرامی میرقصیدند، تا بالاخره دو زن نوازنده دست از کار کشیدند و هر پنج نفر سری در مقابل مردم فرود آورده و پرده تالار کشیده شد .

شازده اردشیر مست این رقص،این نگاه و این موسقی شده بود انگار که این دختر فقط برای او می رقصید ، چه رقصی ، چه نوایی! چه آوازی ! و چه صورت زیبائی ! او چه بود و با دل شازده چه کرد!! اصلا نفهمید که کی رقص تمام شد ، انگار که توی این دنیا نبود ، سرش را به شیشه پنجره چسبانده و مسخ این همه زیبائی شده بود جمعیت دست میزدند چراغ ها را دوباره پر نور کردند ولی اردشیر میرزا فقط دختر را می دید با آن آوای ملکوتی و حرکات موزون انگار او فقط برای شازده اردشیر رقصیده بود . گل محمد بازویش را کشید و گفت :

" اردشیر کجایی تمام شد !!"

شازده اردشیر انگار از ماورای دنیای دیگری باز گشته باشد نگاهی به درون تالار کرد و نگاهی به گل محمد و پرسید :

" تمام شد ؟ به این زودی ؟"

گل محمد دست او را گرفت و از غرفه افخم زمان بیرون برد . چون می ترسید کسی ببیند که آنها از پشت پنجره به تالار زنانه چشم دوخته بودند .

***

شب از نیمه گذشته بود همه میهمان ها رفتند حتی حسام الدوله پدر اردشیر میرزا هم رفت ، ولی شازده اردشیر در کنار حیاط روی تختی دراز کشیده بود و در رویای آن دختر هندی غوطه میخورد. انگار فقط او بود و آن دختر هندی ، گل محمد به شازده حسام الدوله گفته بود که چون قرار است شب جمعه آینده خطبه عقد را بخوانند بنا براین به وجود اردشیرمیرزا احتیاج دارند که به آنها کمک کند. همه رفتند ولی آن سه نفر روی تخت توی حیاط نشسته بودند و حرف میزدند . شازده اردشیر هنوز هم در رویای رقص آن دخترک هندی غرق بود ، و فقط از او حرف میزد . گل محمد که خیلی خسته بنظر میرسید به او گفت

بیا به اتاق برویم و بخوابیم ، اما شازده اردشیر میخواست بداند که او کیست و از کجا آمده ؟

آنشب خواب به چشمان او نیامد ، تا چشمانش را می بست دختر هندی را می دید ، او مسخ این نگاه ، این کرنش، این اندام و آن همه معصومیت گشته بود و یک دل نه صد دل عاشق و شیدا . گاهی هم اگر خواب چشمانش را در می ربود دختر هندی را می دید که دستهایش را مثل گنبد بالای سرش گرفته و قدم به قدم بسوی او می آید . یعنی خداوند چنین مخلوق هایی هم آفریده؟؟انگار الان می فهمید که شعرا چگونه عاشق میشوند و قصه های لیلی و مجنون و شیرین فرهاد از چه عشقی سرچشمه گرفت است .

بالاخره صبح شد و بیدار شدند ، غلامی صبحانه آنها را به اتاق گل محمد آورد . اما اردشیر اصلا اشتها نداشت فقط چای را برداشت و نوشید . او سراپا عشق و هیجان شده بود . گل محمد متوجه تغییر حال او بود اما از عاقبت این عشق می ترسید ، و نمیخواست زیاد در این باره حرف بزند . ولی شازده اردشیر دست بردار نبود میخواست بداند این دختر کیست ؟ از کجا آمده ؟و چطور از خانه خواهرش سر درآورده ؟بالاخره گل محمد را مجبور به حرف زدن کرد . گل محمد با لحن شوخی پرسید " شازده اردشیر نکنه عاشق او شده باشی؟"

اردشیر نگاهی به او کرد و گفت :" کاش عاشق شده بودم !! دیوانه شدم شیدا شدم ! همه جا او رو می بینم !!حالا گیرم که عاشق شدم خلاف شرع که نکردم ؟"

گل محمد یک کم این ور و آن ور شد و پرسید :

" شوخی میکنی ؟ چون این دختر لایق تو نیست !!؟"

اردشیر با تعجب پرسید :" چرا لایق من نیست ؟ او که مثل گوهر تاج و دارو دسته اش نیست !!رقص اصیل میکنه! من شنیدم که در هندوستان رقص یک عبادته !"

گل محمد حالا از اینکه آنها رابرای رقصیدن در مراسم خواستگاری دعوت کرده بودند پشیمان شده بود، باید این خیال را از سر اردشیر

بیاندازند و گرنه خاندان آنها دچار یک گرفتاری بزرگ خواهد شد !!او داستانها درباره شازده ها و اعیان و اشراف شنیده بود که زنانی مثل گوهر تاج را صیغه میکنند . ولی این داستان فرق میکرد ،اولا خاندان حسام الدوله چگونه با این داستان کنار خواهند آمد؟ ثانیأ او یک دختر افغانی بی گناه بود و گل محمد نمیخواست که او طعمه عشق یک شبه شازده شده ! و بعد آواره گردد!! شاید این فقط یک هوس زودگذر باشد. چاره ای جز گفتن حقیقت نداشت . شاید آنوقت این عشق یک شبه که بیشتر شبیه یک هوس بود از سر اردشیر بیافتد و آنرا به باد فراموشی بسپارد و چنین آغاز به سخن کرد .

"اردشیر جان ، خودت میدانی که من تا دوازده سالکی در افغانستان بودم ، افغانستان مدتها تحت تسلط هندوستان و شاهنشاهی مغول ها بوده . بر عکس ایران که مردم مغول ها را دوست نداشتند و دوره آنها خیلی زود تمام شد. سلطنت مغول یکی از بهترین دوران تاریخ هند میباشد و بیشتر آثار باستانی هند مثل تاج محل و قلعه های قرمز در زمان آنها ساخته شده . در آنزمان افغانستان هم تحت سلطه مغول ها بوده . حکومت مغول دو نوع سلطنت موجود در دنیا را برای حرمسرا داری تقلید میکرده ، یکی عثمانی ها و طرز حرم داری آنها و داشتن کنیز های فراوان درحرمسرا و دیگری زندگی مهاراجه های هندو که در دربار آنها هم کنیز های فراوانی بودند که برای سرگرمی شاهان میرقصیدند و آواز میخواندند . البته در دین هندو رقص یکی از عبادت ها بوده و کسی که برای خدایان میرقصیده گناهی مرتکب نمی شده حتی بعضی از دعا ها را هنوز هم همراه با موسقی و سی تار میخوانند. هنوز هم در روزهای مخصوصی در معبد ها دختران میرقصند و دعا های دسته جمعی به صورت یک موسقی خوانده می شود . البته من هیچوقت به هند نرفته ام اما در افغانستان هندو زیاد بودند وچندین معبد در آنجا هست .

در دربار مغول هم کنیزان خوب صورت با تعلیم گرفتن از استادان رقص و آواز برای شاهنشاه و خاندان سلطنتی شبها به رقص و آواز می پرداختند که حتی داستان عشق شاهزاده سلیم که عاشق یکی از این کنیز ها می شود و عشقی بسیار عمیق بین آنها به وجود می اید که با مخالفت شاه مغول روبرشده و سر انجام خوبی نداشته ، هنوز هم بر سر زبان ها است . دختران خوب صورت را از بچگی انتخاب میکردند و

استادان !موسقی و رقص به آنها تعلیم میدادند تا برای رقص در دربار آماده شوند .

پس از انقراض مغول ها و اشغال هند بوسیله دولت بریتانیا و برچیده شدن دربار پادشاهان مسلمان، سنت این رقص در مسلمان ها باقی ماند ، البته دیگر درباری نبود که کنیز ها برای سلطان ها برقصند!ولی این رقص بصورت یک رقص بازاری در آمد. هنوز این رسم ادامه دارد و دختران زیبا روی را در بچگی میدزدند و به خانه هایی که مخصوص این زنان رقاصه است می فروشند تا برای این کار آماده شوند و آنها را با شعر و موسیقی آشنا می کنند ، حتی بیشتر آنها شعرهای قشنگی هم میگویند و شعر های خودشان را در مجالس میخوانند . این خانه ها در محله های مخصوصی قرار دارد که بد نام هستند و فقط شبها زندگی در آن جریان دارد ، در هرخانه ای از آن محله ها، زنها در شب میرقصند و مردان دور تا دور تالار روی مخدّه ها می نشیند و به رقاصه ها نگاه میکنند و کیسه های زر به پای آنها می ریزند. این یک کاسبی شده و به این زنها طوائف میگویند .

پای طوائف ها به افغانستان هم رسیده که باعث سرگرمی مردهای ثروت مند میشوند . بعضی از این زنها با مردها در مقابل پول میخوابند و حتی رئیس خانه ای که در آن کار میکنند این پول را میگیرد . البته بعضی ها هم پاک هستند و فقط میرقصند و تن فروشی نمیکنند. آنها فقط برای اجرای رقص به عروسی ها و میهمانی های ثروتمندان دعوت میشوند . البته دختر هایی که با مردها نمیخوابند ، دختران طوائف های پیر هستند که از آنها مراقبت میشود و تن فروشی نمیکنند، ولی بیشتر آنها زنان خود فروش هستند . در هر صورت اینها طوائف هستند و بی نظیر هم یکی از آنهاست . البته ناصره بیگم خواهر بزرگ بی نظیر همان که تار میزد از او مراقبت میکند. اما بهر جهت حتی صحیح نیست که در مورد او فکر کنی ، این جور زنها می آیند و میروند و ارزش فکر کردن هم ندارند چه رسد به عاشقی"

رنگ از روی شازده اردشیر پرید ، خدایا این چه سرنوشتی بود که برای او نوشتی ، دلش مالش میرفت ،حیف این دختر زیبا رو نیست که چنین سرنوشت شومی داشته باشد ! کاش فقط یکبار او را از نزدیک ببیند بعد برای همیشه یادش را از دلش بشورد . وقتی این را به گل

محمد گفت ، او مخالفت کرد ، چه دیدنی دارد ، این ها برای یک برنامه دعوت شده بودند و میروند . گل محمد از آینده می ترسید، داستانهای زیادی در مورد دل بستن شازده ها به زنانی مثل گوهر تاج شنیده بود که جز بدبختی خانواده ها عاقبتی نداشته . اما شازده اردشیر با التماس از او میخواست که فقط برای یکبار بی نظیر را ببیند ، بی نظیر واقعاً هم بی نظیر بود . بالاخره گل محمد قبول کرد که پیش شاه جان برود و ببیند که دارو دسته ناصر ه بیگم کجا هستند . گل محمد و جان محمد به زن پدرشان افخم زمان چون شازده بود شاه جان میگفتند و انصافاً او هم رابطه بسیار خوبی با آنها داشت و از اینکه دختران او برادر های به این خوبی دارند افتخار میکرد . گل محمد برای دیدن شاه جان رفت و شازده اردشیر را تنها گذاشت .

اردشیر سرش را به بالش تکیه داد و اشکهایش روان شد ، چرا او همیشه باید جای غلطی ، عشق غلطی ، دختر غلطی را انتخاب کند !! انگار چشمهای پر اشک ربابه را می دید ، دختر کوچک باریک اندامی که او در چهارده سالگی عاشقش شد . خودش را در چهارده سالگی میدید تازه پشت لبش سبز شده بود ، که ناگهان عشق را شناخت ، ربابه دختر یکی از کنیزهای زن پدرش بود بود که از ایل قاجار همراه او آمده بود . این کنیز را برای یکی از فراش ها دولتی عقد کردند ولی دنیا با او نساخت و شوهرش در اثر یک بیماری در گذشت و کنیز با ربابه که آنوقت دختر بچه ای دو یا سه ساله بود به عمارت بازگشت .

ربابه در عمارت آنها در حیاط خلوت کنیز ها بزرگ می شد ، گاهی در حیاط آشپزخانه با هم بازی میکردند . اردشیر نفهمید کی بزرگ شد یک روز ربابه روی پشت بام نشسته بود و موهای سیاه و بلندش را زیر نور آفتاب شانه میزد ، اردشیر هم بادبادکی را درست کرده برای پرواز دادنش به پشت بام رفته بود . ناگهان ربابه را دید ودل باخته او شد ، انگار تا بحال ربابه را ندیده بود ! یک دل نه صد دل عاشق او شد. خودش نفهمید که چی شد؟ صدای ضربان قلبش را می شنید انگار یک دیگ آب جوش در تمام بدنش به جریان افتاده بود و او از درون می سوخت . دلش میخواست بسوی او برود و او را در آغوش بگیرد آن زمان سن بلوغ اردشیر بود و این احساسات برایش تازگی داشت انگار داشت از عشق ربابه خفه می شد . خودش نفهمید که آن روز چه اتفاقی افتاد! اما پس از آن همیشه چشمش بدنبال ربابه میگشت .

خودش را به جایی که او بود میرساند و گاهی به او دستور میداد که کاری برایش انجام دهد ، تا او را بیشتر از نزدیک ببیند . مثلا میگفت برای من آب خنگ بیار و یا لباس های مرا به اتاقم ببر و یا کتاب های مرا برایم بیاور ، به گونه ای میخواست که ربابه را در کنار خود داشته باشد . ربابه هم بدون چون چرا با خوشحالی خواسته های او را انجام میداد ، او دلش نمیخواست به ربابه کار دهد و با او مثل یک کلفت رفتار نماید اما برای دیدن او چاره دیگری نداشت ! این تنها راه دیدن معشوق بود و وقتی با ربابه تنها می شد شعله آتشی تمام وجودش را فرا میگرفت .

شبهای تابستان بخاطر گرما روی پشت بام توی پشه بند می خوابیدند یک شب قبل از رفتن به بام از ربابه خواست تا برایش یک پارچ آب خنک ببرد . خیلی دلش هوای دیدن ربابه را کرده بود . ربابه با یک پارچ آب بروی بام رفت وآن را کنار سر اردشیر توی یک سینی گذاشت . اردشیر ناگهان دلش مالش رفت خودش نفهمید دارد چکار میکند بلند شد و دست ربابه را در دست گرفت و او را بسوی خودش کشید و گونه او را بوسید . ربابه مثل بید میلرزید نه قدرت رفتن داشت و نه جرات ماندن که ناگهان صدای سرفه ای از یکی از پشت بام ها شنیده شد و ربابه با سرعت بسوی راه پله ها دوید . اردشیر آنشب را تا صبح در رویای آن بوسه دزدکی گذراند . در خواب می دید که ربابه را بوسیده است و بیدار میشد و دوباره با همان رویا بخواب میرفت .

صبح با صدای جیغ و گریه یک نفر و هیاهوی زیادی بیدار شد ، از پشت بام به حیاط نگاه کرد یکی را فلک میکردند ، خوب که دقت کرد ربابه را شناخت ای داد و بیداد ربابه را فلک میکردند !! چرا ؟ مگر چه کرده ؟ دختر دوازده ساله بیچاره را وسط حیاط پایش را به چوب فلک بسته بودند و دو نفر چوب را گرفته وحاجی آقا مباشر پدرش داشت ربابه را با یک ترکه چوب گیلاس میزد . با هر ضربه ای صدای شیون ربابه بلند می شد و مادر بیچاره اش آنطرف تر نشسته و اشک میریخت . اردشیر نمیدانست چکار کند دستپاچه شده بود نه جرات پائین رفتن داشت و نه تحمل کتک خوردن ربابه را ، او عاشق شده بود ، او ربابه را بوسیده بود و ربابه بیچاره داشت زیر چوب فلک جان میداد و او حتی جرات حرف زدن هم نداشت چه رسد به نجات ربابه !

از شدت ناراحتی سرش را به لبه پشت بام میکوبید خون از پیشانیش سرازیر شده بود ، گریه میکرد و سرش را به بام میکوبید . یکی از کنیز ها که برای جمع کردن پشه بند و رختخواب ها به بام آمده بود اردشیر میرزا را دید که چهره اش غرق در خون است فریاد کشید بیایید شازده اردشیر دارد از دست میرود . حاجی آقا ربابه را رها کرد و بسوی راه پله دوید که ببیند چه خبر شده . چند نوکر دیگر هم آمدند ، شازده که داشت بیهوش می شد را بلند کرده و از پله ها به پائین بردند . فورا حکیم خبر کردند و زخم سر او را بستند . دیگر از چوب فلک خبری نبود و کسی هم نپرسید که چه اتفاقی برای شازده افتاده !!؟ همه میگفتند شازده در خواب از تخت افتاده و زخمی شده ، خیلی دلش میخواست بداند ربابه کجاست و چه بر سرش آمده اما جرات نمیکرد از کسی بپرسد .

دو روز بعد کوچکترین خواهرش که از بقیه به او نزدیک تر بود به او گفت ربابه را همراه مادرش به یکی از دهاتی که صاحبش بودند فرستادند تا در آنجا به عقد پسر کدخدا در بیاید . او عاشق شده بود ، او ربابه را در آغوش گرفته و بوسیده بود و دختر بینوا تقاص آنرا پس داد . پس از رفتن ربابه او غمگین در گوشه ای می نشست و به او فکر میکرد ، یک روز حاجی آقا که او را بزرگ کرده و به او خیلی نزدیک بود برایش گفت که این عشق نیست این نشانه های بلوغ است ، همه مردها این دوره را سپری میکنند تا بزرگ شوند و همه فکر میکنند که عاشق شدند بلوغ اینگونه ظاهر میشود و همه پسر ها در چنین سنی درگیر این عشق های بچگانه میشوند که حتی وقتی بزرگ شدند اسمش هم یادشان نمی ماند برای تو هم چنین خواهد شد .

اما برای اردشیر چنین نشد ضربه ای که این عشق نافرجام بچگی به او زد باعث شد که دیگر به دختر ها نگاه هم نکند . آن سال تابستان او را به ایل قاجار فرستادند تا تمرین اسب سواری و تیر اندازی کند و عاشقی را فراموش نماید . اردشیر دیگر عاشق نشد ، بعد از تمام کردن دار فنون بفکر فرنگ رفتن افتاد و بدنبال بازی های سیاسی، اما دیشب باز دست سرنوشت با او شوخی زشتی را کرد !دوباره عشقی غلط و دختری غلط را بر سر راه او گذاشت! شاید ناف او را به نام دخترهای غلط بریده بودند.

پس از نیم ساعت گل محمد بازگشت در صورتش یک خوشحالی دیده

میشد کنار اردشیر نشست و گفت :

" پسر تو چقدر خوش اقبالی "

اردشیر با تعجب نگاهش کرد یعنی چه ؟ و او ادامه داد

" ناصر ه بیگم توبه کرده و در مراسم مردانه اصلا نمی خوانند و برای زیارت به ایران آمده ، و چنین ادامه داد که.. سالها پیش در کراچی ناصره بیگم هم ساز میزده و هم آواز می خوانده ، مادرش صاحب خانه بوده و اجازه نمی داده که کسی از او سوء استفاده کند . از دختران خود مراقبت میکرده بی نظیر آنوقت کوچک بوده ، تا زمانیکه یک تاجر افغانی به کراچی میرود و عاشق ناصره میشود و میخواهد که او را عقد کند . مادرش هم قبول میکند و بی نظیر را هم همراه او به افغانستان می فرستد تا سرنوشت بهتری پیدا کند . آنها مدتها در هرات زندگی خوبی داشته اند ، اما از بخت بد آنها آن تاجر می میرد و خانواده او هم ناصره بیگم را از خانه بیرون میکنند ، بدون اینکه از اموال او چیزی به ناصره بدهند . او مجبور میشود که دوباره به رقص و خواندن پناه ببرد، ولی فقط در مجالس زنانه ، در عروسی ها و مولودی ها می خواند ، حالا هم برای زیارت به ایران آمدند . چون در افغانستان شوهرش با پدرم آشنا بوده به بازار رفته و حجره پدرم را پیدا میکند و به دیدار او میرود .

پدرم هم او را به خانه می آورد ، البته من تا دیشب آنها را ندیده بودم چون ما رفت و آمدی به حیاط اندرونی زنانه نداریم . این ها در یک کاروانسرائی همراه بقیه مسافر های افغانی که برای زیارت آمده اند زندگی میکنند ولی این چند روزه در خانه ما خواهند ماند تا شب جمعه آینده که خطبه عقد خواهرم را میخوانند ، قرار است در شب عقد هم یک چنین رقصی را دوباره اجرا کنند "

پس از گفتن داستان ناصره بیگم و بی نظیر، گل محمد ادامه داد :

'' اما اردشیر جان بهتره که تو دنبال این حرفها و دختر را نگیری ، تو شازده هستی میخوای فرنگ بری اصلا خودت را درگیر این ماجرانکن در شان تو نیست !! درسته بی نظیر خیلی خوشگله ، اما اگر برای خوشگذرانی بسوی او بری بعد رهایش کنی گناه داره ، شکست میخوره و خدای نکرده به راه بد می افته که باعث آن تو میشوی ، و اگر در این

امر جدی باشی !! هزار سال خانواده تو اجازه نمیدهند که تو با یک طوائف ازدواج کنی !!"

اردشیر به بخت بد خودش میخندید ، راستی چرا او با دختری برخورد نمیکند که هم از خانواده خوبی باشد هم اردشیر بی انتها عاشق او شود دلش سخت گرفت و راز نهفته در سینه اش را گشود و داستان ربابه را برای اولین بار در عمرش برای گل محمد تعریف کرد و گفت که چقدر بعد از آن ضربه خورده و تا بحال دنبال هیچ دختری نرفته است و حالا هم که از دختری خوشش آمده باید چنین باشد . شاید حق با گل محمد بود و این عشق هم سر انجامی نخواهد داشت . گل محمد خیلی دلش برای او سوخت عجب سرنوشتی این شازده دارد، اما چاره ای جز اینکه دل او را بشکند نداشت . در این موقع یکی از نو کران داخل شد و تعظیمی کرد و گفت:

" شازده خانم افخم زمان میل دارند برادرشان را ببینند "

بند دل شازده پاره شد نکند که خواهرش از این ماجرا بویی برده باشد اما گل محمد دلش را قرص کرد که چیزی به شاه جان نگفته فقط او میخواهد شازده را ببیند . ولی باز هم شازده اردشیر ته دلش میلرزید ، بلند شد و دستی به سرو مویش کشید کلاه قاجاری ش را برسر گذاشت و جبه ش را پوشید و به همراه گل محمد از غرفه او خارج شده و به طرف حیاط اندرونی زنانه براه افتاد .

شاید او همیشه باید تنها بماند ، تصمیم گرفت که دیگر در مورد بی نظیر فکرهم نکند!!؟ باید باور کند که عشق در زندگی او نقشی ندارد!! اما تقدیر چیز دیگری را برای او رقم زده بود . وقتی وارد حیاط اندرونی زنانه شدند ناگهان با بی نظیر روبرو شد ، او روی تختی نشسته بود و دختران افخم زمان و چند کنیز هم دورش بودند او به صدای بلند می خندید چه قهقهه ای که تار پود اردشیر شروع به لرزیدن کرد .

این بار در زیر نور آفتاب صورت او هزار برابر زیباتر از دیشب بود، لباس هندی آبی خوشرنگی بر تن داشت و توری به همان رنگ روی سرش انداخته بود و زیور های صورتش همه از سنگهای آبی بودند .مثل یک پری دریایی در مقابل اردشیر ظاهر شد ، انگار دنیا با اردشیر سر جنگ داشت هر چه قدر که او کوشش میکرد که از این عشق فرار کند

تقدیر دوباره بی نظیر را سر راهش قرار میداد . کنیزان با دیدن گل محمد و شازده اردشیر از روی تخت بلند شده و کنار دیوار ایستادند . منور زمان بسوی آنها دوید و دست دائی اردشیر را گرفته بسوی تختی که بی نظیر رویش نشسته بود برد و با خوشحالی گفت :

" دائی جان بیا ترا با بی نظیر آشنا کنم ، نمیدونی دیشب چه رقص قشنگی کرد چه صدای زیبائی داره... او همانطور از بی نظیر میگفت و اردشیر را بسوی او میبرد . اردشیر بقیه حرفهای او را نمی شنید انگار دنیا ایستاده بود فقط او و بی نظیر در این بُعد زمانی وجود داشتند و خنده های بی نظیر که حالا ساکت شده بود و به احترام شازده اردشیر از جایش بلند شده و با دست تور آبی ش را جلوی صورت مثل حجاب کشید ه و دست دیگرش را به صورت احترام جلوی صورتش بالا آورد و سلام کرد . نفس اردشیر بند آمده بود ، خدایا این چه بازی است که تقدیر با او میکند . به اصرار منور زمان کنار تخت نشست . زبانش بند آمده بود که با او احوال پرسی کند و منور زمان مرتب حرف میزد و از بی نظیر تعریف میکرد . شازده اردشیر هم چشم از او بر نمی داشت . گل محمد جلو آمد و سکوت را شکست و گفت :

" بی نظیر خانم خیلی خوش آمدید ، خوش بحال خانم ها که آواز شما را شنیدند "

بی نظیر سری به علامت ادب پائین آورد و با لهجه افغانی با شرم گفت :

"صاحب جان ما را شرمنده میکنید .. منور زمان بسیار مهربان است که از ما میگوید ..و گرنه ما چیزی نیستیم "

او سخن میگفت ولی اردشیر فقط تکان خوردن لبهایش را میدید صدایش انگار در دالانی می پیچید و گم می شد. هر چه رشته بود پنبه شد ، سرا پایش در آتش عشق بی نظیر میسوخت ،درست حالت زمانی که ربابه را بوسیده بود به او دست داد . دلش میخواست جلوی همه بی نظیر را بغل کند و فریاد بزند که او را دوست میدارد . نفهمید چقدر همانطور ساکت نشسته و به او چشم دوخته بود ، که گل محمد بازویش را کشید و به او یاد آوری کرد که باید به دیدن شاه جان بروند . مثل یک مجسمه از جایش بلند شد نمیتوانست نگاهش را از بی نظیر برگیرد .

منور زمان گفت:

" دائی جان بعد از دیدن خانم جان بر گردید اینجا شاید بی نظیر را راضی کنیم برایمان بخواند ."

اردشیر میرزا مثل مرده ایکه روحش را جا گذاشته باشد به طرف اتاق خواهرش میرفت خدایا چگونه با این عشق مقابله کند !!؟ حدود نیم ساعتی پیش افخم زمان نشست و با او حرف زد اما خودش هم نمی فهمید که چه گفت و چه شنید . بالاخره گل محمد بدادش رسید و اجازه رفتن گرفت . وقتی به حیاط باز گشتند دخترها هنوز دور بی نظیر نشسته بودند و با او حرف میزدند . قلب اردشیر داشت از زدن می ایستاد ، پایش قدرت رفتن نداشت با تمام کوششی که کرد که بسوی او نرود باز هم مستقیم به کنار تخت رفت و آنجا نشست. جان محمد هم به جمع آنها پیوست . همه حرف میزدند ولی اردشیر فقط گوش بود و چشم و نگاهش را از بی نظیر بر نمی گرفت بالاخره به اصرار همه بی نظیر یک آواز خواند بدون تار و ضرب اما صدایش آنقدر قشنگ بود که احتیاجی به نوای موسقی نداشت .

آنجا نشسته بودند تا زمانی که مباشر آقا آنها را برای غذا خوردن همراه آقا و خانم صدا زد . البته بی نظیر به غرفه ای که برای آنها در نظر گرفته شده بود رفت تا همراه خواهرش غذا بخورد و با رفتنش دل و جان اردشیر را هم برد .

****

از همان شب اردشیر کنار حیاط بدور از چشم کنیز های خبر چین می نشست و با بی نظیر حرف میزد . این یک هفته که قرار بود در خانه خواهر بماند و کمک حال گل محمد و جان محمد باشد ، شاید بیشتر وقتش را با بی نظیر گذراند . وقتی جان محمد می پرسید که چرا اینکار را با خودش میکند!!؟ میگفت نمیتوانم ..نمیتوانم خودم را نگاه دارم و دنبالش نروم. گاهی وقت ها دختران امیر خان ، گل محمد و جان محمد هم کنار آنها می نشستند و چون بی نظیر اهل شعر و شاعری بود مشاعره میکردند . بی نظیر کتاب دیوان شعری از یک شاعر جوان هندی بنام اقبال لاهوری که به زبان اردو و فارسی و به سبک شعرای ایرانی شعر میگفت را همراه خودش داشت و گاهی غزل ، و یا رباعی

هایی از او میخواند . منور زمان هم شعر های زیادی از حفظ داشت و با هم مشاعره میکردند ، یکی از شبها از او خواستند تا شعر های اقبال را برایشان بخواند و او چندین رباعی عاشقانه که هر کدام آتش به جان اردشیر میرزا میزد راخواند .

دلی به کف نهادم دلبری نیست　　متاعی داشتم ، غارت گری نیست

درون سینه ی من منزلی گیر　　مسلمانی ، ز من تنها تری نیست

***

چه پرسی از نماز عاشقانه　　رکوعش چون سجودش محرمانه

تب و تاب یکی الله اکبر　　نگنجد در نماز پنج گانه

***

حرم جز قبله قلب و نظر نیست　　طواف او طواف بام و در نیست

میان ما و بیت الله رمزیست　　که جبریل امین را هم خبر نیست

***

این شعر ها آتش به جان اردشیر میزد ، چنین دختری با این همه احساس چرا باید بد نام باشد و از او بنام یک رقاصه نام برده شود، چگونه میتواند او رافراموش کند ؟

این شبهای تکرار نشدنی یک دنیا عشق و لذت عاشقی برای شازده اردشیر داشت . خدایا این دختر از آنطرف دنیا آمده تا آتش به زندگی او بزند . بدون اینکه فکر کند که چه پیش خواهد آمد غرق در این عشق شده بود گاهی ساعت ها خاموش می نشست و به او مینگریست ، عاقبت این عشق به کجا خواهد انجامید ؟او عاشق شده بود ، در دام عشقی محال دست و پا میزد و لحظه به لحظه بیشتر در این دریای ژرف عشق غرق می شد و هیچ راه نجاتی نداشت . نه خواب داشت و نه خوراک ، نه میدانست که چه باید بکند فقط این را میدانست که مثل

هوا برای نفس کشیدن به بی نظیر احتیاج دارد و بدون او می میرد . بی نظیر هر روز سراپا لباس دیگری می پوشید با رنگهای الوان ، یک روز صورتی ، روز دگر سبز، یا ارغوانی، و مثل عروسی خودش را با زیور آلاتی برنگ لباسش می آراست و دل اردشیر را بیشتر اسیر خود میکرد.

***

روز چهارشنبه حنا بندان منور زمان بود ، با اینکه در خانه حمام داشتند اما چون رسم بر این بود که در شب حنا بندان هم باید میهمانان زیادی باشند بنا براین حمام عموی محله را قرق کردند که فقط میهمانان میرزا امیر خان به حمام بروند .

حمام عمومی بسیار بزرگ بود ، هر محله ای یک حمام داشت که نصف روز مردانه و نصف روز زنانه می شد و دربعضی از محله های اعیان نشین هم دو حمام وجود داشت یکی مردانه و یکی زنانه . این حمام با یک در به پله ها وصل می شد که به پائین میرفت و به وسیله لُنگی مثل پرده از رخت کن حمام جدا می شد ، رخت کن داری سکوی های بزرگی بود که یکی دو تا پله میخورد .

مردم با خودشان بقچه ای می آوردند که لباس پاک و حوله درآن بود و بروی این سکوی میگذاشتند و کارگر ها بقچه ها را روی سطح سکوی پهن میگردند . قیمت و جنس این بقچه ها درجه ثروت اشخاص را مشخص میکرد . یک بقچه بزرگ پشمی بود بشکل مستطیل که به آن سوزنی میگفتند که دارای نقش نگار های هندسی بود و بعد روی آن بقچه مخمل و یا ترمه می انداختند و روی آن هم بقچه ای از چلوار گلدوزی شده و چند تا حوله، یا لنگ و لباس های تمیز را در کناری میگذاشتند . لباس های کثیف را هم در بقچه ی دیگر گذاشته و کنار پای مشتری جای میدادند.

مشتری چه زن و چه مرد با دوتا لنگ و وسایل حمام که شامل سینی بزرگ مسی ،طشت مسی ، لگن مسی ، صابون ، لیف و کیسه بود بوسیله یک خدمت کار و یا یکی از کارگران حمام حمل میشد وارد حمام گرم می شد . اگر حمام قرق نبود کارگر نام شخص وارد شده را اعلام میکرد و همه به احترام او از جای بر می خاستند و اگر قرق بود که همه آشنا بودند . بعد دلاک سینی را روی زمین می گذاشت تا آن

شخص در روی آن بنشیند و لکن را هم از آب گرم خزینه پر میکرد و با کاسه ای بر سر و دوش او میریخت . معمولا حمام چند ساعتی طول می کشید ، تا دلاک ها یکي یکي را بشورند و برای آب کشیدن به داخل خزینه که استخر بزرگ آب داغ بود می رفتند سپس دلاک ها دم خزینه به آنها لنگ خشک میدادند تا به رخت کن بروند و از وسایل خودشان استفاده کنند .

برای حنا بندان منور زمان هم حمام را از بعد از ظهر قرق کرده بودند و چند کنیز قبلا وسایل حمام را همراه با هندوانه و خربزه انگور و شربت به لیمو به حمام برده بودند . روی صورت او را از خانه تور قرمز رنگی انداخته و همراه دختران جوان او را پیاده به حمام بردند ، سکوی ها را قبلا چیده بودند ، و غریبه ای در حمام نبود ولی خوب خودشان میهمانان زیادی داشتند ، با هلهله و صلوات عروس را وارد حمام کردند . سپس دو سه زن که کارشان حنا بندان بود و با حنا نقش نگار روی دست و پای عروس و دوستانش می کشیدند شروع به کار کردند و نقش های قشنگی روی کف دست و پای عروس کشیدند . آنها باید ساعتي بیحرکت می نشستند تا حنا نقش ببندند البته بی نظیر هم همراه آنها به صورت میهمان و دوست عروس بود . در این مدت گوهر تاج و دارو دسته ش می زدند و میرقصیدند و شعرهای عامیانه میخواندند ،.

گوهر تاج ، از شب خواستگاری که رقاصه های هندي رقصیدند ، خیلی دلگیر گشته و پیغام داده بود که برای عقد کنان نمی آید چون خانم افخم زمان با دعوت کردن رقاصه های هندی آنها را جلوی مردم خفیف کرده . ولی خانم افخم زمان با دادن شواز خوبی دل او را را بدست آورده و برایش پیغام فرستاده بودکه آنها رقاصه نبودند و میهمان خانه آنها هستند و در جائی برنامه اجرا نمیکنند ، تا که گوهر تاج حاضر شد که در مراسم حنا بندان و عقد کنان شرکت کند.

بالاخره حنای دست و پای عروس و همراهانش رنگ گرفت و آنها را شستند ، آنوقت میوه ها را برای پذیرائی به داخل حمام آوردند تا به قول خودشان دلشان حال بیاید و پس از صرف میوه و تمام شدن حمام عروس را به رخت کن آوردن با هلهله و صلوات چند کارگر آنها را خشک کرده اسفند دود نمودند و برای همه شربت به لیمو در لیوانها

ریختند . مرجانه خانم هم که از طرف مادر عروس آنجا همه کاره بود سکه بر سر عروس ریخت تا کارگر ها جمع کنند ، و وقتی که از حمام بیرون آمدند یک نفر آیینه بدست جلوی عروس راه میرفت و یک نفر هم سینی منقل اسفند را در دست داشت و مرجانه هم سکه های پول سیاه بر سر عروس میریخت تا بچه های توی کوچه جمع کرده و برای خوشبختی عروس دعا کنند .

شب هم دارو دسته گوهر تاج آمدند تا با بذله گوئی ، رقص و آواز میهمانان را سر گرم کنند .یک نمایشنامه با رقص اجرا کردند که یک لوطی محله عاشق یک زن رقاصه که زیر چادر سیاه و روبنده بود ولی با عشوه گری هایش ، دل از لوطی محل میبرد را اجرا نمودند . البته یکی از رقاصه ها نقش لوطی را اجرا میکرد و لباس مردانه پوشیده و سبیل هم گذاشته بود و این نمایش بسیار مورد توجه قرار گرفت . شاید گوهر تاج این نمایش را اجرا کرد تا تو دهنی به رقص رقاصان هندی زده باشد . شام خوبی هم دادند و مجلس حنا بندان تا پاسی از شب ادامه داشت.

بالاخره شب جمعه هم فرا رسید و مجلس مجلل زنانه و مردانه بر قرار شد ، دوباره کنیزان خوانچه های آئینه و شمعدان و هدایایی که برای عروس آورده بودند را در تالار چیدند . در تالار آیینه کاری سفره عقد منور زمان چیده شده بود که ازچیزی کم نگذاشته بودند ..سفره عقدی که آرزوی هر دختری بود، بی نظیر هم لباس صورتی رنگی پوشیده ودر تالار می چرخید و کمک میکرد قرار بود پس از رفتن میهمانان در یک مجلس خصوصی برای عروس و داماد یک رقص با آواز اجرا کند . در حیاط آشپزخانه چندین اجاق روشن کرده و انواع غذا های ایرانی و افغانی را می پختند . میرزا امیر خان میخواست که عقد کنان خیلی مجلل تر از خواستگاری باشد و همین هم شد و مجلس به خوبی خوشی به پایان رسید . طایفه داماد و بقیه میهمانان رفتند . قرار بود که بی نظیر رقصی اجرا کند ولی خانم افخم زمان گفت که بسیار خسته است و این بماند برای یک شب دیگر ، شاید هم کنیزان به گوش او رسانده بودند که این روزها پسران امیر خان و شازده اردشیر زیاد دور بر بی نظیر هستند و برای همین هم از رقص او جلو گیری نمود .

***

فردا صبح وقتی همه بیدار شدند فهمیدند که ناصره بیگم و بی نظیر و همراهانشان عمارت را ترک کرده اند . انگار دنیا را بر سر اردشیر میرزا کوبیدند . مگر قرار نبود یک بار دیگر رقصی اجرا کند ؟ چرا بی خداحافظی رفت ؟ چگونه بی نظیر توانست بدون خداحافظی با اردشیر برود !!؟ این بود رسم عاشق ؟ این بود نماز عشق که او شعرش را میخواند ؟ بی نظیر در این چند شب خوب فهمیده بود که اردشیر میرزا چه احساسی به او دارد !!و او هم با نگاه های عاشقانه ، با لبخند های ملیح ، با اشعار اقبال به او عشقش را ابراز میکرد . چی شد ؟چرا ناگهان رفتند ؟ حالا کجا او را بیابد ؟ احساس میکرد که او را در دنیای به این بزرگی گم کرده است ! سراسیمه بدنبال جان محمد گشت و او توضیح داد که از قرار معلوم همسفر های آنها قصد رفتن به قم را برای زیارت داشتند و آنها هم با عجله رفته اند تا به آنها بپیوندند .

گل محمد ته دلش فکر میکرد که شاه جان چنین تصمیمی گرفته چون از نزدیک شدن آنها به بی نظیر باخبر گشته است و احساس خطر کرده که نکند خدای ناکرده یکی از پسران شوهرش و یا برادرش به بی نظیر تمایل داشته باشند که اگر چنین باشد خطر بزرگی برای خاندان آنها خواهد بود . جان محمد که پریشانی اردشیر میرزا را دید آهسته به او گفت :

" با دلیجان رفته اند اینقدر نگران مباش پیدایش میکنیم .. "

هنوز حرفهای او تمام نشده بود که حاجی بابا به طرف آنها آمد و گفت دو نفر با شازده اردشیر میرزا کار دارند و درحیاط بیرونی منتظر هستند شازده اردشیر خیلی تعجب کرد چه کسی دنبال او آمده است و با عجله به حیاط بیرونی رفت . دو تا از دوستانی که همیشه با هم به اجتماعات سیاسی میرفتند روی هشتی نشسته و منتظر او بودند.

پس از رو بوسی و احوال پرسی گفتند که از نبود شازده اردشیر در جلسات بسیار نگران شده اند و بدرخانه آنها رفته و فهمیده اند که خانه خواهرش میباشد . واقعاً که اردشیر بکلی در این یک هفته خودش را

رها کرده و قید همه چیز را زده بود انگار غیر از چشمان زیبای بی نظیر چیزی دیگر در این دنیا برایش مهم نبود . شاید یادش رفته بود که او هم در جبهه مشروطه خواهان با استبداد میجنگید !. دوستانش اخبار بسیار مهمی آورده بودند ،درگیری در اکثر شهر های ایران بسیار شدت گرفته بود گروه های آزادی خواه با گزمه ها میجنگیدند . حتی قزاق های روسی در تبریز با تفنگ به آزادی خواهان تیراندازی کرده وعده زیادی را کشته بودند . تیر اندازی به مردم رشت هم تعداد زیادی کشته بر جای گذاشته بود ، درکرمانشاه هم مشروطه خواهان در مسجد ها اجتماع کرده بودند. جنگ های خیابانی از طرف گروه های مسلح و گزمه ها در خیابان ها درگرفته ، ولی دربار و ناصرالدین شاه بی خیال از حوادثی که اتفاق می افتاد در تدارکات جشن بزرگی برای سالروز تاجگزاری شاه بودند

چندین سال پیش یک منجم باشی به شاه گفته بود در روزی که از شاهی او دو قرن بگذرد (پنجاه سال) او را مورد سوء قصد قرار میدهند و قرار بود که شاه در روز قران از کاخ خارج نشود تا نحوستِ این روز بگذرد . ولی درباریان در صدد گرفتن جشن بزرگی برای قِران شدن سلطنت شاه بودند، بدون توجه به خارج از دربار که مردم به درگیری ها ادامه میدادند .

شازده اردشیر اگر الان نگران بی نظیر نبود همین لحظه همراه آنها میرفت ولی او اکنون کار واجب تری داشت، با زنجیر دلدادگی پایش بسته بود و با ریسمان عشق دلش . چگونه میتواند بدنبال آزادی خواهان برود وقتی نمیدانست چه بر سر بی نظیر آمده !! وقتی دلش در بند عشق دختری بود که نمیدانست کجاست و چرا رفته ؟ یافتن بی نظیر فعلا از همه چیز مهمتر بود !! پس از اینکه حاجی بابا از دوستان او پذیرائی کرد او آنها را با وعده اینکه عصر پیش آنها خواهد رفت روانه نمود ، سپس رو به جان محمد کرد و گفت :

" تو بالاخره فهمیدی که اونها کجا رفتن ؟ من باید با بی نظیر حرف بزنم !!مگه میشه او چنین کاری کرده باشه ، بدون خداحافظی بره ؟ رفتن آنها حتماً علتی داشته "

گل محمد و برادرش سعی میکردند که شازده اردشیر را از ادامه این

عشق نافرجام باز دارند ،اما او اصرار عجیبی داشت که به دنبال بی نظیر برود گل محمد میگفت :

"اردشیر جان چرا خودت را در گیر عشقی میکنی که عاقبتی نخواهد داشت ، تو فکر میکنی هر چند که ناصره بیگم توبه کرده باشه ، و بی نظیر مثل مریم مقدس پاک باشه ولی خانواده ما چنین اجازه ای را به تو میدهد که با بی نظیر ازدواج کنی ؟ شاید این رفتن خواست خدا بوده بیا و دنبال این عشق را نگیر! اگر به بی نظیر امید بدهی و نتونی با او زندگی کنی گناه داره !!پس تسلیم سرنوشت شو و از این عشق درگذر،تو که نمیتونی او و این عشق را تا ابد پنهان کنی ؟ میتونی؟"

اما اردشیر گوشش به این حرفها بدهکار نبود وحتی اخبار به آن مهمی که دوستانش گفتند هم نتوانست او را قانع کند که از رفتن بدنبال بی نظیر و این عشق بگذرد . به ناچار گل محمد بدنبال این رفت که بفهمد آنها به کجا رفتند

یکی از کنیزان افخم زمان دل بسته گل محمد بود و پنهان از چشم همه گل محمد او را صیغه کرده بود، ولی این کنیز میدانست که هر آن که گل محمد اراده کند میتواند با یکی از بهترین دختران شهر ازدواج کرده و او را رها کند . اما به همین خوش بود که فعلا او زن ندارد و با او خوش است ، بنابراین جاسوس او در اندرونی زنانه بود . همین کنیز به گل محمد گفته بود که افخم زمان به آنها شک کرده و امروز صبح هم او خبر رفتن دارو دسته ناصره بیگم را به او داد . ولی هیچ کس تا بحال به رابطه آنها پی نبرده بود . اسم این کنیز زمرد بود او بنا به دستور گل محمد بی نظیر را زیر چشم داشت و از هر حرکت او خبر دار می شد زمرد به گل محمد خبر داد که دلیجان به دستور خانم افخم زمان آنها را به جائی برده است .

شازده اردشیرو گل محمد بسوی حیاط اصطبل رفتند، گل محمد از کلید دار باشی پرسید کی امروز از اینجا خارج شده و در جواب شنید که حسن قلی عده ای خانم را با دلیجان به دستور آقا به جائی برده و هنوز بازنگشته است . با تمام بی صبری اردشیر باید منتظر می شدند تا حسن قلی بازگردد . چون کسی جرات نداشت که از میرزا امیر خان سوال کند که آنها به کجا رفته اند . بالاخره حسن قلی باز کشت گل

محمد طوری وانمود کرد که به دلیجان احتیاج دارد و از او پرسید که قرار است دوباره بیرون برود ! فکر میکرد شاید قرار است آنها را دوباره به عمارت برگرداند ولی او جواب داد خیر و وقتی گل محمد پرسید کجا رفته بوده گفت عده ای از میهمانان خانم را به کاروانسرای نزدیک دروازه قزوین رسانده .

از آنجا تا دروازه قزوین با اسب تقریبا دو ساعت راه بود اما چاره ای دیگری نداشتند . گل محمد و شازده اردشیر دستور دادند تا اسب های آنها را زین کنند و بدون اینکه به کسی چیزی بگویند با عجله از در اصطبل بیرون رفتند . جان محمد در عمارت ماند ، رفتن هر سه آنها بطور ناگهانی شک بر انگیز بود .

اردشیر به سرعت بسوی دروازه قزوین می تاخت ، خدایا چرا بی نظیر ناگهان چنین تصمیمی گرفته بود ! او با نگاهش فریاد میزد که عاشق شازده اردشیر است . هنوز چند خیابان نرفته بودند که به یک تظاهرات خیابانی رسیدند ، مردم به دنبال چند روحانی براه افتاده و فریاد میزدند:

"نان فرنگی نمیخوایم .. قند فرنگی نمیخوایم ..ما مجلس شورا میخوایم "

مردم عادی بیسواد که حتی معنی مجلس شورا را نمی دانستند توی خیابانها براه افتاده بودند،چون از مشکلات زندگی به ستوه آمده ، چون شب باید دست خالی به خانه می رفتند ،چون تحمل گرسنه خوابیدن بچه هایشان را نداشتند . چون در نانوایی ها آرد برای پخت نان نبود. مردم گرسنه با پای پیاده در خیابان راه میرفتند و داد از مجلس مشروطه و عدالت خانه میزند .

اردشیر میرزا و گل محمد مجبور شدند در پشت جمعیت آهسته اسب برانند تا راهی برای جدا شدن از این مردم ستم دیده بیابند .

بالاخره پس از چند خیابان توانستند از مردم جدا شده و براه خود ادامه دهند . اردشیر میرزا خیلی دلش میخواست همراه این مردم شود و هم صدای آنها فریاد بزند ،اما بخاطر یافتن بی نظیر دنبال آنها نرفت. ولی گل محمد از اینکه پشت سر این مردم راه رفته بود خیلی می ترسید

اگر به گوش پدرش برسد برایش مشکل بزرگی پیش خواهد آمد! چون پدرش سخت مخالف شرکت کردن آنها در تظاهرات و گرد همایی سیاسی بود! اما در این لحظه شازده اردشیر فقط نگران دیر رسیدن به کاروانسرا بود که نکند قبل از رسیدن آنها بی نظیر رفته باشد و همین طور هم شد .

از دور کاروانسرا را دیدند ، شازده اردشیر هیچوقت به کاروانسرا نرفته بود، ولی گل محمد گاهی برای استقبال و یا بدرقه مسافرانی که از هرات به دیدن آنها و برای زیارت می آمدند به کاروانسرا رفته بود کاروانسرا مثل قلعه ای بود با دیوار های نیمه خراب ،که شاید زمانی دور ارگ شهری بوده است.

در حیاط بزرگ آن چند عدد شتر روی زمین لمیده بودند و نشخوار میکردند و چند تا دلیجان کهنه با چادری های پاره وپوره هم در کناری دیده می شدند و درکنار اصطبل هم سه تا الاغ و چند تا اسب داشتند علف خشک میخوردند . کنار دیوار هم چند نفرکه مگس از سرو رویشان بالا میرفت زیر نور آفتاب نشسته و چرت میزدند ، اینها گدایان بودند که جایی برای ماندن نداشتند و میهمان همیشگی کاروانسرا بودند . دور تا دور هم چندین حجره بود جلوی هر حجره هم یک هشتی ، مسافران در این حجره ها سکنا میگرفتند تا کاروانی عازم مقصد آنها گردد . البته این حجره ها به اجاره داده می شدند ،گوشه ای هم یک قهوه خانه بود که عده ای نشسته و چای میخوردند .. شازده اردشیر زنی در آنجا ندید ! کجا بی نظیر را بیابد ؟ گل محمد بدنبال صاحب کاروانسرای می گشت تا از او نشان بی نظیر و ناصره بیگم را بگیرد . بسوی قهوه خانه رفتند از اسبها پیاده شده و آنها را به دست میر آخوری که آنجا بود سپردند و داخل قهوه خانه کثیف کاروانسرا شدند .

روی تخت نیمه شکسته ای نشستند و دستور دو تا چای دادند ، و وقتی که شاگرد قهوه چی برایشان چای آورد ، گل محمد سراغ صاحب کاروانسرا را گرفت ، چند دقیقه بعد پیر مردی که قبای کهنه ترمه ای بتن داشت و کلاه نمدی بر سر با چپقی در دست بسوی آنها آمد! از دور فهمید که اشخاص متشخصی به کاروانسرا آمدند و حتما کار مهمی دارند . با ادب سلام کرد و خودش را میر اسماعیل قزوینی معرفی کرد و پرسید که چه فرمایشی دارند .

گل محمد به او گفت که بدنبال مسافر هایی که از هرات آمدند میگردند. میر اسماعیل جواب داد که آنها حدود سی نفری هستند ، چند نفر آنها در حجره های خود هستند و عده ای از آنها هم با کاروان حاجی جبار امروز راهی قم شدند . شازده اردشیر دعا میکرد که بی نظیر جزء آنهایی باشد که هنوز در حجره ها هستند پس از یک پرس و جوی ساده معلوم شد که بی نظیر و ناصره هم با کاروان قم رفته اند . غم دنیا بر دل اردشیر میرزا نشست . روی هشتی یکی از حجره نشست و سرش را بین دو دست گرفت حالا چه کند ؟ گل محمد کنارش نشست دستی بر پشت او زد و گفت :

" شازده دیگه رفتن ! بیا برگردیم قسمت این بوده دیگه !! من می سپرم وقتی برگشتن به من خبر بدن "

شازده اردشیر سرش را بلند کرد و گفت :" نه محمد بر نمی گردم ، دنبالش میرم ! مگه چند منزل رفتن ؟ به اونا میرسم . من باید به فهم که او چرا چنین بیخبر رفته ؟ بعد مثل اینکه با خودش حرف بزند ادامه داد قرار بود امروز دیوان حافظ برایش بخرم .. مگه میشه او چنین تصمیمی گرفته باشه !!"

گل محمد مطمئن بود که آنها بدستور افخم زمان رفته اند اما نمیخواست این را به شازده بگوید و سعی میکرد که او را متقاعد کرده و به خانه باز گردند . او فکر میکرد که اگر چند روزی فاصله بیفتد و شازده بی نظیر را نبیند ، آتش این عشق فروکش میکند و شازده سر عقل می آید بالاخره از این عشق بی سرانجام میگذرد ، او دلش برای بی نظیر هم میسوخت که نکند قربانی عشق شازده شود ! اما شازده خیال بازگشت نداشت عشق بی نظیر مثل خون در رگهای بدنش جاری بود چگونه هوائی را تنفس کند که بی نظیر در آن نفس نمیکشد ! و بالاخره هم گل محمد را قانع کرد که به دنبال آنها برود .

گل محمد میدانست که پدرش چنین اجازه ای را به او نمیدهد که دنبال آنها برود وبدون اجازه پدرش هم نمیتوانست با شازده اردشیر همراه شود!! اما تنها گذاشتن شازده اردشیر هم کار درستی نبود . از میراخور پرسید که این اسب های کنار اصطبل مال کیست ؟و او جواب داد که دو نفر از رباط کریم آمدند چند روزی تهران برای خرید ، اسب ها مال

آنهاست . گل محمد دو مرد بازرگان را پیدا کرد با دادن یک کیسه زر از آنها خواست که شازده اردشیر را تا رسیدن به کاروان حاجی جبار همراهی کنند . آنها هم از خدا خواسته قبول کردند ، خود راهی همان راه بودند حالا کیسه زری نیز بدست می آوردند . گل محمد شازده را بغل کرد و با او خدا حافظی نمود میدانست که او به راهی میرود پر از خطر که عاقبت خوشی ندارد اما به زور هم نمیتوانست او را برگرداند، او به راه خودش رفت و شازده هم همراه آن دو مرد بدنبال دلش روان شد .

شازده اردشیر قبلا چندین بار به قم رفته بود اما در کنار کاروان سلطنتی و همراه پدرش ، هرگز با مردم عادی هم سفر نشده بود . آنها به تاخت از کاروانسرای بیرون رفته و در یک جاده خاکی وسط بیابان خدا به راه شان ادامه دادند . پس از طی مسافتی ترسی شازده اردشیر را در بر گرفت !نکند این دو سوار برای بدست آوردن کیسه های زری که او همراه داشت او را بکشند!! او تپانچه ای در زیر قبایش داشت و سعی میکرد که پشت سر آنها بتازد ، ولی پس از مدتی که با آنها هم صحبت شد فهمید این دو برای خرید قماش به بازار تهران میروند و پارچه ها را به دکان های بزازی در رباط کریم می فروشند . بعضی وقتها هم قالیچه هائی که زنان در خانه بافته اند برای فروش به بازار فرش تهران می آوردند و می فروشند . بنظر آدم های بی خطر و خوبی بودند.

پس از مدتی که اسب راندند از دور چند تا درخت دیده شد ، یکی از آن دو مرد پیشنهاد کرد که برای مدتی در کنار چشمه ای که در زیر آن درختها بود استراحت کنند و اسب ها هم کمی آب بنوشند . در زیر درخت ها چند زن که از ده پائین آمده بودند کنار چشمه لباس می شستند، از دیدن سوار ها خیلی ترسیدند ، اما وقتی نزدیک تر شدند دو مرد تاجر را شناختند ، آنها چون در ماه یکی دوبار از این راه میگذشتند زنهای دهاتی آنها را می شناختند حتی گاهی سفارش هایی هم به آنها میدادند تا از تهران برایشان خرید کنند . شازده اردشیر هیچوقت با مردم عادی تماس نداشت و زندگی آنها را از نزدیک ندیده بود . چه راحت این زنهای دهاتی بدون اینکه چادر کمری و روبنده داشته باشند کنار جوی نشسته و با این دو مرد حرف میزدند . اجاقی روشن کرده و روی آن دیگ بزرگی گذاشته بودند تا برای لباس شستن آب گرم داشته باشند و کنار اجاق هم یک کتری روحی سیاه شده از دود بود که تویش چای دم کرده و میخواستند با نان پیچه ای که با خود آورده بودند

بخورند. زنی که از بقیه مسن تر بود یک نان پیچه را سه قسمت کرد و با سه تا استکان چای برای آنها آورد . شازده اردشیر تازه میفهمید که چقدر گرسنه است. با اشتهای زیادی آن نان پیچه را خورد او حتی صبحانه هم نخورده بود ،چای را هم با یک حبه قند نوشید و یک سکه از جیبش در آورد و به آن زن داد . زن از گرفتن اباء میکرد ،چه طبع بلندی داشت ، او به سه مسافر خسته در بیابان غذا داده بود و چشم داشتی به پاداش نداشت ولی شازده با اصرار سکه را به او داد وبعد از او پرسید :

" مادر جان یک قافله از اینجا عبور نکرده ؟"

زن جواب داد "چرا پسرم حدود نماز ظهر بود که از اینجا گذشتند ، دنبال آنها میری ؟"

اردشیر سرش را به علامت مثبت تکان داد و زن ادامه داد:

" اگه الان راه بیفتید قبل از غروب آفتاب به آنها میرسین ."

اردشیر به آن دو مرد اشاره کرد که آماده رفتن شوند . پس از تشکر از زن براه افتادند . بادی ناگهان وزید و شن های کویر را به گردش در آورد که خاک در چشم آنها میکرد . مردها شالی بدور گردن داشتند که دور صورت خود پیچیدند ،اما شازده اردشیر چیزی نداشت . ناگهان به یاد شالی که روی پیراهن دور کمرش بسته بود افتاد شال را باز کرد و چهره اش را با آن پوشاند پس از مدتی باد آرام شد. آفتاب داشت غروب میکرد اگر تا غروب به آنها نمی رسیدند وسط بیابان چکار باید بکنند؟ .. که ناگهان از دور نقطه های سیاهی دیدند . یکی از مردها گفت :" آقا جان رسیدیم آن نقطه های سیاه کاروان است"

چشمهای شازده اردشیر برق میزد ، بالاخره به بی نظیر رسیده بود ، به سرعت خود افزود و قبل از تاریکی به قافله رسیدند . قلب شازده اردشیر بشدت میزد ، مثل مجنون بدنبال کاروان لیلا میدوید و سرا از پا نمی شناخت در دل زمزمه میکرد :

ای ساربان آهسته ران کآرام جانم میرود

آن دل که با خود داشتم با دل ستانم میرود

خدایا این عشق جنون آمیز او را به کجا خواهد کشاند !!؟ ناگهان این فکر در سرش افتاد که نکند او را گمراه کرده و بی نظیر را بجای دیگری فرستاده باشند !!؟ حالا فکر میکرد که خواهرش در این امر دست داشته ! چرا ناگهان اینها راهی قم شدند ؟ چرا ناگهان عمارت را بدون خداحافظی ترک کردند؟ چرا خواهرش نگذاشت دیشب بی نظیر آواز بخواند ؟ خدایا کوس رسوایی او را بر سر بازار زدند .. حالا او چکار کند ؟ اگر بی نظیر در این کاروان نباشد مطمئنا خواهرش او را روانه افغانستان کرده !! هر چه جلوتر میرفتند نقطه های سیاه بزرگتر می شدند حالا می شد اسبها و شتر ها را هم دید .

***

کاروان ها همیشه از راهزنان می هراسیدند ، چون راه ها امنیت نداشت گزمه ها و قزاق درگیر شلوغی های شهر ها بودند و به ندرت به جاده ها کسی رسیدگی میکردند ،مخصوصا در حالی که کشور در چنین شرایطی بود . قافله ها همیشه در انتظار حمله راهزنان بودند . قافله سالار که از دور سه سوار را دید که باسرعت بسوی قافله میتازند! بسیار وحشت کرد و دستور ایستادن داد . چهار تفنگدار همراه آنها بودند . جعبه هایی که بارگاری ها بودند پائین آورده کنار هم چیدند و تفنگداران در پشت آنها سنگر گرفتند . راهزنان معمولا در راه هایی که خیلی از شهر ها دور بود حمله میکردند و در پشت کوه و تپه پناه میگرفتند ، و به همین خاطر همیشه به دزد سر گردنه معروف بودند !حالا چگونه این سه سوار با این سرعت و از طرف تهران می آمدند ! کمی مشکوک بود . ولی قافله سالار نمیخواست غافلگیر شود خودش هم تپانچه اش را در آورد و کنار آنها نشست .

مردها پشت شتر ها پنهان گشته و زنها هم با ترس ولرز توی دلیجان ها نشسته و زیر لب دعا میخواندند . البته این قافله مالی برای دزدیدن نداشت چون بیشتر مسافرها اهالی دهات اطراف قم بودند و چند نفری هم برای زیارت به قم میرفتند . ترس قافله سالار از همان چند نفر بود می ترسید که طلا و پول همراه داشته باشند . رسم بر این بود که اگر مورد حمله قرار میگرفتند ، هر کس هر چه داشت در دستمالی می پیچید و بدست قافله سالار میداد تا به راهزنان داده و جانشان را نجات دهند .

دو مردی که همراه شازده بودند از ایستادن قافله به نیت آنها پی بردند ، و به شازده گفتند بهتر است که آهسته تر بروند تا باعث هراس مسافران کاروان نشوند . حالا دیگر کاروان کاملا دیده می شد، دو سه تا گاری دو تا دلیجان و چند اسب و شتر ! مسافر ها دیده نمی شدند معلوم بود که در پشت گاری ها و شتر ها پنهان شده اند . اضطراب شازده هر لحظه بیشتر می شد نکند که حدس او درست باشد و بی نظیر در این کاروان نباشد .

نفسش داشت بند می آید ، خدایا با من چنین نکن! وقتی نزدیک کاروان شدند هر سه پیاده گشته و افسار اسب ها را گرفتند و قدم زنان بسوی کاروان رفتند . تفنگداران وقتی دیدند که آنها مسلح نیستند و با آرامش به طرف کاروان می آیند ، از پشت سنگر ها بلند شده و تفنگ های شان را بسوی آنها نشانه رفته و منتظر شدند تا آنها به قافله برسند .حالا قافله سالار هم بلند شده و منتظر رسیدن آنها بود . شازده کمی دورتراز قافله ایستاد و یکی از مردهای همراه او بسوی قافله سالار رفت و سلامی کرد . قافله سالار او را شناخت چون همین دیشب در کاروانسرا کنار هم در قهوه خانه نشسته بودند . قافله سالار بسوی او رفت ، مرد به او گفت این آقا میخواهد بداند که مسافران افغانی در قافله شما هستند یا نه ؟ قافله سالار ترسید نکند این مسافر های افغانی جرمی مرتکب شده و دارند فرار میکنند و برای او هم گرفتاری پیش آید !!؟ شازده هم به کنار آنها رسیده بود . قافله سالار سلامی کرد و با ترس گفت :

" بله قربان چند زن و مرد افغانی همراه ما هستند، مردها پیاده شدند ولی زن هاداخل دلیجان نشسته اند "

شازده اردشیر با احترام از او پرسید :

" پدر جان میتوانم از نزدیک زنها را ببینم "

البته دیدن زنهای غریبه و بدون روبنده کار غیر متعارفی بود اما قافله سالار که از سر وضع شازده فهمیده بود که یا از خاندان سلطنتی ویا از افراد مهم دولتی باید باشد و حتما دلیلی برای اینکار دارد جواب داد :

" هر چه شما امر کنید دنبال من بیایید "

اردشیر میرزا خودش هم نمیدانست دارد چکار میکند ، گیرم که بی نظیر داخل دلیجان باشد او چکار باید بکند ؟او از لحظه ای که از تهران براه افتاد فقط در فکر یافتن بی نظیر بود و یک لحظه به بعد از آن فکر نکرده بود!! با خود گفت اول او را بیابم و خیالم راحت شود بعد تصمیم میگیرم که چه باید بکنم !! قافله سالار با او حرف میزد ولی او چیزی نمی شنید .. تا به دلیجان رسیدند ، عده ای زن و بچه تنگاتنگ بهم چسبیده بودند جای سوزن انداختن نبود ، زنها با دیدن شازده و قافله سالار روبنده های خود را به جلوی صورت انداختند ، بچه ها در آغوش مادر خواب بودند . زنها خیلی ترسیدند در آن زمان وحشت در تمام ایران بود چون امنیتی وجود نداشت ، چه اتفاقی افتاده است ؟ قافله سالار با صدای بلند گفت:

"ضعیفه های افغانی پیاده شوند"

ناصره بیگم که جلوی دلیجان نشسته بود با دلهره روبنده خودش را بالا زد تا ببیند چه خبر شده که چشمش به شازده اردشیر افتاد ، بند دلش برید ، حتما شازده با سواران به تعقیب آنها آمدند ، جواب افخم زمان را چه بدهد !! سه زن دیگر هم پیاده شدند و روبنده ها را بالا زدند ، هیچکدام بی نظیر نبودند . شازده اردشیر از ترس داشت غش میکرد ، نکند توطئه ای در کار بوده و بی نظیر را به جای دیگری فرستاده باشند ناصره بیگم سری در مقابل شازده خم کرد و با احترام پرسید:

"حضرت والا ما خطایی کرده ایم ؟"

شازده سعی کرد بر خودش مسلط گردد و با صدای آرامی از ناصره بیگم پرسید:" ناصره بیگم بی نظیر کجاست ؟"

تازه اطرافیان و قافله سالار فهمیدند که او شازده است و با احترام پشت سرش ایستادند .

بی نظیر از لحظه ای که عقد کنان تمام شد وخانم افخم زمان ناگهان به آنها گفت که باید به کاروانسرا بازگردند تا این لحظه اشک چشمهایش خشک نشده بود ، بدون خداحافظی با شازده او را مجبور به ترک عمارت کرده بودند ! ته دلیجان سرش را روی زانو گذاشته و در عالم خودش بود ، اشک در ماتم عشقی می ریخت که حتی قدرت بیان

آنرا نداشت . عشقی که مثل یک رویا در خاموشی تمام شد .چه عشق کوتاهی ، از آغازش تا انجامش چند شبی بیش نبود . به او حتی فرصت خداحافظی با شازده را هم ندادند. از صبح زود که عمارت را ترک کردند او حتی جرعه آبی هم نه نوشیده بود . انگار در دلش رخت می شستند آیا شازده از رفتن آنها خبر شده ؟ آیا شازده هم به اندازه او غمگین است ؟در دلش آشوبی بود که حتی آمدن قافله سالار و پیاده شدن زنها را هم نفهمیده بود . شاید هم در عالم رویا بود ، دلهره ای سراپای ناصره را گرفت به طرف دلیجان رفت و بی نظیر را با آواز بلندی صدا کرد . بی نظیر که در ته دلیجان نشسته بود با بی حوصله گی سرش را از روی زانویش بلند کرد ، خواهرش را دید که پیاده شده فکر کرد به کاروانسرایی رسیده اند و باید اطراق کنند ، با صدای خسته ای جواب داد :

"آبا جی من توی دلیجان می مانم "

قلب اردشیر میرزا داشت از حرکت می ایستاد ، خدایا شکرت این صدای بی نظیر بود . نفس عمیقی کشید انگار غم عالم تمام شد . با صدای ناصره بیگم که بی نظیر را صدا میزد بخود آمد

"بی نظیر پائین شو شازده اردشیر میرزا آمده اند و با تو کار دارند "

بی نظیر از جا پرید ! یعنی چنین معجزه ای رخ داده و شازده بدنبال او آمده است در دل میخواند (بر این مژده گر جان فشانم رواست) میخواست پرواز کند نمیدانست چگونه جای پا پیدا کند و بدون اینکه بچه هائی که خوابیده بودند را لگد کند خودش را به او برساند . از دلیجان به پائین پرید ، شازده را دید که کنار ناصره ایستاده است ، از شدت خوشحالی دلش میخواست که خودش را در آغوش شازده بی اندازد اما خجالت میکشید . زبانش بند آمده بود ، حتی نمیتوانست سلام بکند . شازده که حالا بیشتر بر خودش تسلط یافته و متوجه اطرافیان بود با اینکه آرزو میکرد که بی نظیر را در آغوش بگیرد اما سعی کرد خونسردی خود را حفظ نماید لبخندی به بی نظیر زد و با احترام گفت :

" بی نظیر خاتون میشه بریم کناری و حرف بزنیم بعد رویش را به طرف ناصره کرد و ادامه داد با اجازه ناصره بیگم "

شازده جلو افتاد و بی نظیر بدنبالش روان شد . در رویا هم نمی دید که شازده چنین او را دوست بدارد که این همه راه را به دنبالش آمده باشد .!حالا چه میشود ؟ شازده هم از لحظه ای که عمارت را ترک کرده بود تا الان فقط فکرش یافتن بی نظیر !! بود اما حالا با خودش میگفت خوب این هم بی نظیر حالا چه کنم ؟او را به کجا ببرم! اول فکر کرد که همراه آنها به قم برود ، ولی رفتن به قم کار درستی نبود او باید در کمال خونسردی تصمیم دیگری بگیرد ،که کار صحیحی باشد! این دیگر قصه عشق چهارده سالگی نیست ! به کنار یک شتر رسیدند شازده روی کوهان آن نشست و به بی نظیر هم گفت بنشیند .

تازه چشمهای بی نظیر را میدید که از گریه بهم چسبیده و همچنان اشک میریزد اما این اشک شادی بود .. او فکر میکرد که دیگر شازده را نخواهد دید . از صبح برای یک عشق کوتاه و بی ثمر اشک ریخته بود ! اما حالا ، حالا می دید که شازده این همه راه را یک نفس تاخته تا به او برسد از شادی در پوست خود نمی گنجید . میخواست پرواز کند برایش مهم نبود که چه خواهد شد ،این لحظه و این خواستن برایش مهم بود، همین که شازده او را یافته برایش بس بود !!!اگر همین امشب بمیرد دیگر از خدا چیزی نمیخواهد . میخواست پرواز کند و به همه دنیا بگوید که شازده او را دوست دارد . اردشیر هم شده بود همان پسر چهارده ساله روی پشت بام که دست ربابه را گرفت و او را بوسید ، در دل آرزو میکرد که دست بی نظیر را بگیرد اما نمیخواست آبروریزی کند باید حرمت شازده بودنش را نگه میداشت . در چشمهای او خیره شد و گفت :

" با من چه کردی ای دختر هندی!!؟این بود راه و رسم عاشقی که چنین بی خبر مرا رها کنی ؟"

بی نظیر ناگهان بغضش ترکید و با گریه گفت :

" در کف شیر نر خون خو اره ای

غیر تسلیم و رضا کو چاره ای ..

مگه به بدلخواه خودم رفتم .. مرا به اسیری بردند .. من به فدای خاک پای شما ..من کنیز شما هستم باور میکنید هزار بار مردن بهتر از این

فراق بود ..

در رفتن جان از بدن ، هر کس به نوعی گفت سخن

من خود به چشم خویشتن دیدم که جانم میرود "

او حرف میزد و نفس شازده را میگرفت، این دختر با این همه احساس که مثل یک ادیب سخن میگفت ودر هر سخنی شعری از شاعری معروف را میخواند ، خدایا چرا باید رقاصه باشد ؟ چرا باید نام رقاصه را بردوش بکشد واسیر این چنین زندگی باشد ؟

انگار دنیا ازحرکت ایستاده بود تا آنها راز عشقشان را به یکدیگر بگویند ، اردشیر میرزا دیگر تحمل دقیقه ای دور شدن از او را نداشت و نمیخواست لحظه ای از او جدا شود . حتی می ترسید آنی چشم بهم بزند و وقتی چشم بگشاید بی نظیر مقابلش نباشد . بی نظیر از شادی در پوست خودش نمی گنجید دیگر چه آرزوی داشت ؟ او خود را در پناه عشق شازده می دید و دیگر از هیچ چیز نمی ترسید بی خبر از دنیا آن دو روی کوهان شتری نشسته بودند و از عشق سخن می گفتند .

اما ناصره بیگم از ترس میلرزید ، حالا میفهمید که حدس افخم زمان درست بوده !! میفهمید چرا خانم افخم زمان و حشمت زمان آنها را ناگهان راهی کردند!! افخم زمان به او گفت بی نظیر را بردار و از اینجا برو قبل از اینکه اتفاق بدی بیفتد و دیگر هرگز به اینجا باز نگرد!! خدایا با این عشق شوم چه کند ؟ جان خودش و بی نظیر در خطر بود. اگر افخم زمان بفهمد که شازده بدنبال آنها آمده چه بلائی بر سر آنها خواهد آورد؟ او داستان ها از عشق شاهزاده گان به کنیز ها شنیده بود که همیشه به قربانی شدن کنیز منجر گشته ، مثل عشق شاهزاده سلیم ولیعهد اکبر شاه مغول به کنیزی بنام انار گلی ، که بدستور شاه انار گلی را به قل زنجیر بستند و میخواستند او رازنده بگور کنند که البته میگویند در لحظه آخراکبر شاه ،جان او را به مادرش بخشیده به شرط اینکه انار گلی را بجایی دور ببرد و به شاهزاده گفتند که انار گلی را کشته اند .

خدایا چه بر سر بی نظیر او خواهد آمد ؟او را هم مثل انارگلی به قل و زنجیر خواهند بست؟ کمی دورتر ایستاده و به آنها نگاه میکرد ! جرات

نزدیک شدن به آنها را نداشت . حالا چه خواهد شد نه قدرت استقامت در مقابل شازده را دارد و نه میخواهد که خواهرش فدای عشق زودگذر یک شاهزاده ایرانی شود ! روی زمین نشسته و زانوی غم در بغل گرفته بود . او میدانست که آخر این عشق تباهی برای او و بی نظیر خواهد بود .

شب کاروان بسیار قشنگ بود ، به کنار دلیجان ها فانوس ها آویخته شده روشن بودند و در وسط محوطه هم آتشی بزرگی بر پا کردند تا هم همه جا روشن باشد و هم حیوانات درنده مخصوصا گرگ ها از آتش ترسیده و به آنها نزدیک نشوند . یکی از زنها ناصره را صدا کرد ، چون هوا تاریک شده بود قافله سالار دستور اطراق داده و باید چیزی برای خوردن درست میکردند . آنها چون با عجله براه افتاده بودند توشه ای همراه نداشتند ، ناصره فکر میکرد که به کاروانسرایی خواهند رسید و غذائی تهیه خواهند کرد . اما اکنون وسط بیابان از کجا غذا بیاورد ؟ زنهایی که با آنها در یک دلیجان بودند با خود کشک و نان خشک داشتند ، اجاقی درست کرده و آب جوش آوردند و با آب داغ کشک ساییدند و سپس نان خشک در آن ترید کرده و در ظرفهای کهنه روحی برای آنها هم ریختند . این هم لطف این زنها بود و گرنه باید گرسنه می ماندند . ناصره به هوای دادن غذا به شازده و بی نظیر نزدیک شده و یک کاسه نان و قورت به آنها داد و گفت :

" ببخشید شازده صاحب ما غذا همراه نداریم .. این را هم این زنهای قافله به ما دادند"

شازده خجالت کشید ، چرا او باید غذای زنان فقیر را بخورد اما در این بیابان چیز دیگری نبود ، کاسه را گرفت و بین خودش و بی نظیر گذاشت ، او هرگز نان و کشک نخورده بود ولی آنقدر گرسنه بود که از مرغ بریان هم برایش خوشمزه تر بود، مخصوصا که با بی نظیر این غذا را میخورد . بعد از تشکر از ناصره بیگم از او خواست که کنار آنها بنشیند تا با او صحبت کند . ناصره روی زمین کنار آنها نشست و شازده چنین آغاز کرد :

" ناصره بیگم من میدانم که شما را در شرایط بدی گذاشته ام اما قول میدم که از بی نظیر محافظت کنم ! "

ناصره سری بعلامت تعظیم پائین آورد حالا که شازده سر حرف را باز کرده بود او هم باید حرف دلش را بر زبان می آورد گفت :

" حضرت صاحب ..شما شاهزاده هستین و ما کنیز .. چرا به او امید واهی میدهید !!؟ خود شما هم میدانید این عشق بی سرانجام است بهتر در این است که شما پس گردید و این عشق را فراموش کنید! این عاشقی عاقبت خوشی نخواهد داشت "

شازده نگاهی به او کرد و گفت :" ناصره بیگم فکر میکنی من چنین آدمی باشم که از بی نظیر استفاده کنم و بعد رهایش کنم ؟"

ناصره هم میترسید با او مخالفت کند وهم نگران آینده خودشان بود! مگر خاندان شازده چنین اجازه ای را می دادند ، این عشق غیر از بدبختی برای او و بی نظیر چیزی نبود جواب داد:

" شازده صاحب شما جوان هستید و عاشق.. من این موها را توی آسیاب سفید نکردم .. باور کنید خاندان شما اجازه نمی دهند که شما و بی نظیر سر انجام بگیرید .. بخاطر خدا بی نظیر را فدای این عشق نافرجام نکنید !! بخدا گناه دارد !!از این عشق بگذرید و بگذارید ما براه خود برویم "

شازده اردشیر از سخنان او دلش گرفت ، ناصره درست میگوید ، خاندان او هرگز چنین عروسی را قبول نخواهند کرد . ولی او بدون بی نظیر می میرد!!؟ اما اگر بدون خبر از خاندانش ازدواج کند وآنها را در مقابل یک امر انجام شده قرار دهد !چه!!؟آنها مجبور خواهند شد که این ازدواج را قبول کنند،!!مگر نه اینکه حشمت زمان به او گفته بود که ازدواج کند و دست از کار های سیاسی بکشد خوب او هم این شرط را خواهد گذاشت که اگر با بی نظیر ازدواج کند! دیگردنبال سیاست نخواهد رفت . اما اگر قبول نکنند چه !!؟

ناصره ادامه داد :" حضرت صاحب شما انسان خوبی هستید !! اما زمانه بد است ! بیایید و از این عشق بگذرید ، نه خود را آزار دهید نه ما را بدبخت کنید"

شازده سعی میکرد که به او اطمینان دهد که او بی نظیر را رها نخواهد

کرد . اما ناصره باور نمیکرد وپس از مدتی با اجازه شازده بسوی دلیجان رفت . پس از رفتن ناصره او و بی نظیر مدتها بیدار بودند ، برای هم شعر می خواندند ، به مهتاب نگاه میکردند ، از آرزو هایشان میگفتند و برای هم قسم میخوردند ، به همدیگر قول میدادند !انگار نه انگار که در سر راه عشقشان آنهمه مانع وجود دارد، تا بالاخره بی نظیر هم بلند شد و بسوی دلیجان رفت .

شازده فکر میکرد خوب حالا چکار کند !!؟ باید فردا همراه بی نظیر و ناصره به تهران باز گردد و قبل از اینکه خاندانش با خبر شوند بی نظیر را عقد کند ، اما اول باید جائی را برای آنها پیدا کند توی کاروانسرا که نمیشود آنها را بگذارد !!؟

ناگهان به یاد دایه جان افتاد ، شازده اردشیر خیلی کوچک بود که مادرش را از دست داد، برای او یک دایه گرفتند تا او را شیر دهد . دایه شوهر داشت و بچه او دیگر غذا میخورد و نیازی به شیر نداشت در حیاط بیرونی اتاقی به دایه دادند ، تا بتواند اردشیر را شیر بدهد اردشیردر دامن این دایه بزرگ شد واو را خیلی دوست داشت انگار مادرش بود . اردشیر هشت ساله بود که شوهر دایه فوت کرد ،همسر دوم حسام الدوله بیم آن داشت که نکند آقا دایه را صیغه کند!! چون دایه زن زیبائی بود ولی نمیتوانست او را از خانه بیرون کند . مرد بزازی بود که ماهی یک بار پارچه های الوان برای اهل خانه می آورد تا انتخاب کنند ، شازده خانم همیشه پارچه هایی را که میخواست به او سفارش میداد. این مرد رجب علی نام داشت ، اهل اردبیل بود و زن و بچه هم نداشت .

یک روز شازده خانم نا مادری اردشیر با رجب علی صحبت کرد که دایه خانم را به عقد او در بیاورد و سر جهاز هم یک خانه کوچک در شهر ری در جوار حضرت شاه عبدل العظیم باو بدهد، بزاز پذیرفت و دایه جان را برای او عقد کردند و دایه از عمارت آنها رفت شازده اردشیر خیلی دلش برای او تنگ می شد . دایه جان مرتب به او سر میزد و در زمانی که او عاشق ربابه شد، زمان عاشقی و اولین شکست عشقی، فقط دایه جان بود که اشکهای او را پاک میکرد و به درد دل او گوش میداد . وقتی که اردشیر بزرگ شد خودش دیگر به سراغ دایه میرفت و حتی کاهی شبها هم در خانه او می ماند . دایه

دو دختر از رجب علی داشت که یکی را شوهر داده بود و دومی هم در شرف شوهر کردن بود .

شازده اردشیرتصمیم گرفت آنها را به خانه دایه ببرد تا جایی برایشان پیدا کند ، فقط دایه حرف او را میفهمد . روی کوهان شتر چرتی زد تا صبح شد . کاروان باید به راهش ادامه میداد ، او وسیله ای برای برگرداندن پنج نفر به تهران را نداشت . به پیشنهاد قافله سالار یکی از گاری دار ها بارش را بین دو گاری دیگر قسمت کرد و زنهای افغانی سوار گاری شده و پشت سر شازده که اسب میراند به طرف تهران براه افتادند . وقتی سوار گاری می شدند شازده دید چشم های بی نظیر پر از اشک شده ، پرسید که چرا گریه میکند او جواب داد:

"دلم میخواست به قم بروم وصابون قم بخرم "

شازده از بچگی او خنده اش گرفت و پرسید :" صابون قم !!؟"

و او جواب داد " از وقتی بچه بودم هر کس که از ایران می آمد صابون های رنگی کوچکی سوغاتی می آورد ، به آنها صابون قم میگفتند منم دلم میخواست صابون رنگی بخرم "

شازده با لبخندی جواب داد :" غصه ت همینه ؟عزیز دلم دستور میدم برات صابون قم بخرند "

باید قبل از غروب آفتاب به تهران می رسیدند . ناصره دلش مثل سیر و سرکه می جوشید ، او میدانست که دارند با آتش بازی میکنند !! کاش وقتی به تهران برسد بدون اینکه شازده خبر دار شود به حجره امیر خان در بازار برود و همه چیز را به او بگوید ، قبل از اینکه فاجعه ای به وقوع بپیوندد !!؟ خدایا او به قصد زیارت به ایران آمده بود حالا با این مشکل بزرگ چه کند!!؟

ناصره خوب میدانست که شازده اکنون اسیر یک عشق تند و طوفانی شده ولی می ترسید این طوفان مثل گردبادی همه چیز را در هم بشکند و ببرد!! شازده اکنون گرم عشق بود و هر تصمیمی را بدون اینکه به عاقبت آن فکر کند میگرفت. اما ناصره نمیخواست خواهرش قربانی هوس زود گذر یک شازده شود بالاخره بدر خانه دایه جان رسیدند .

دایه از دیدن شازده همراه با چند زن تعجب کرد اما چیزی نگفت و میهمانان را به اتاقی که در بالا خانه داشت برد و برایشان چای درست کرد . شازده سکه ای به رجب علی داد تا برای همه کباب بخرد ، بعد از شام همه خسته بودند و خوابیدند . دایه جان شازده را صدا کرد و کنار حیاط با او روی هشتی نشست و پرسید

" خوب پسرم بگو ببینم چه خبره ؟ اینها کی هستن؟ برای چی آنها را آوردی اینجا؟"

دایه جان تنها کسی بود که شازده بدون هیچ خجالتی همه چیز را با او در میان میگذاشت بنابراین همه چیز را برایش تعریف کرد . دایه جان اشک میریخت :

" پسرم ، عزیزم ، قربان آن قلب پاک پراز محبت تو برم ، این عشق چهارده سالگی نیست !! که با کتک خوردن ربابه تموم شد !! عزیزم مگه حضرت اشرف یک عروس رقاصه رو قبول میکنه ، حالا تو هی بگو که اون توی مجلس زنانه میرقصه کی باور میکنه !!؟چطور خواهر های تو عروسی رو قبول میکنند که توی جشن خواستگاری منور زمان رقصیده !! جلوی چشم همه قوم و خویش ها؟ عزیز دلم داری چکار میکنی ؟ تا کی مهتاب زیر ابر میمونه بالاخره همه خبر می شن !! عزیز دل من بیا و از این عشق بگذر"

شازده لبخندی زد و گفت :" دایه جان اینها را اینجا نیاوردم که من رو پشیمان کنی ، آمدم کمکم کنی ، فردا میریم حرم و بی نظیر را عقد میکنم بعد هم یک خونه همین دور بر براش پیدا کن نمی گذارم فعلا کسی بفهمه تا بعد هم خدا کریمه :

هر چه دایه جان گفت در شازده اردشیر اثری نکرد . فردا صبح بعد از صبحانه اردشیر میرزا به دایه جان گفت که برای جاری کردن صیغه عقد به حرم بروند ولی دایه جان مخالفت کرد . شازده اردشیر مثل گاو پیشانی سفید بود، اگر کسی او را می شناخت و خبر به گوش حسام الملک میرسید او چه باید میکرد ؟ بالاخره شازده را راضی کرد که رجب علی را به دنبال یک عاقد بفرستند اینجوری کسی خبر نمی شد . دایه تا رجب علی بازگردد با دلی پرخون سفره عقد کوچکی چید ، ظرفی کلوچه، آیینه و شمعدان و قران در آن گذاشت . اشک

میریخت و کار میکرد . ناصره هم دست کمی از او نداشت و به دایه خانم التماس میکرد که شازده را پشیمان کند ! دایه خانم می ترسید این ازدواج شکست دیگری برای شازده اردشیر بشود ، او با روح حساسی که داشت هنوز اشک های ربابه را فراموش نکرده بود ، این بار او از دست خواهد رفت .

ناصره بیگم به دایه خانم گفت :"من چند کلمه حرف با شازده دارم بهتره شما هم باشین ! بیاین با هم بریم پیش شازده"

شازده توی حیاط روی هشتی نشسته بود که ناصره بیگم و دایه خانم پیش او رفتند . دایه خانم به او گفت :

" پسرم ناصره خانم با تو چند کلمه حرف داره"

شازده با دست اشاره کرد که بنشینند و بعد به ناصره گفت بفرمائید ناصره سرش را پائین انداخت که توی چشمهای شازده نگاه نکند تا جرات گفتن حرفهایش را داشته باشد و چنین گفت :

" شازده صاحب، خدا شاهد است که یک موی بدنم راضی به این نکاح نیست چون میدانم عاقبتی جز اشک برای بی نظیر نداره ، اما اگر او چند صباحی خوش باشه !! که اگر باشه !! باز هم بهتر از این اشکی است که الان میریزد ، اما من هم شرایطی دارم ؛ اول اینکه باید او را عقد کنید نه این صیغه ای که در ایران وجود دارد و برای مدت معلوم است، دوم اینکه مهرش صد سکه اشرفی طلا باشد و در ابتدا بدهید نه در زمان طلاق ، شاید شما رفتید و بر نگشتید کی مهر او را میدهد؟ سوم خرج ماهیانه او را اول هر ماه بدهید ، چهارم باید برایش طلا و جواهر بیاورید ، میدانم که الان همراه ندارید ولی تا سینه ریز طلای جواهر نشان و دست بند و گوشواره برایش نیاورده اید حق ندارید به او دست بزنید . باید برایش یک خانه بخرید تا سر پناهی داشته باشد! نکاح نامه هم باید پیش من بماند !!نه اینکه فکر کنید من زن مال دوستی هستم ! نه بخدا نه ! اما از این زمانه می ترسم ، مرا زمانی که حاجی نعیم شوهرم مُرد دست از پا درازتر از خانه ام بیرون کردند ، اگر شما یک روز بر نگشتید ، نمیخوام او به رقّاصی بار گردد و طوائف شود ، به حرمت عشق شما بتواند همیشه زن شازده باشد ،و در خانه خودش زندگی کند و آواره کوچه ها نگردد. اگر بچه دار شد! بچه اش

مثل بچه یک شازده بزرگ شود نه با نان و دوغ ''

دایه خانم گوش میکرد ، این زن پر بدک نمیگوید !! شاید خاندان شازده این ازدواج را بهم بزنند و یا بی نظیر را مجبور به رفتن از ایران کنند چه کسی باید تاوان این عشق یک شبه شازده را بپردازد؟ بی نظیر!!! شازده هم در سکوت به حرفهای ناصره بیگم گوش میکرد و سرش را بعنوان تایید تکان میداد ، پس از اینکه ناصره حرفهایش را زد او جواب داد:

'' هرچه شما بگین ، ناصره بیگم ، حق با شماست ، مهرش را همین امروز سر سفره عقد به او میدهم و از جواهرات مادرم که برای عروسی من کنار گذاشته شده برایش می آورم و طبق رسم و رسوم با دایه خانم به بازار بروید و هر چند لباس که دلش خواست پارچه اش را بخرید و به خیاط بدهید تا برایش بدوزد ، فعلا جایی را برای اقامت شما پیدا میکنم، و به زودی برای او خانه ای نیز میخرم که خیال شما راحت باشد. ولی این را بدانید که فقط مرگ مرا از او جدا میکند ، اما برای خوشحالی دل شما هر چه شما بگوئید انجام میدهم ''

ناصره لبخندی زد ، خیلی خوشحال شد ، خواهر بود و نگرانی هایش با خوشحالی گفت :

'' پس شازده صاحب مبارک باشه انشاالله ، ما هم رسم و رسومی برای عروسی داریم ، باید گل یاس برای ما بیاورید برای نقاب جلوی صورت عروس و داماد لازم دارم ، من هم میروم تا عروس را آماده کنم بعد رویش را به دایه خانم کرد و ادامه داد .. حنا توی خانه داری؟ باید حنا بندان بگیریم ''

دایه خانم گفت :'' حالا گل یاس از کجا پیدا کنیم ؟''

دختر دایه که این عروسی خیلی او را هیجان زده کرده بود گفت :

'' مادر خونه حاجی آقا کرایه چی درخت گل یاس داره من میرم شاید بگیرم ''

دایه خانم به دنبال ناصره براه افتاد . مقداری حنا خیس کردند و کف دست و پای بی نظیر گذاشتند ، بعد جعبه آرایش آوردند و صورتش را

بند انداختند ، آنوقت ناصره ، لباس سبز بی نظیر را از توی بقچه در
آورد تا بر تن او کند . در هندوستان و افغانستان رسم مسلمان ها بر
این است که عروس موقع عقد لباس سبز می پوشد . سپس به آرایش
عروس پرداختند ، روی ابروهایش را پولک های نقره ای چسباندند
و او را مثل یک ماه تابان آرایش نمودند. در این مدت یکی از زنها
تار میزد و یکی از دخترها آواز میخواند ،آوازی که در هندوستان برای
عروسی میخوانند . آنها نمی خواستند بی نظیر احساس کند که یک
عقد بی سرو صدا و ساده داشته مگر چند بار چنین روزی در زندگی
یک دختر پیش می آید . دایه خانم هم از شور و شادی آنها به سر ذوق
آمده بود و گاهی دست میزد و گاهی هم دستی تکان میداد ،هر چه بود
عروسی پسر او هم بود باید خوشحال می بود و افکار بد را در این لحظه
از خودش دور میکرد . دختر دایه خانم با یک سبد گل یاس باز گشت
و دو زن همراه ناصره با سوزن و نخ دو عدد نقاب خیلی قشنگ برای
عروس و داماد درست کرده و ناصره آنها را بر روی صورت آنها بست .

کمی بعد رجب علی با عاقد بازگشت ، همه دور اتاق نشستند تا
عاقد آنها را عقد کند، ناصره بیگم بی نظیر را که لباس سبز
زیبائی بر تن داشت و تور سبزی روی سرش انداخته و نقاب گل
یاس صورت زیبای او را پوشانده بود به درون اتاق آورد و پای
سفره عقد نشاند . بعد آیینه ای را که دایه خانم روی سفره گذاشته
بود جلوتر آورد تا عروس و داماد بتوانند خود را در آن ببینند .
به آنها گفت:
"چشمهایتان را ببندید و وقتی نکاح تمام شد در آیینه بهم نگاه کنید تا
همیشه با هم باشید ."
ای کاش زندگی با انسانها آنگونه که فکر میکنند رفتار کند اما سرنوشت
همیشه خودش تصمیم میگیرد و بدلخواه خود رقم میزند.
از این همه زیبائی نفس شازده بند آمده بود و دایه خانم هم به او حق
میداد که چنین واله و شیدای این دختر باشد ، او هم تا بحال چنین
عروس زیبائی را ندیده بود . دایه جان تور سفیدی را به دست دو تا از
زنها داد و خودش دو کله قد کوچک را در روی سر عروس داماد بهم
می سایید . شازده به بی نظیر نگاه میکرد ، یعنی این بت زیبا امشب

عروس حجله او میشود؟ غرق شادی بود ، و خودش را خوشبخت ترین مرد دنیا میدانست . ولی دل در سینه ناصره و دایه جان میلرزید و دعا میکردند که عاقبت این کار خوش باشد . وقتی عاقد پرسید:

"خانم بی نظیر دختر محمد آیا اجازه دارم شما را در از آی یک جلد کلام الله و صد سکه اشرفی برای اردشیر فرزند حسام عقد کنم ؟"

اشکهای دایه خانم روان شد . یک شازده که میتوانست قشنگترین مراسم عروسی را داشته باشد مثل بی کس ها داشت دختری را که عاشقش بود و از جانش بیشتر دوست میداشت عقد میکرد . دایه خانم از کارهایی که ناصره بیگم کرده بود خیلی راضی بود، لااقل اینها خاطره یک عقد با تشریفات را خواهند داشت . تا بی نظیر بله را بگوید اردشیر نصفه جان شد !! انگار با گفتن این بله کوهی را از دوش اردشیر برداشتند واو نفس عمیقی کشید! یعنی بی نظیر دیگر مال او شد؟ هر دو در آیینه چشم در چشم هم دوختند و لبخندی زدند ، دنیا دیگر مال آنها بود . رجب علی یک بسته نقل از بازار خریده بود مشتی بر سر عروس داماد پاشید و سپس بقیه را بین همه تقسیم کرد تا دهانشان را شیرین کنند . ده روز پیش بود که شازده برای اولین بار بی نظیر را دید هرگز فکر میکرد که چنین سرنوشتی برای او نوشته شده باشد و چنین غریبانه دختری را که از جان و دل دوست داشت عقد کند !! آرزو میکرد که خواهرهایش هم الان اینجا بودند و در شادی او شریک می شدند ، ولی افسوس که آنها عشق او را یک بازیچه می پنداشتند . پس از عقد همگی هلهله کشیدند و شیرینی خوردند ، بعد شازده یک اشرفی به رجب علی داد و گفت برود برای همه چلوکباب با دوغ و مخلّفات بیاورد ، بالاخره عروسی او بود .

بعد از نهار آنها را با هم مدتی تنها گذاشتند ، شازده پرده گلهای جلوی صورت بی نظیر را کنار زد و صورت مثل ماه او را دید ،مثل اینکه چیزی مقدسی را لمس میکند آهسته سرش را جلو برد و پیشانی او را بوسید . احساس میکرد یک عروسک شیشه ای دارد و می ترسید اگر به او دست بزند بشکند . خداوندا چنین دُر درخشانی را چگونه در چنین شرایطی آفریده ای ؟ سرش را روی زانوی او

گذاشت و از آینده برایش گفت ، که برایش عمارتی خواهد ساخت که اندرونی آن مثل قصر های هندی باشد و تالار آیینه کاری برایش درست خواهد کرد تا بی نظیر خودش را در هر گوشه آن ببیند . آنقدر امید به او داد که نفهمید وقت کی گذشت . با در زدن دایه خانم به خود آمد. دایه خانم برای پیدا کردن خانه برای آنها نگران بود هر چند که میتوانستند چند روزی در خانه دایه جان بمانند اما می ترسید خبر به گوش شازده احتشام برسد و زهر چشمی از دایه و شوهرش بگیرد .

اردشیر به رجب علی گفت که باهم بروند دنبال خانه ای برای اجاره بگردند تا بعدا با فراقت یک خانه برای اینها بخرند. اما دایه خانم میترسید کسی شازده را بشناسد ، ناگهان رجب علی گفت خانم جان چرا خانه کربلای حسین که خالی افتاده رو تمیز نکنیم و اینا فعلا بروند آنجا تا یک خانه خوب پیدا کنیم که انشالله بخرند !!

چرا این به فکر دایه نرسیده بود ، کربلای حسین سالها بود که به عراق رفته و مجاور حرم امام حسین گشته وخیال برگشتن هم نداشت ، خانه او خالی افتاده بود . شازده این عقیده را پسندید ، همه با هم به آن خانه رفتند . ته یک کوچه باریک، زیر یک دالان ، یک در قدیمی و کهنه که قفل بزرگی بر جفت سر درش زده شده بود . رجب علی قفل را با کلید باز کرد ، در با صدای ناله ای روی خودش چرخید و کلی خاک به زمین ریخت معلوم بود که سالهاست این در را کسی نگشوده . دالان کوچکی به حیاط میرسید و حوض خشکی در وسط آن بود که پر از برگ های خشک شده درخت های توی حیاط بود . دو سه درخت توی باغچه بود که از قرارمعلوم فقط آب باران خورده و به ناچاری روی پا ایستاده بودند . خونه سه تا اتاق رو به آفتاب داشت که بیشتر شبیه انبار بودند مقدار زیادی جعبه چوبی شکسته ، چند تا کاسه و دیگ کهنه در گوشه کنار اتاق ها به چشم میخورد . بالای اتاق ها هم یک بهار خواب داشت . دایه خانم به زنها گفت که چادر خود را در بیاورید و شروع کنید به تمیز کردن خانه . شازده چند سکه به رجب علی داد و گفت:

" برو وسایل برای تمیزکردن خانه ، مثل جارو و آب پاش و صابون خاک اره و هر چه که میدونی بخر بیار.. بعد ناگهان مثل اینکه چیزی یادش افتاده

باشد ادامه داد..راستی چند تا صابون رنگی قم هم برای بی نظیر خاتون بخر"

زنها به تمیزکردن خانه مشغول شدند ، رجب علی از خرید بازگشت میرآب را هم خبر کرده بود تا آب خانه را جاری کند .در آن زمان هر محله ای یک میرآب داشت که به نوبت آب جاری را به خانه ها میفرستاد و چون سالها بود این خانه خالی بود ، میرآب هم راه آب آنجا را بسته بود. اردشیر کیسه ای زر هم بدست دایه خانم داد تا همراه ناصره به بازار بروند و مقداری وسایل زندگی مثل ، فرش و رختخواب وسایل آشپزخانه برای آنها بخرند ، تا شب وسایل لازم را خریدند ، خانه را آماده کردند که آنها شب را در خانه خود باشند . دایه خانم بعد از جابجایی آنها به شازده گفت :

" عزیزم ، قربان دلت برم ، میدونم دلت میخواد امشب پیش بی نظیر باشی ، اما بیا و به حرف دایه ت گوش کن و برو خونه! آقا جون.. نذار دنبالت به گردن آنوقت نمی گذارن آب خوش از گلویت پائین بره ، برو تا نگران نشده اند خودت را نشان بده "

ناصره هم همین عقیده را داشت . اردشیر یک کیسه زر بدست ناصره داد که هرچه لازم دارند بخرد و سفارش زیاد کرد که بی نظیر از خانه بیرون نرود . نه دل رفتن داشت و نه پایش را!! اما چکار میتوانست بکند این سرنوشت یک شازده بود ، کاش او هرگز شازده بدنیا نیامده بود و مثل رجب علی پارچه میفروخت . آنوقت میتوانست در همین خانه کوچک کنار بی نظیر زندگی کند . بی نظیر بدرقه او تا توی دالان دم در آمد ، شازده دستهایش را در دست گرفت و پیشانی او را بوسید انگار میخواست از روحش جدا شود ، چقدر این جدایی سخت بود، چشمهایش را بست تا نگاهش به چشمان بی نظیر نیفتد و گفت :

" به امید خدا زود بر میگردم "

و بسرعت از در بیرون رفت تا بی نظیر اشکهایش را نبیند دلش نمیخواست به خانه پدری خود برود ، مطمئن بود که گل محمد نگران اوست ، بنابراین بسوی خانه خواهرش تاخت . شازده به خانه خواهرش رسید جان محمد با دیدن او گفت :

"کجا بودی شازده!!؟

شازده اردشیر تازه متوجه شده که چند تا از دوستان مشترک آنها توی حیاط روی تخت ها نشسته و دارند حرف میزنند گل محمد بسویش آمد او را در آغوش گرفت و درگوشش گفت :

" خدا را شکر بسلامتی برگشتی کسی نمیدونه تو کجا رفته بودی حواست باشه "

حاجی بابا برای همه شام آورد و بعد از شام دوستان یکی یکی رفتند و بالاخره آنها سه نفر تنها شدند . گل محمد بازوی او را کشید به طرف اتاقش و گفت :

" نصف جان شدم تا آمدی بیا بشین تعریف کن که چی شد ؟ پیداشون کردی ؟"

شازده در اتاق را بست تا کسی نشنود بعد با خوشحالی مثل بچه ای که اسباب بازی مورد علاقه اش را بدست آورده ، همه چیز را تعریف کرد ! رنگ از روی گل محمد پرید این چه کار احمقانه ای بوده که شازده انجام داده ؟حالا چه خواهد شد ! اگر بفهمند که او هم در این ماجرا دست داشته پدرش روزش را سیاه خواهد کرد !! شازده که انتظار داشت گل محمد خوشحال شود از قیافه دمق او فهمید که از کار او خوشحال نشده گل محمد گفت :

" کاش با تو آمده بودم !!نمیگذاشتم این کار را بکنی ، چه میدونستم چنین دسته گلی به آب میدی ؟ اگر بفهمند پوست سر آن دختر بدبخت را می کنند "

شازده با تعجب پرسید :"به او چه من اینکار را کردم ! دوستش دارم ، دلم که مال خودمه "

گل محمد با ناراحتی گفت:" آخه چرا این طوری او را عقد کردی ؟ با این همه سر وصدا و بطور رسمی ؟چرا براش خونه گرفتی ؟میگذاشتی مدتی بگذره بعد یواشکی صیغه اش میکردی و کسی نمیفهمید ، مگر خاندان تو اجازه میدن که او زن رسمی توباشه ؟"

گل محمد میدانست که طوفانی در راه است و او را نصیحت میکرد که بعد از مدتی بی نظیر را طلاق بدهد و پول خوبی به او بدهد و آنها

را روانه افغانستان کند ، اما گوش شازده به این حرفها بدهکار نبود . او در هر آن آرزو میکرد که پیش بی نظیر باشد . تا صبح حرف زدند و بالاخره گل محمد میرزا او را قانع کرد که فعلا هفته ای یکی دو شب به شهر ری برود و گاهی منزل افخم زمان گاهی منزل حشمت زمان و چند شبی هم در عمارت پدرش باشد تا کسی به او شک نکند . خدا کند که جاسوس ها خبر برای یکی از خواهر ها نبرند تا ببینند چکار باید بکند.

***

فردا صبح شازده به عمارت خودشان رفت ، وقتی وارد شد حاجی آقا که مباشر پدرش بود در حیاط بیرونی به او گفت : " حضرت اشرف از نبودن شما در خانه اصلا خوشحال نیستند و هم اکنون در تالار بزرگ هستند "

شازده با عجله به اندرونی رفت و خودش را به تالار بزرگ رساند ، پدرش را در حال قدم زدن دید ، فهمید که اوضاع وخیم تر از آنست که حاجی آقا میگفت ، در زد و وارد شد ؛ سلامی کرد و گوشه ای ایستاد پدرش نگاهی غضبناک به او کرد و گفت :

" شما مثل اینکه خانه ای هم دارید؟ این چند روزه کجا بودی؟ چرا چند شب به خانه نیامدی ؟" شازده در جواب گفت :

" منزل افخم زمان بودم .. پیش گل محمد و جان محمد"

پدرش ادامه داد :" درست نیست که شما شبها به خانه نیایید !! من نگران میشوم اوضاع مملکت خوب نیست !! آدم هزار فکر بد میکند "

شازده جلو رفت و دست او را بوسید و قول داد که از این به بعد بیشتر خانه بیاید.

پدرش کمی آرامتر شد و گفت " سه هفته دیگر برای جشن قَران به دربار دعوت شدیم ، تو هم حتما باید همراه من بیایی "

سپس حسام الملک به اتاق خودش رفت ، شازده آرام و قرار نداشت هر چه سعی میکرد نمیتوانست که خودش را قانع کند و در عمارت بماند ، دلش برای دیدن بی نظیر یک ذرّه شده بود . بود و نبود او در

عمارت زیاد به چشم نمیخورد . پس از صرف شام با اهل عمارت برای خواب به اتاقش رفت ، دلش بسوی بی نظیر پرواز میکرد ، اما ترجیح داد که آن شب را در عمارت پدر بماند و صبحانه را با او بخورد . او باید خیلی احتیاط میکرد که پدرش شک نکند .

****

دو روز دیگر را هم شازده در خانه پدر گذراند و شب سوم پس از صرف شام و خوابیدن اهل عمارت ، به طوری که کسی نبیند به حیاط اصطبل رفت و از کلید دارباشی خواست تا در را برایش باز کند سوار اسب شد و با سرعت بسوی شهر ری تاخت . خودش نمیفهمید با سر میرود یا با اسب انگار پرواز میکرد ،این راه کی به انتها میرسد ؟ شب از نیمه گذشته بود که به درخانه ایکه برای بی نظیر گرفته بود رسید . او با ناصره بیگم قرار گذاشته بود وقتی که او نیمه شب می آید و در را میکوبد ، برای اینکه در را بروی غریبه ای باز نکنند ، او اول سه بار دق لباب میکند و بعد دوباره یک بار و در آخر دو بار تا او بداند که شازده است وقتی در میزد انگار کلون قلبش را قرار بود باز کنند ، چند دقیقه بعد ناصره بیگم فانوس به دست در را گشود و سلامی به شازده کرد . شازده به او خیلی احترام میگذاشت او مثل مادر بی نظیر بود ، مردم هر چه میخواهند بگویند برای شازده او زن بسیار شریف و محترمی بود.

پس از احوال پرسی وارد حیاط شد . در بالای بهار خواب بی نظیر را دید که لبه بهار خواب نشسته و سرش را به نرده ها تکیه داده و به در چشم دوخته است ، با دیدن شازده با عجله بسوی پله ها دوید ، انگار دلش میخواست خودش را در آغوش شازده بیندازد ولی می شرمید . در دو سه قدمی شازده ایستاد و سرش را بعلامت تعظیم پائین آورد . ناصره بیگم فانوس را روی هشتی گذاشت و بداخل خانه رفت . شازده آغوش گشود و بی نظیر را در آغوش گرفت انگار هزار سال بود که او را ندیده بود ، سرش را می بوسید ، مو هایش را نوازش میکرد ، قطره های اشک بر روی صورت بی نظیر می غلتید که معلوم نبود اشک خوشی از دیدار شازده است و یا اشک دلتنگی ، شازده اشکهایش را پاک کرد ، دستش را گرفت و با هم به روی بهار خواب رفتند . روی رخت خوابی که آنجا انداخته شده بود نشستند و تا صبحگاه حرف زدند انگار همه عمر در انتظار چنین شبی بودند . بی نظیر سرش را بر سینه

شازده گذاشته بود و حرف میزد ، از دلتنگی هایش میگفت ، از در بدری هایش ، از بی مادریش ، انگار میخواست در آن شب از همه غم هایش خالی شود . سپس آرام شد چون صندوق چه اسرار ش را یافته بود . سرش را بلند کرد و چانه شازده را بوسید و گفت :

" ممنونم که آرزویم را بر آوردی " شازده با خنده پرسید :

" آرزوی ت ازدواج با من بود ؟"

بی نظیر یکی از آن خنده های قشنگش را سرداد و گفت :

" آنکه آرزوی محالم بود ! خواب هم نمیدیدم ! اما از اینکه به رجب علی گفته بودی برام صابون رنگی قم بخرد .. نمیدونی چقدر در آرزوی خریدن این صابون بودم "

اردشیر با خودش میگفت این دختر چه قلب پاکی دارد و چه آرزوهای کوچکی!! اگر با یکی از شازده خانم ها ازدواج کرده بود الان باید دور تا دور اتاق جعبه های طلا و جواهر چیده شده بود و تازه شاید شازده خانم هنوز هم راضی نبود آنوقت بی نظیر برای چند تا صابون رنگی چنین کودکانه شادی میکند پرسید :

" حالا چرا اینقدر صابون قم دوست داری ؟"

بی نظیر آهی کشید و گفت :" وقتی هندوستان بودیم یک تاجر بود که مرتب به ایران رفت و آمد میکرد و کالاهای ایرانی می آورد ، مادرم صابون رنگی قم را خیلی دوست داشت و او همیشه برای مادرم این صابون ها را می آورد . مادرم با آنها صورتش رو می شست و همیشه بوی این صابون ها رو میداد . منم از این صابون های رنگ وا رنگ خیلی خوشم می آمد ، همیشه یکی دو تا از آنها را جائی پنهان میکردم تا وقتی که صابون ها تمام میشه من داشته باشم . تا زمانی که ناصره ازدواج کرد و ما به افغانستان رفتیم ، دیگه کسی برای من صابون رنگی نمی آورد . فقط یه بار شوهر ناصره برای زیارت به ایران آمد و وقتی برگشت چند تا صابون برای من سوغاتی آورد . این صابونها بوی مادرم را میدهند ، وقتی آنها را بو میکنم احساس میکنم کنار مادرم هستم ."

چقدر آرزوهای او کودکانه بودند شازده پرسید :" مادرت هنوز در هندوستانه ؟"

بی نظیر آهی کشید و گفت :" چند سال بعد از کوچ ما به افغانستان او فوت کرد اما هنوز هم بویش را احساس میکنم "

شازده سرش را بوسید و به او اطمینان داد که دیگر اجازه نمی دهد از این چشمهای قشنگ اشک حسرت جاری شود و هر چه آرزو کند برایش فراهم خواهد کرد . آدم ها بعضی وقتها قولی از ته دل میدهند ولی کسی نمیداند که کی و چطور باید این وعده ها را وفا کند و آنکه تصمیم میگیرد قضا و قدر است نه انسانها . آن شب رویایی تا سپیده ادامه داشت وقتی هوا روشن شد ، شازده گفت که باید برود ، بی نظیر با چشمی اشکبار او را بدرقه کرد وقتی شازده سوار اسبش می شد، بی نظیر به او گفت :

" در رفتن جان از بدن ، هر کس به نوعی گفت سخن

من خود به چشم خویشتن دیدم که جانم میرود "

شازده پیاده شد و او را در آغوش گرفت خدایا تا کی باید این جدائی را تحمل کند . پرید پشت اسب و با سرعت تاخت !تاب و تحمل دیدن اشکهای بی نظیر را نداشت. تا کی باید چنین دزدانه زن عقدی ش را ببیند ، به عمارت خواهرش افخم زمان رفت دلش سخت تنگ حرف زدن بود و فقط میتوانست با گل محمد و جان محمد در این مورد حرف بزند . وقتی به آنجا رسید آنها پای صبحانه بودند و میرزا امیر خان هم بود ، همه بدور سفره نشسته و صبحانه میخوردند . از دیدن اوخوشحال شدند مخصوصا دختر ها که دایی را بسیار دوست داشتند امیر خان از ازدواج دخترش منور زمان خیلی خوشحال بنظر میرسید و ناگهان گفت :

" خانم جان چرا فکری برای این سه جوان عزب اوغلی نمیکنی ؟ دیگه نوبت شازده اردشیر و گل محمد و جان محمد است "

شازده کم مانده بود که سکته کند ، اگر برایش بخواهند زن بگیرند چه خاکی بر سرش بریزد ، از روی ناچاری لبخندی زد و گفت :

" جناب میرزا اول برای جان محمد، که از همه ما بزرگتر است باید زن بگیرید ، بعد انشاء الله نوبت بعدی به ما برسد . "

جان محمد سرش را پائین انداخت و چیزی نگفت ، افخم زمان با لبخندی گفت :

"چرا که نه جان محمد دست روی هر دختری بگذارد با سر میدهند لب بازکنه "

شازده اردشیر در مدت یک هفته ای که در خانه آنها بود متوجه شده بود که جان محمد گاهی صحبت از فروغ زمان دختر حشمت زمان میکند مخصوصا شب خواستگاری و عقد کنان چند بار او را دیده بود که در گوشه و کنار با فروغ زمان حرف میزند ناگهان گفت :

" خواهر جان چرا راه دور میروی ! وقتی توی خونه دختران خوبی داریم "

افخم زمان با تعجب پرسید :" منظورت کیه برادر جان ؟"

رنگ از روی جان محمد پریده بود و امیدوار بود که شازده اسم کس دیگری بجز فروغ زمان بر لب نیاورد . شازده با خنده گفت :

"کی بهتر از فروغ زمان خودمون"

جان محمد نفس بلندی کشید و خیالش راحت شد . شازده اردشیر حرف دل او را زده بود. میرزا امیر خان انگار که هرگز به این موضوع فکر نکرده باشد با شادی گفت :

" مرحبا شازده ... چه پیشنهاد خوبی .. یار در خانه و ما گرد جهان میگردیم ، اگر جان محمد هم موافق است ! چه بهتر از این ، خوانچه با کنیز ها بفرستید برای تعیین زمان خواستگاری "

شازده خیلی خوشحال شد هم اینکه فروغ شوهر خوبی میکرد و هم اینکه فعلا بفکر دامادی او نبودند تا ببیند کی و چطور جریان بی نظیر را به خواهر هایش بگوید . با شادمانی گفت :

" منم همراه خوانچه ها با گل محمد از طرف خاندان داماد به عمارت

مشیر الدوله ، خواهم رفت .."

منور زمان که از این پیشنهاد خیلی خوشحال شده بود رو به مادر کرد و گفت:

"خانم جان برای خواستگاری رفتن خونه خاله جون بی نظیر بیگم بر میگرده ؟"

ناگهان اخمهای افخم زمان در هم رفت و جواب داد:

" آنها به افغانستان بازگشتند .. همین گوهر تاج و دارو دسته ش بس هستند"

از جواب افخم زمان بند دل شازده پاره شد .. حالا مطمئن بود که خواهرش از عشق او به بی نظیر خبر دارد ولی به روی خودش نیاورده ، او فکر میکرد که روزی حقیقت را به خاندانش خواهد گفت اما با این حرف افخم زمان امیدش نا امید شد .. چگونه اینها چنین وصلتی را خواهند پذیرفت . افخم زمان نگاهی به شازده کرد و گفت :

"برادر جان تو چه نقشه ای برای آینده داری؟ نمیخوای ازدواج کنی ؟ دختر های خیلی خوبی در خاندان قاجار هستند دست روی هر کدام بگذاری با سر میدهند "

شازده دیگر مطمئن شده بود که خواهرش همه چیز را میداند ، خدایا او را مجبور به یک ازدواج اجباری نکنند !! اما چگونه تا او رضایت ندهند چنین کاری نخواهند کرد . برای عوض کردن موضوع گفت :

"من فعلا تصمیم ازدواج ندارم شاید کار کنم !!؟"

افخم زمان نگاهی به او کرد و پاسخ داد :" خوب کار کن ، چه بهتر .. ربطی به ازدواج نداره تازه زندگی ت سر و سامان هم میگیرد"

رنگ شازده پریده بود خدایا چکار کند ، چگونه بحث را عوض کند ناگهان گفت :

"شایدم برم فرنگ هنوز تصمیمی برای آینده نگرفته ام ."

بعد اشاره ای به گل محمد کرد که تالار را ترک کنند . وقتی از خانه میرزا امیر خان خارج شد به طرف خانه حشمت زمان تاخت ، شاید بهتر بود به او بگوید که قرار است برای جان محمد به خواستگاری فروغ زمان بیایند . ساعتی را هم در آنجا گذراند ، آنها از خواستگاری جان محمد استقبال کردند . برای شام به خانه خودشان رفت باید بیشتر جلوی چشم می بود که کسی به نبودنش شک نکند .

سر شام پدرش باز هم در مورد کاری که برایش در دربار پیدا کرده بود گفت ، شازده چیزی نگفت او حتی خودش هم نمیدانست چکار میخواهد بکند !!؟ دیگر حتی اسم فرنگ رفتن را هم نمی آورد . اگر او را به فرنگ بفرستند با بی نظیر چکار کند ، باید از دوستان فرنگ رفته اش بپرسد ، شاید بتواند بی نظیر را هم با خودش ببرد و از این سرگردانی نجات یابد . برای عوض کردن موضوع صحبت خواستگاری فروغ زمان را پیش کشید . پدرش از این وصلت خیلی هم خوشحال شد . آنشب را در خانه خود ماند اما تمام شب در آرزوی دیدار بی نظیر بود .

***

شازده اردشیر از حرفهای آنروز افخم زمان حساب کار به دستش آمده بود ، حالا دیگر مطمئن بود که هیچکس این وصلت را قبول نخواهد کرد ، چشمهایش را که می بست قیافه محزون بی نظیر را می دید . خدایا چگونه میتواند در مقابل همه قد علم کرده و از عشقش دفاع کند! آیا چنین جراتی خواهد داشت ؟ گاهی فکر میکرد شاید حق با گل محمد است! ای کاش اینقدر با عجله عقد نمیکرد شاید می شد راه حلی پیدا کند !! حالا به آینده بی نظیر هم فکر میکرد!! خدایا اگر نتواند ازدواجش را بر ملا کند چه خواهد شد ؟گاهی فکر میکرد که همه چیز را به زن پدرش خانم ابتهاج السلطنه بگوید ، چون او زن دانا و مهربانی بود شاید راهی پیش پای او بگذارد و پدرش را هم راضی کند.

او گاهی به بهانه خانه افخم زمان و یا حشمت زمان خودش را به شهر ری میرساند و صبح زود باز میگشت . جریان خواستگاری جان محمد از فروغ زمان را برای بی نظیر گفت اشک در چشمهای او حلقه زد ، کاش میتوانست او هم برود . آن یک هفته ای که در عمارت بودند را

شاید دیگر هرگز در عمرش تجربه نکند ، مثل پری ها زندگی کرده بود اما افسوس که دیگر راهی به آنجا ندارد .

حسام الملک تصمیم گرفت که خواستگاری فروغ زمان قبل از جشن تاجگذاری ناصرالدین شاه باشد . بنا براین خواستگاری را جلو انداختند و با عجله وسایل را فراهم نمودند .

خواستگاری جان محمد از فروغ زمان هم با شکوه تر از خواستگاری منور زمان برگزار شد ، آنقدر خوانچه و طبق هدایا برای او آوردند که قابل شمارش نبود ، استقبال شایانی هم از طرف مشیر الدوله به عمل آمد. بیشتر میهمانان مشترک بودند فقط خاندان میرزا صفر بزاز از طرف داماد دعوت شده بودند . در دو تالار مختلف شام بسیار مجللی دادند . در تالار زنانه گوهر تاج که از نبودن بی نظیر و ناصره بیگم خیلی خوشحال بود سنگ تمام گذاشت و سعی کرد که نشان دهد از رقاصان هندی کم نمی آورد . قرار عقد را برای یک ماه دیگر گذاشتند . این چند روزه به خاطر جریان خواستگاری جان محمد، شازده اردشیر به دیدار بی نظیر نرفته بود و دلش سخت برای بی نظیر تنگ بود ، اما چاره ای نداشت فردای خواستگاری با مقدار زیادی هدایا و انواع کلوچه به دیدن او رفت که شاید نبودش را در جشن خواستگاری جبران نماید . اما بی نظیر هیچ گلایه ای نکرد خودش میدانست که لایق خاندان شازده نیست و باید به همین زندگی خوش باشد.

***

وقتی به خانه بازگشت یکی از دوستان او که تازه از فرنگ برگشته بود چند شماره از روزنامه قانون که میرزا ملکم خان در لندن منتشر میکرد و طرفدار آزادی مردم ایران و نو آوری در ایران بود برای شازده به سوغات آورد بود. البته خواندن این روزنامه ها مجاز نبود و داشتنش جرم به حساب می آمد . شازده گاهی روزنامه های عروة الوثقی سید جمال الدین اسد آبادی را که در خارج به چاپ میرسید و بطور قاچاق وارد ایران می شد را هم از این و آن میگرفت ومیخواند . شاید اومشروطه خواهی را از این طریق می آموخت، ولی ظاهرا چون شازده بود دراین مورد بجز با دوستان نزدیکش به کسی حرفی نمیزد . روزنامه حبل المتین که در هند منتشر می شد و عده ای از ایرانیان که از زمانهای

قدیم به هند مهاجرت نموده و بابی هائی که به هند فرار کرده بودند عقایدخود را در این روزنامه منعکس میکردند هم گاهی برایش می آوردند .این روزنامه ها با اینکه تاریخ گذشته بدست او میرسید ولی باز هم با شوق آنها را میخواند. البته پدرش نمیدانست که او چنین روزنامه هائی را به خانه می آورد و میخواند . شازده فقط وقتی در جلسات و یا با دوستان نزدیک خود بود از این نشریات سخن میگفت .

***

فردا جشن قَران بود و قرار بود که بعد از ظهر به دربار بروند . هر چند که شازده از این میهمانی ها خوشش نمی آمد اما برای اینکه پدرش را راضی کند تصمیم گرفت آنشب در عمارت خود بماند که فردا به موقع به مراسم برسد . وقت صرف شام به پدر گفت :

" پدر جان چطور امشب برای جشن خوشگذرانی اعلیحضرت شما را دعوت نکردند ؟"

پدرش چشم غزه ای به او رفت و گفت:" تا کی میخواهی پشت سر شاه بد بگوئی ؟ شاه کجا چنین برنامه هائی دارد ؟"

اردشیر با لبخندی گفت :

" این لطیفه ها که حسین بنکدار در محافل تعریف میکند و ادای وزیر ها را در می آورد !! فکر میکنید از کجا یاد میگیرد؟ از کریم شیره ای بذله گوی مخصوص دربار که در چنین شب هائی با دارو دسته خود به دربار میرود و نمایش اجرا میکند ، حتی میگویند در حضور شاه ادای او و ملیجک (مردی که بیشتر حالت زنانه داشت و همیشه همراه ناصرالدین شاه بود)را هم در میآورد، اشعاری که بر سر کوچه بازار خوانده میشود همه از نمایش های او سرچشمه میگیرد ، شما چرا دفاع میکنید !! امشب هم به میمنت تمام شدن روز قِران که منجم باشی در پنجاه سال پیش گفته بود که در چنین روزی به جان شاه سوء قصدی میشود جشن گرفته اند. شازده منصور که رفت آمد زیادی به دربار دارد خودش به من گفت که امشب به کاخ برای خوشگذرانی میرود . فردا سلام عام است که سفرای کشور ها و میهمان های زیادی دعوت شده اند و گرنه اصل جشن امشب است که ما دعوت نداریم :

پدرش اخم هایش را در هم کشید و گفت :

" پسر جان مگر تو از نزدیکان شاه هستی که به مجالس خصوصی دعوت بشوی .. همین که در سلام عام هم ما را دعوت کرده اند باید خوشحال باشیم ، دیگر اینکه به تو چه ، پدر سوخته ، که شاه ملیجک دارد و یا کریم شیره ای ادای کی را در می آورد!! از این گونه چیز ها در همه دوران بوده و هست ."

اردشیر دیگر چیزی نگفت ، بهتر بود که این روزها با پدرش بحثی نکند او باید فکری به حال زار خودش و بی نظیر کند ؟کاش همین نسبت دور را هم با شاه نداشت و فرزند یک ادم معمولی بود و میتوانست یک زندگی شیرین را در کنار بی نظیر بگذراند .

گاهی فکر میکرد این روزنامه هایی که درخارج به چاپ میرسند هم آیا واقعاً از طرف آدم های وطن پرست واقعی نوشته و چاپ میشوند !!؟و یا آنها هم در خلوت زندگی هایی مثل شاه دارند و خودشان به خوش گذارنی مشغول هستند و برای معروف شدن و یا به پشتیبانی دولت های فرنگی این ها را می نویسند و منتشر میکنند؟ مگر نه اینکه همه میدانستند که در دربار ناصرالدین شاه هر وزیری از طرف یک سفارت خانه به صدر اعظم معرفی شده و نماینده آن کشور در دولت است . به اتاق خودش رفت تا بخوابد ولی این افکار خواب را از او گرفته بود

***

فردا نزدیک ظهر از خواب بیدار شد ، پدرش برای جشن دربار سفارش لباسی نو برای او و خودش داده بود که کنیزش لباس را روی صندلی گذاشته بود . معمولا در چنین مواقعی حمام عمارت را گرم میکردند شازده تصمیم گرفت برای اینکه در جشن قران خوب بدرخشد و پدرش را خوشحال کند به حمام برود . دلاک مخصوص را هم صدا کرد تا سروصورتش را اصلاح نماید . حمام او دو ساعتی به طول انجامید. وقتی لباس پوشید و از حمام خارج شد ، صدای شیون از حیاط اندرونی می آمد!!با عجله خودش را به آنجا رسانید .خدای ناکرده بلائی بر سر پدرش نیامده باشد؟اما پدرش را دید که کلاهش را برداشته با اضطراب توی حیاط قدم میزند و مرتب میگوید لا الله الا الله، نوکران با عجله به بیرون می رفتند و بر میگشتند معلوم نبود چه خبر شده ،

چشمش بدنبال حاجی آقا میکشت ولی او را ندید ، به یکی از نوکر ها اشاره کرد که به او نزدیک شود و پرسید چه شده ؟ نوکر توی سر خودش زد و گفت:

" آقا جان انگار بدبخت شدیم خبر های بدی از حرم حضرت شاه عبدل العظیم رسیده گویا به جان حضرت اشرف سوء قصد شده !! "

شازده با تعجب پرسید :" چی !! به جان چه کسی ؟"

نوکر جواب داد :" هنوز که خبر موثقی نرسیده ، اما عده ای میگویند اتابک.. صدر اعظم را یک طلبه با پنج تیر زده !! اما بعضی ها هم زبانم لال میگویند اعلیحضرت را زده اند، آقا خاک دنیا به سرمان میشود اگر این خبر درست باشد "

اردشیر به کنار پدر رفت تعظیم کوچکی کرد و گفت :

" جان پدر اینقدر نگران نباشید !! شاید انشاالله خبر دروغ باشد !!"

پدرش رنگ به روی نداشت و گفت :

" اردشیر میرزا اگر شاه را زده باشند چه !!؟ بدبخت میشویم !! با شلوغی این مشروطه خواه ها کشور هرج و مرج میشود!! خدا کند که دروغ باشد و اتابک را زده باشند !"

ناگهان حاجی آقا از حیاط بیرونی وارد شد کلاهش را از سر برداشت و بر زمین کوبید و با فریاد گفت :

" حضرت اشرف وا مصیبتا..بدبخت شدیم .. یتیم شدیم ، بی پدر شدیم وا مصیبتا !! ایران یتیم شد ، حرام زاده ها شاه را زده اند ، من الان از کاخ گلستان می آیم ، اتابک سالم است !!"

پدرم بسویش رفت و فریاد زد :" چطور چه شده جان بکن بگو!!"

حاجی آقا گریه کنان گفت :" قربان با کالسکه شاه را آوردند ، حضرت اتابک و یکی دیگر زیر بازوی های او را گرفته بودند و به داخل کاخ بردند ، مردم دم کاخ اجتماع کردند ، بعد از مدتی اتابک بیرون آمد و

گفت خدا را شکر تیر به پای اعلیحضرت خورده ، وجود شریف شان خسته هست ، سلام عام امروز را تعطیل میکنیم و فردا صبح بار عام دادند تا همه برای تبریک بیایند ، اما قربان به گمانم دروغ گفت چون شاه را روی زمین می کشیدند ، از قرار معلوم انگاربدبخت شدیم "

حسام الملک از شدت ناراحتی میلرزید شاید هم گریه میکرد . شازده بسویش رفت او را بغل کرد و روی تختی نشاند ، آهسته لبه تخت نشست ، ای داد و بیداد حالا چه میشود !! مملکت هرج و مرج خواهد شد، کی دست به چنین کاری زده؟ چه دشمنی با شاه داشته ؟ سرش را به شانه پدرش تکیه داد و با دست پشت او را نوازش میکرد و رویش را می بوسید . میدانست که پدرش چقدر شاه را دوست دارد. حسام الملک به صدای بلند گریه میکرد ، شازده دستور شربت گلاب و زعفران برای پدرش داد و سعی میکرد او را آرام کند .

"پدر جان شاید واقعاً تیر به پای او خورده !! اینقدر ناراحتی نکنید تا فردا صبح همه چیز معلوم میشود :"

حسام الملک اشک هایش روان بود :" پسرم تو نمیدانی چه بلوایی خواهد شد اگر خدای نکرده شاه بمیرد ، تا شاه جدید از تبریز برسد ، شاید این قزاق های روسی تهران را تصرف کنند ، بدبخت شدیم .."

بعد از خوردن شربت حاجی آقا را صدا کرد و پرسید از ضارب چه خبر کی بوده ؟ حاجی آقا گفت :

" قربان یک طلبه بنام میرزا رضا کرمانی که از مریدان سید جمال الدین اسد آبادی است در خود حرم کنار ضریح با یک پنچ تیر شاه را زده ، مردم میگفتند که او با کامران میرزا پسر شاه دشمنی داشته ، الان هم دستگیرش کردند و زندانی ست "

شازده بر خودش لرزید ، او فکر میکرد که مخالفین شاه ، مثل سید جمال الدین فقط مردم را در مورد استبداد شاه و آزادیخواهی ! با نوشتن در روزنامه ها هوشیار میکنند ، هرگز فکر نمیکرد که دستور کشتن شاه را بدهند !! یعنی سید دستور این کار را داده ؟

همه نگران و پریشان بودند کسی نمیتوانست به کاخ گلستان برود .

عصری دختران و داماد های حسام الملک به عمارت آنها آمدند ، همه غمگین بودند و هراسان . نزدیک های غروب یکی از شازده ها به خانه آنها آمد توی سرش میزد ، گفت :

"شاه در همان حرم فوت کرده ، اتابک برای اینکه مردم نفهمند اول او را به مقبره فروغ زمان برده تا ببیند که چکار باید بکند . بعد تصمیم میگیرد که تظاهر کنند که شاه زنده است زیر بغل او را میگیرند ، عینک سیاهی به چشمش میزنند و او را به کالسکه میرسانند ،و در تمام طول راه اتابک از پشت دست شاه را گرفته و برای مردم تکان میداده تا مردم باور کنند که شاه زنده است فردا خبر را رسما اعلام میکنند "

حسام الملک میزد توی سرخودش آنها سعی میکردند که دستهایش را بگیرند ، مرتب به کامران میرزا بد میگفت ، که این پسر بخاطر ظلم هایی که به مردم میکرد سر پدرش را به باد داد ، و گرنه قران و نحوست آن دیروز تمام شد ، اما آن شازده گفت که :

"نه حضرت اشرف شاه اشتباه کرده بود قَران امروز بوده و پیش گویی منجم باشی درست از آب در آمد "

ابتهاج السلطنه بلند شد و به حاجی آقا دستور داد تا عمارت را سیاه پوش کنند و همه کنیز ها و نوکرها سیاه بپوشند و خودش هم برای تبدیل لباس به داخل عمارت رفت. شازده هم زیر بازوی پدرش را گرفت تا بداخل عمارت ببرد و لباس سیاه بپوشاند .

عمارت شبیه ماه محرم وقتی که روضه خوانی داشتند شده بود . جوان ها از مردن شاه سابق چیزی را بیاد نداشتند چون ناصرالدین شاه پنجاه سال حکومت کرده بود ، ولی مسن تر ها همه نگران یک بلوای بزرگ بودند . تهران آشوب بود چه کسی باور میکرد که پیش بینی یک طالع بین درست از آب در بیاید و در روز قران شاه را بکشند . هر چند که آزادی خواهان و مشروطه طلبان در تلاش آزادی بودند ، ولی هیچکس حرفی از کشتن شاه نمیزد . بلوایی به پا خواهد شد ، تا ولیعهد مظفرالدین میرزا از تبریز به تهران برسد چه خواهد شد ؟ اگر قوای مخالف شاه اداره کشور را در دست بگیرند !و یا حکومت بدست قزاق های طرفدار روس بیفتد !چه خواهد شد؟ ایران آبستن چه حوادثی بود ؟

***

فردا صبح شازده اردشیر به همراه پدرش، خواهر ها ، شوهر خواهر ها و خانم ابتهاج السلطنه در حالی که سر تا پا سیاه پوشیده بودند به کاخ گلستان رفتند . شاید نصف کاخ را شازدهِ ها گرفته بودند ، از قرار معلوم شاه بخاطر بسلامت گذشتن از روز قَران به زیارت حضرت شاه عبدل العظیم میرفته که تا آمدن میهمانان جشن تاجگذاری به کاخ باز گردد . ولی میرزا رضا کرمانی که از رفتن شاه به زیارت مطلع میگردد در داخل حرم کنار ضریح انتظار او را میکشد و ناگهان تپانچه را از زیر عبایش در می آورد و شاه را میزند که تیربه قلب او خورده و در جا شاه را میکشد . جنازه شاه را در تالاری گذاشته بودند تا مردم بروند و ادای احترام نمایند. البته بانوان به حرمسرا رفتند، در حرم سرا هم سوگلی های ناصرالدین شاه از همه بیشتر اشک میریختند، دختران و نوه ها هم روی صندلی ها نشسته و لباس های بسیار زیبای سیاه پوشیده و نیم تاجی مرصع بر سر داشتند تا همه بدانند که آنها شاهزادگان اصلی هستند وبه آنها تسلیت بگویند .

***

این روزها شازده آنقدر درگیر بود که فرصتی برای رفتن به شهر ری نمیکرد . دلش برای دیدن بی نظیر مالش میرفت ولی بخاطر پدرش مجبور بود که بیشتر اوقات در عمارت بماند و هم چنین چون قرار بود جنازه شاه را در حرم شاه عبدل العظیم به خاک بسپارند بنابراین رفتن به شهر ری بسیار مشکل بود . از نظر امنیتی این راه را کزمه ها و قزاق هازیر نظر گرفته بودند که نکند مخالفین توهینی به جنازه شاه بکنند و یا تظاهراتی در آن روز برقرار نمایند . با اینکه اعلام حکومت نظامی نشده بود ولی شهر بسیار خلوت بود و مردم می ترسیدند به کوچه و خیابان بیایند . میرزا رضا کرمانی را هم دستگیر کرده و در مستراحی نموک زندانی بود ، و آن طور که اخبار می رسید مرتب عده ای از همکاران ، دوستان و آشنایان او را هم هر روز دستگیر میکردند .

تشیع جنازه شاه با احترام برگزار شد و حالا محاکمه میرزا رضا کرمانی بطورعلنی بوسیله رئیس نظمیه تهران بر گزار می شد که مردم برای تماشا میرفتند . شازده اردشیر و گل محمد و جان محمد هم برای

تماشای این محاکمه به نظمیه رفتند میخواستند ببینند یک مخالف شاه و کسی که در خود چنین قدرتی دیده که شاه را بکشد !چگونه سخن می گوید و از چه حقایقی پرده بر میدارد مخصوصا که او از مریدان سید جمال الدین هم بود.

رئیس نظمیه خودش از میرزا رضا استنطاق میکرد و مردم عوام حتی زن ها و بچه ها به تماشا آمده بودند . میرزا رضا را با سرو صورتی زخمی که معلوم بود او را کتک فراوان زده اند در لباس طلبکی برای باز جویی آوردند ، میرزا رضا روی زمین در مقابل رئیس نظمیه نشست .

او در جواب رئیس نظمیه تهران که پرسید چرا شاه را کشتی و چه دشمنی با شخص اعلیحضرت داشتی گفت :

‌‌‍" من با کسی کاری نداشتم در یکی از دهات کرمان املاک پدری داشتم و زندگی خودم را میکردم ! که حاکم آنجا به زور تفنگ دارانش همه اموال مرا گرفت ومرا مجبور به ترک دیار کرد ومن راهی کرمان شدم و چند سالی درس طلبگی خواندم . بعد به تهران آمدم و دست فروش شال و خز و پارچه شدم . خرده فروشی میکردم ، زن داشتم بچه داشتم ، اما همه چیزم را کامران میرزا از من گرفت ، به من ظلم کرد . مرا آواره و بیچاره کرد، او پارچه های شال گران قیمت مرا از من گرفت و پولش را نداد !! هر بار بدر خانه او میرفتم مرا کتک میزدند و بیرون میکردند . یک بارکمی از قرض مرا داد ، پس از مدتی دوباره مرا احضار کرد فکر میکردم میخواهد بقیه پول مرا بدهد اما مرا مجبور به نوشتن حقایقی کرد که مردم در کوچه بازار پشت سر دربار ،حکومت و شاه میگفتند و بعد هم بجرم اغفال مردم مرا بازداشت کرد و به محبس فرستاد .چهار سال در زندان های مختلف بودم چند بار مرا آزاد کردند ، ولی باز دوباره گرفتند . گاهی در محبس قزوین بودم، گاهی انبار شاهی! تا بالاخره آزاد شدم بشرط اینکه در تهران نباشم . در این مدت پسر هشت ساله ام به خانه شاگردی رفته بود ، زنم از من طلاق گرفته و بچه کوچکم هم را بر سر راه گذاشته بود. در این زمان با کسی آشنا شدم که او آقا سید جمال الدین را می شناخت و از او برایم بسیارمیگفت ، سپس من به استانبول رفتم و به خدمت سید رسیدم "

وقتی رئیس نظمیه از او پرسید دستور قتل شاه را سید جمال الدین به تو داد ، جواب داد:

"خیر مگر خودم کور بودم این همه ظلم را بر رعیت نمیدیدم ، شاه سرش را به عیش و عشرت در حرمسرا گرم میکرد ، به شعر و شاعری و نقاشی و شراب خواری و زن بازی مشغول بود و کامران میرزا به پشت بانی او هر غلطی دلش میخواست میکرد . او چهار سال مرا در سیاه چال نگه داشت ، هزاران نفر مثل من اسیر او بودند ، رعیت نان نداشت بخورد، شاه برای تفریح به فرنگ میرفت . من قصد کشتن شاه را نداشتم میخواستم کامران میرزا را بکشم . وقتی از استانبول برگشتم در شاه عبدل العظیم یک حجره گرفتم ، یک بار فقط پسرم را دیدم حق آمدن به تهران را نداشتم . شبی که شنیدم شاه به زیارت می آید عریضه ای نوشتم و شکایتم را از کامران میرزا به او کردم . از او خواستم تا اجازه دهند در تهران زندگی کنم تا پیش پسرم باشم . اما صبح از دادن عریضه پشیمان شدم و با خود گفتم باید شجره این شاه را خشک کرد که دیگر پسرانی مثل کامران میرزا نداشته باشد تپانچه را برداشتم و به قصد کشتن شاه به حرم رفتم "

و هر چه رئیس نظمیه از او می پرسید که چه کسانی با او هم دست بودند او اسم کسی را نمیداد و حتی انکار میکرد که دستور از سید جمال الدین در این مورد گرفته است . بالاخره او را به انبار شاهی بردند تا شاه جدید بیاید ودر مورد او حکم بدهد .

***

در این مدت شازده برای چندین شب متوالی به دیدن بی نظیر نرفت. چون هم رفت و آمد ها به شهر ری زیر نظر بود هم مرتب مردم برای تسلیت گویی به خانه شازده حسام الملک می آمدند . حتی رعیت ها از ده برای عرض ادب می آمدند و شازده باید در عمارت می بود. بالاخره آب ها از آسیاب افتاد و یک شب او به دیدن بی نظیر رفت با چه حالی اسب می تاخت که فقط خدا میدانست . دلش برای دیدن بی نظیر ضعف میرفت ، با خودش مجسم میکرد که وقتی او را ببیند آنقدراو را در آغوش خود نگه میدارد تا صبح شود . یک گردنبند الماس هم برایش آورده بوده تا دلش را خوش کند وقتی در را گشود از دیدن بی نظیر جا

خورد . او از بس غصه خورده و گریه کرده بود خیلی لاغر و رنگ پریده بنظر میرسید ،شازده فکر کرد که او مریض شده ،اما ناصره میگفت ، از غصه غذا هم نمی خورده آنشب تا صبح سرش را در آغوش شازده گذاشته و گریه میکرد وقتی شازده سینه ریز را به او داد او نگاهی به آن کرد و گفت:

" ای بی مروت ! در مورد من چه فکر میکنی ؟ من دل به این چیزها خوش میکنم !!؟ دیدار تو نفس منه ، زندگی منه ، منم انگار با شاه مُردم شبها تا صبح چشم به این در میدوختم که شاید بیایی ، ای بی انصاف نگفتی من از غصه می میرم !!میدانی فراق با من چه کرده ، اگر خودم رو نکشتم فقط به امید دیدار تو بود ، فکر نکردی چه بر سر من می آید حتی یک خبر هم برای من نفرستادی ؟"

شازده او را نوازش میکرد ، سرش را می بوسید ، به او دلداری میداد که دیگر همه چیز درست شده و او مرتب خواهد آمد . برایش از گرفتاری ها میگفت و اینکه کسی که مورد اعتماد باشد نداشته تا به اینجا بفرستد به او قول ها میداد که بگذار اوضاع آرام شود ، آنوقت یا همراه او به فرنگ خواهد رفت که آزاد در کنار هم زندگی کنند . یا به زن پدرش همه چیز را خواهد گفت و از او که روی پدرش نفوذ زیادی دارد کمک خواهد خواست و ازدواجشان را بر ملا خواهد کرد . او را به عمارت خواهد برد برایش عروسی با شکوهی خواهد گرفت که همه دختران تهران به او حسود ی کنند ، از آینده گفت و از روزهای خوبی که در کنار هم خواهند داشت .

آنقدر گفت که بی نظیر بخواب رفت ، صدای اذان صبح بلند شد و او دیگر باید به عمارت باز میگشت . آهسته پیشانی او را بوسید و از کنارش بلند شد.

****

بالاخره شاه جدید به تهران رسید ، مظفرالدین شاه که چهل سال از عمرش را در ولیعهدی گذرانده بود ، آدم مهربان و درویش مسلکی بود و روحی حساس داشت . از بیماری ریوی هم زجر میکشید ،در تاجگذاری او همه شاهزادگان و اعیان و اشراف شرکت کردند . تهران آرام شد و مردم به زندگی عادی خود بازگشتند . دوباره دور همی های مشروطه

طلبان و آزادی خواهان شروع شد ولی شازده اردشیر سعی میکرد که از آنها دوری کند . او خودش درگیر عشق بی نظیر بود و باید فکری بحال خود میکرد نمیخواست که درگیری سیاسی هم پیدا کند . مثل سابق هر شبی را در جائی میگذراند تا کسی متوجه غیبت های شبانه او نشود . در فکر خریدن خانه ای در یک محله خوب برای بی نظیر بود .

***

یک شب که پس از خوابیدن همه ، شازده دلش خیلی هوای بی نظیر را کرده ودل تنگ او شده بود ،با اینکه شب پیش آنجا بود وهیچوقت پشت سر هم به شاه عبدل العظیم نمیرفت ولی بی اختیار بلند شد و به اصطبل رفت و آهسته اسبش را از در اصطبل بیرون برد تا به خانه بی نظیر برود . هنوز یک کوچه را نه پیموده بود که عده ای جلویش را گرفته او را از اسب به زیر کشیدند ، کیسه گونی بر سرش کرده و او را داخل کالسکه انداخته و بردند . نه میدانست که آنها کی هستند،و نه میدانست که او را به کجا میبرند ، دستهایش را هم با طناب بسته بودند و پارچه ای هم دور دهانش پیچیدند تا نتواند فریاد بزند . شازده باور نمیکرد که او را چنین اسیر کرده باشند ، اینها کی هستند ؟چه از جان او میخواهند؟ حدود یک ساعتی رفتند ، سپس ایستادند و او را پیاده کردند . دو نفر دو بازوی او را گرفته بودند ، دری گشوده شد و آنها وارد جایی شدند ، برای مدتی راه رفتند و سپس از چند پله پائین رفتند نه چشمش جائی را می دید و نه میتوانست حرف بزند . مدتی مستقیم راه رفتند شاید یک راهرو بود و بعد دری را گشودند از صدای در می شد فهمید که در چوبی کهنه ای است ، سپس او را کنار دیوار نشانده و به دستهایش زنجیر و به پایش هم قل و زنجیر بسته بدون اینکه کیسه گونی که بر سرش کشیده بودند بردارند او را آنجا رها کرده و رفتند .

شازده نه میتوانست فریاد بزند ، نه می دید که کجاست ؟ خدایا اینها کی بودند ؟ چه از جان او میخواستند . احساس وحشت میکرد ، چه کسانی او را دستگیر کردند !!؟ او که با کسی دشمنی ندارد !! حالا چه بر سرش خواهد آمد ؟ بی نظیر بیچاره چشم به انتظار اوست . تکیه اش را به دیواری داده بود !! نمیدانست کس دیگری هم در این اتاق هست یا نه؟ نفهمید که خوابش برد یا بیهوش شده بود از صدای خش خش زنجیری بیدار شد ! صدا از کجا می آمد !! باز هم صدای حرکت زنجیر

ها را شنید ؟ نکند در سیاه چال زندانی باشد !! ناگهان صدایی شنید که میگفت دیشب باز هم چند نفر را آوردند !! و دیگری جواب داد:

"خدا بهشون رحم کنه !! بیچاره ها!! هنوز گونی ها را از سر آنها بر نداشتن"

ای داد بی داد به محبس افتاده است ! اما به چه جرمی ؟سعی میکرد که حرکتی بکند شاید دهان بندش را بیاندازد و فریاد بکشد اما موفق نمی شد ! کمی که گذشت ، صدای در را شنید که روی پاشنه چرخید، چیزی که نمی دید ، ولی احساس کرد که یک نفر به او نزدیک شد . اول پارچه دور دهنش را باز کرد و سپس گونی را از سرش برداشت .. چند دقیقه ای طول کشید تا چشمش به تاریکی عادت کرد .. ای وای در یک سیاه چال بسیار بد و کثیف بود ، به دور بر نگاه کرد عده ای با قل و زنجیر به دیوار ها بسته شده بودند . دو سرباز داشتند گونی های سر دو نفر دیگر را بر میداشتند ، خدایا او را برای چه دستگیر کرده اند؟ حالا میتوانست صورت ها را خوب ببیند . صورت های زخمی ، که لکه های خون خشک شده در روی آنها بچشم میخورد، اینها چرا زخمی هستند؟ اینجا کجاست؟ نکند دیگر بی نظیر را نبیند؟ چرا او را به اینجا آورده اند ؟ این سیاه چال غیر از این در ، رخنه دیگری نداشت سربازی یک مشعل دستش بود که روشنائی کم رنگی به آنجا میداد . شاید حدود ده نفری در سیاه چال بودند ، دو سه نفری مثل او تازه وارد بودند ، چون سر و صورت سالمی داشتند .

شازده خوب که نگاه کرد دو نفر از قدیمی ها را شناخت ، احمد زرین نگار که شب نامه مینوشت و مخفیانه چاپ میکرد و شازده جهانگیر قجه لو که مدتی بود در جمع ها دیده نمی شد . ای داد بیداد پس اینها را گرفته بودند که در جلسات شرکت نمیکردند ! چه خاکی بر سرش شده ؟ او را به چه جرمی بازداشت کردند!! بخاطر نسبت نزدیکی که با شاه داشت کمی جرات یافت و به سرباز گفت :

" مرا برای چی گرفتین !! میدونین من کی هستم؟"

سرباز نگاهی به او کرد و گفت :" خفه شو شازده قراضه ، شازده ای که بر علیه شاه مملکت توطئه کنه بدرد چوبه دار میخوره"

ای وای بر او، پس او را به دلیل سیاسی گرفتند!! حالا چه بر سر او خواهد آمد !! نکند او را اعدام کنند ؟ ولی او که کاری نکرده بود !! چرا دستگیرش کردند ! سربازها رفتند ، شازده اردشیر با نگرانی به دو نفری که شناخته بود نگاه کرد و پرسید:

" جریان چیه ؟ ما رو برای چی گرفتند ؟ شما چند وقته که اینجا هستین ؟"

شازده جهانگیر که سر و صورتی خونی و زخمی داشت تازه شازده اردشیر را شناخت با تعجب پرسید:

" شازده اردشیر تو را دیگه چرا گرفتن !! تو که پدر با نفوذی داری ؟"

شازده اردشیر خیلی وحشت کرده بود او را چرا گرفته اند؟ او که کاری نکرده بود ؟با اضطراب گفت :

" مگر از پدرمون اجازه میگیرند که ما را بگیرند ؟ هر کس را که دلشون بخواد میگیرن.. اما من کاری نکردم!! تو را چرا گرفتن؟"

شازده جهانگیر تعریف کرد که او را بجرم اینکه دوستان فرنگ رفته دارد و با آنها به کافه میرفته و قهوه می خور و همچنین چون پای سخنرانی علما ی مشروطه خواه میرفته بازداشت کرده اند !! میگفت هر روز او را شکنجه میکنند که اقرار کند که بابی شده هر چه او قسم میخورد که که او مسلمان با اعتقادی است ولی باور نمیکنند . احمد میگفت در جائی گفته شاهی که امیر کبیر را که او را بزرگ کرده و حکم پدرش را داشت بکشد به رعیت چه رحمی میکند ، شاهی که با قرض بیگانه ها برای عیاشی به اروپا برود غیر از مستراح فرنگی چه چیز برای کشور به سوغاتی می آورد !!.

وحشت سراپای شازده اردشیر را گرفته بود ، خدایا او را به چه جرمی گرفته اند!!؟ عرق سردی بر سر و رویش نشست با او چه خواهند کرد ؟ او اصلا کاری نکرده بود . هر کدام قصه دستگیری و شکنجه های که شده بودند و هر روز برای استنطاق میروند را تعریف میکردند . بند دل شازده اردشیر پاره شد ، با او چه خواهند کرد ؟ آیا پدرش از دستگیری او با خبر خواهد شد !!؟ چه بر سر بی نظیر خواهد آمد ! کاش گذاشته

بود او به افغانستان برود!حالا کی به او خبر خواهد داد که شازده را گرفته اند !!؟ آیا آزاد خواهد شد؟ در این افکار بود که سربازی بدرون سیاه چال آمد کمی دور بر را نگاه کرد و پرسید:

"!شازده اردشیر میرزا کیه ؟"

شازده فکر کرد حتما فهمیده اند که او را اشتباهی گرفته اند و با خوشحالی جواب داد" من هستم !آزاد شدم !!؟"

سرباز با لحن بی ادبی گفت :

" آره ارواح عمه ت .. آمدم تو را برای استنطاق ببرم "

خدایا چه استنطاقی ؟ او که کاری نکرده بود !! سرباز بسوی او آمد زنجیر دست و پای او را از دیوار باز کرد ولی حلقه ای که دور گردنش بود را دست نزد ،زنجیر او را در دست گرفته بسوی در برد درست مثل گوسفندی که به کشتارگاه میبرند !! کی باور میکرد که روزی او را چنین خوار خفیف ببرند !! از در خارج شد ، دالان بلندی بود ، با چند تا درب کهنه و کثیف، بطور حتم پشت هر کدام از این درب ها سیاه چالی بود و چندین اسیر؟ با خودش گفت این چه دولتی است که مخالفین خودش را چنین آزار میدهد!

اگر شاه خودش را پدر مردم میداند !! چرا باید چنین سیاه چال های وجود داشته باشد!؟ سرباز مثل گوسفندی که بسوی قصابی میبرند او را میکشید . در اتاقی را گشود ، این اتاق هم تاریک بود و فقط یک مشعل روی دیوار آنرا روشن میکرد . یک میز نیمه شکسته ای با یک صندلی آنطرف اتاق بود و یک صندلی شکسته هم در طرف دیگر ، سرباز او را بطرف آن صندلی شکسته برد و گفت اینجا بشین تا یاور بیاید ، او داشت از تشنگی هلاک می شد . از دیشب تا بحال چیزی به او نداده بودند ! از سرباز پرسید :

" مرا برای چه اینجا آوردی ؟ اینجا که کسی نیست ؟"

سرباز جواب داد :" دلت برای شکنجه تنگ شده الان یاور قلی خان میاد خدمتت میرسه عجله نکن !!"

شازده داشت از ترس سکته میکرد ! با او چه خواهند کرد !! نگاهی به دور بر اتاق انداخت ، تیر چوبی درازی با زنجیر به دیوار وصل بود و زنجیر هم به چرخی چوبی شبیه چرخ چاه بسته شده بود ! او در مورد تیر و چرخ خیلی شنیده بود ولی هرگز حتی در ذهن خودش آنرا تجسم هم نکرده بود ، چگونه کسی را با آن شکنجه میکنند !! در این موقع در اتاق باز شد و مردی کوتاه قد و نسبتا چاق که صورتی خشن داشت مخصوصا با سبیل های که از دو طرف صورتش آویزان بود ، لباس سربازی تیره رنگی بر تن داشت و سر دوشش هم چند تا قبه بود . سرباز جلوی او تعظیمی کرد و گفت :

" قربان شازده اردشیر را برای استنطاق آورده ام "

مرد که نامش یاور قلی خان بود، نگاهی به شازده کرد و بعد بطرف میز و صندلی رفت و روی صندلی نشست و دوباره نگاهی به شازده کرد و با دست به سرباز اشاره کرد که از اتاق بیرون برود . بعد رویش را به شازده کرد و گفت :

"خوب شازده اردشیر میرزا فرزند شازده حسام الملک پسر عمو زاده شاه تو دیگه چرا اینجایی؟"
شازده از اینکه یاور قلی او را خوب می شناسد خوشحال شد ! حتما الان او را آزاد میکند . او هرگز فکر نمیکرد روزی چنین درمانده در مقابل یک یاور بنشیند و به سوال های او جواب دهد ، با لحن پر غروری جواب داد :

" اگر مرا می شناسی پس باید بدانی که مرا بیخودی گرفتند ، من کاری نکردم"

یاور نگاهی به او کرد و گفت :" خفه شو !! خیلی به شازده بودنت میندازی !! خیال میکنی تو اولین شازده ای هستی که سر از اینجا در آورده !! حالا خودت بگو که چرا اینجایی؟"

شازده اول فکر کرد که این یاور قصد کمک به او را دارد ، اما حالا متوجه لحن مسخره او شد ، نه این قافله سر دراز دارد . با لحن مشوشی پرسید :

'' یاور شما بگید من برای چی اینجام !! خودم که نمیدونم ''

یاور ناگهان با لحن پرخاش گری گفت :'' نمیدونی پدر سوخته ؟؟ وقتی توی کافه می نشستی و از شاهی که مقرری ماهیانه به پدرت میده بد میگفتی باید فکر امروز رو میکردی ؟''

شازده حالا از ترس بخودش میلرزید ! کی او بد به شاه گفته !! او از دولت بد گفته و طرفدار مشروطه بوده و هرگز در مورد شاه حرف نزده بود !!با احتیاط و ترس گفت :

'' یاور به کدام دلیل من رو محکوم میکنی؟! من هیچوقت به شاه توهین نکردم''

یاور فریاد زد : '' خفه شو شازده قراضه !! تو پشت به همون شاهی کرده ای که هر شب سر سفره بابات نونش رو میخوری؟ حالا میگی که کاری نکردی !! توی کافه و قهوه خونه ها از دولت بد میگی ؟ گفتی وزیری که سفارت خونه تعیین کنه سفیره نه وزیر! سیری زده زیر شکمت !حالا طرفدار رعیت شدی ؟یک رعیتی بهت نشون بدم که رب و روب خودت یادت بره !!توی سفارت خونه بیگانه تحصّن میکنی؟ این سفارت ها نماینده های همون دولت هایی هستند که شما فرنگ رفته ها میخواین دستشون از ایران کوتاه بشه !! دایه مهربون تر از مادر پیدا کردین ؟''

شازده خیلی سعی کرد که او را قانع کند اما نشد و یاور قلی ناگهان فریاد زد :

'' آهای سرباز چرا خرقه شازده گی این رو از تنش در نیاوردین !! این لیاقت این لباس رو نداره بیاین لباسش رو عوض کنید ''

دوتا سرباز بدرون آمدند و با عجله لباس های شازده را از تنش بدر آورده و یک پیراهن کثیف بلند تنش کردند . شازده اردشیر تا بحال چنین خوار و ذلیل نشده بود ، او شازده این مملکت بود ، نباید با او چنین رفتاری میکردند . وقتی به حرفهای یاور فکر میکرد شاید او اشتباه کرده !! و حرفهایی زده که نباید میگفت!! جاهایی رفته که نباید میرفت !! چقدر پدرش و مشیرالدوله به او گوشزد میکردند ! چرا گوش

به حرف آنها نکرد؟ هیهات دیگر روی آزادی را ببیند؟اما او هرگز مرگ شاه و یا تغییر حکومت را نخواسته بود باخودش میگفت آدم باید به آنچه میگوید فکر کند . بعضی وقتها آدم حرفهایی میزند که از عواقب آن خبر ندارد . پس از اینکه لباس او را عوض کردند . یاور قلی به او گفت :

" شازده حالا باید اقرار کنی به کارهایی که کردی ؟ باید دوستانت را لو بدی ؟ اگه همکاری کنی که خوب و گرنه این تیر و چرخ رو دیدی!! تو رو به حرف میاره "

رنگ از روی او پرید !! این چرخ چکار میکند ! این تیر چیست او چه باید بگوید که آزاد شود؟ یاور قلی یک کاغذ و قلم بدست گرفت و گفت :

" خوب شازده بگو .. بگو اسم یارانت را بگو !!"

شازده مات به او نگاه میکرد ، چه بگوید ؟ کدام بدبخت را به دام اینها بیندازد سرش را بلند کرد و گفت :

" یاور من هیچکس را نمی شناسم که بخواهم لو بدم "

یاور بلند شد و در کنار او ایستاد ، سرش را پائین آورد و در چشمهای شازده نگاه کرد بعد ناگهان دستش را بلند کرد و یک سیلی زد توی گوش شازده و گفت :

" شازده قراضه من از تو سر سخت تر را به حرف آوردم .. دهن و دماغت رو یکی میکنم تا حرف بزنی .. قدم به قدم میدونم که چکار کردی حالا حرف میزنی یا ببندمت به تیر؟"

در اثر آن کشیده خون از دماغ او سرازیر شد اما دستهایش بسته بود که خونش را پاک کند ، خون بروی پیراهنش میریخت ، او تا بحال از کسی سیلی نخورده بود درد شدیدی توی سر وصورتش پیچیده این مرد کی بود که به عزیز دردانه حسام الملک سیلی بزنند !؟از او چه میخواستند ؟

در این موقع سربازی بدرون آمد و زیر گوش یاور قلی خان چیزی گفت یاور قلی خان سرباز دیگری را صدا زد و گفت :

" برای امروز بسه ببریدش توی سیاه چال تا بقیه به او بگن که یک
من ماست چقدر کره داره دوباره فردا بیاریدش "

و اتاق را ترک کرد سرباز بکنارش آمد دستهای او را که به دیوار بسته
بود باز کرد و زنجیرش را کشید و تا او را به سیاه چال برگرداند وقتی
از راهرو میگذشتند سرباز به او گفت :

" خدا را شکر کن که یاور قلی را صدا کردند وگرنه امروز همه استخوان
هایت را خرد میکرد ..فکر ها تو بکن اگه فردا به او مثل امروز جواب
سر بالا بدی می بندد به تیر و چرخ "

خدایا این تیر و چرخ چه بود که اینقدر از آن همه با وحشت حرف
میزنند ، باید از بقیه بپرسد . وقتی به سیاه چال بازگشت ، همه با
تعجب به او نگاه میکردند . احمد پرسید:

" شازده چطور به این آسانی ولت کرد اسم کی رو دادی ؟"

شازده اردشیر که هنوز خون به روی پیراهنش می چکید گفت :

" این بس نبود باید چکار میکرد؟"

همه به هم نگاه کردند انگار حرف خنده داری زده باشد !پوز خندی زدند
و شازده جهانگیر گفت :

" آن چرخ و تیر را ندیدی!!؟ مثل مسیح که به صلیب کشیدند ، آدم رو
به آن می بندند بعد با آن چرخ زنجیر ها را می کشند تا توی هوا معلق
بمانی چطور ترا رها کرد "

خدایا این دیگر کدام جهنم است چه باید بکند ؟جواب داد :

" یاور را صدا کردند بازجویی امروز نصفه ماند ، اما راستی شما را تا
بحال به آن تیر بستند ؟"

هر کدام که نای حرف زدن داشتند داستان خود را میگفتند ،اما آنهایی
که تمام بدنشان زخم بود حتی حوصله حرف زدن هم نداشتند . خدایا
او از چه بگوید ؟ اگر فردا جواب خوبی به یاور قلی ندهد او را هم به
تیر خواهند بست !!؟ این چه سرنوشتی است که او دارد عروس حجله

بسته اش به انتظار او نشسته و او را دارند شکنجه می دهند . کاش راهی می یافت که پدرش را خبر کند . اگر او را در اینجا بکشند کسی خبر دار نمی شود . از بقیه پرسید که چگونه میشود به پدرش خبر بدهد که او در زندان است ؟ اصلا کدام زندان است ؟ شازده جهانگیر گفت:

" اینجا انبار شاهی است ، البته کسی از اینجا به بیرون خبر نمی برد مگر پدرت یکی را به دم در بفرستد و از حال تو با خبر شود "

غصه او چند برابر شد . از وقتی بی نظیر را عقد کرده بود ، هر شبی را در خانه یکی از خواهرها می ماند تا بتواند به شهر ری برود و پدرش شک نکند . حالا با این بدبختی شاید یک هفته دیگر هم کسی نفهمد که او گم شده !! خدایا چگونه به پدرش خبر دهد . از قرار معلوم کسی از درون انبار شاهی خبر به بیرون نمیبرد .باید چشم امید به بیرون از زندان بدوزد که معجزه ای شود و به کمک او بیایند!! آنشب را با ترس و لرز گذراند خواب به چشمش نمی آمد ، گرسنه هم بود . یک بار در شبانه روز به آنها غذا میدادند ، آن هم چند تیکه نان خشک، و یک کوزه آب که فقط زنده بمانند .

فردا صبح یکی دیگر را برای سوال و جواب بردند ، عصر با پاهای سوخته صورتی پر از خون و بدنی که روی زمین می کشیدند بازگرداندند او را صدا نکردند و این انتظار هم خودش دریای از وحشت بود ، تا کی او را به تیر ببندند و بدن مثل نعش او را بازگرداندند .

چند روز بعد او را به اتاق استنطاق بردند . یاور قلی و یک نفر دیگر پشت میز نشسته بودند . با دیدن شازده لبخندی به یک دیگر زدند ، انگار طعمه جدیدی برای تفریح یافته بودند . او روی صندلی نشست و دستهایش را با زنجیر به دیوار بستند . چند لحظه بعد یک زندانی دیگر را آوردند ، او هم سیاه چالی او نبود ، حتما او را از سیاه چال دیگر ی آورده بودند ، مستقیم او را به پای تیر بردند ، دستهایش را با طناب به تیر بستند ، بعد یک سرباز شروع کرد به چرخاندن چرخ ، با هر چرخشی تیر یک وجب بالاتر میرفت و فریاد آن مرد به آسمان بلند شده بود . تا به اندازه یک کز با زمین فاصله اش شد ، چند تا شمع آوردند و زیر پای او روشن کردند ، خدایا این چه بود که او می دید ، مرد زخمی فریاد میزد ، آنها را به خدا قسم میداد که بیش از این زجر

ش ندهند و او را بکشند ، یاور کنار او ایستاد و گفت :

" میگی سید جمال‌الدین اسد آبادی کی قرار است به ایران بیاید و با کی می آید یا نه ؟"

بوی کباب بلند شده بود پاهای مرد می سوخت و او فریاد میزد .بالاخره به حرف آمد گفت و گفت هر چه اینها پرسیدند جواب داد و بعد بیهوش شد . او را پائین آوردند و دوتا سرباز نعش نیمه جانش را روی زمین کشیده و بسوی در بردند . شازده چشمانش سیاهی رفت ، داشت از ترس بیهوش می شد .. و بالاخره هم بیهوش شد .. هر چه مشت و لگد به او زدند به هوش نیامد . دو تا سرباز نعش بی جان او را روی زمین کشیده و به سیاه چال بردند . فردا صبح به هوش آمد ، آنچه دیروز دیده بود را نمیتوانست فراموش کند !حتما بعد از آن مرد میخواستند او را به صلیب بکشند که بیهوش شده بود . خدایا امروز اگر او را ببرندچه کند !؟ چرا کسی نگران او نمیشود ؟ چرا گل محمد و جان محمد متوجه غیبت او نمی شوند؟ آیا از این زندان هارون و الرشید نجات پیدا میکند ؟بارها در قصه ها در مورد زندان ها و شکنجه گران شنیده بود ! وقتی شاه فقید را کشتند ، داستان ها در مورد شکنجه دادن میرزا رضا کرمانی و طرفداران او بر سر زبانها بود ولی شنیدن کی بود ماندن دیدن !!؟

شب ها تا صبح ناله این زخمی ها اگر خوابی هم به چشم او می آمد از او میگرفتند . تقریبا دیگر با همه آشنا شده بود ، یا طرفداران روحانیت و علما بودند ، یا از مجاهدین تبریز و یا فرنگ رفته ها ؟ یاور قلی خان برای شکنجه دادن آنها دلیل قانع کننده ای داشت !!سخنان شاه سابق در مورد رعیت را در زمان استنطاق مرتب تکرار میکرد که همه از حفظ شده بودند :

" رعیت غلط میکند بالای حرف شاه حرف بزند ، رعیت باید هر چه ولی نعمت او میگوید اطاعت کند ، رعیت باید مثل گاو و گوسفند روزها به کار بپردازد و شبها به آغل باز گردد . رعیت را چه به آزادی خواستن ، شاه ظل الله است یعنی جانشین خدا در روی زمین . هرچه او میگوید حکم آیه را دارد ، رعیت را چه به این غلط ها که برخلاف رای شاه حرف بزند ، مجلس بخواهد ، عدالت خانه بخواهد ، فقط شاه

در مملکت حق تصمیم گیری دارد ، حق انتخاب دارد ، این فرنگ رفته ها میخواهند مردم را در مقابل شاه علم کنند ، این بابی ها میخواهند رعیت را از دین برگردانند ، ولی مگر دولت فخیمه انگلیس و فرانسه و پادشاهی تزار روس میگذارند که حکومت ایران بدست این ارازل و اوباش بیفتد ، خیالی زهی بیهوده ، و تلاشی مذبوحانه .“

اردشیر سر در گریبان بود ، کجای راه را اشتباه رفته بود که کارش به اینجا کشیده ؟ کسی برایش سوسه آمده ؟ او فقط در انجمن آزادی عضو بود و چند بار هم برای تحصّن رفته و دو سه نفر آشنای فرنگ رفته داشت . آیا بخاطر چنین رابطه هایی او را به تیر وچرخ خواهند بست؟ یا کسانیکه برایش از خارج روزنامه می آورده اند از افراد حکومت بودند و او را فروخته اند؟ گاهی دلش برای دیدن بی نظیر آنقدر تنگ می شد که بی اختیار اشک هایش بر روی گونه اش سرازیر میگشت . دلش هوای بوی بی نظیر را میکرد ! یعنی یک بار دیگر بی نظیر را در آغوش خواهد گرفت !!؟حالا او چگونه در مورد شازده فکر میکند ؟ شاید شازده را محکوم به بی وفائی کند !! خدایا چگونه با بیرون تماس بگیرد این امکان نداشت !! این سرباز ها سر سپرده یاور قلی خان بودند . یک شب خواب بی نظیر را میدید که همان لباس قرمز هندی تنش است با دستهای حنا بسته میرقصید ولی وقتی از نزدیک به او نگاه میکرد از چشمهایش اشک روان بود ، بسوی او میدوید تا او را در آغوش بگیرد ولی بی نظیر در ابرها محو می شد !! فریاد میزد ، گریه میکرد ولی دیگر او را ندید، بیدار شد عرق بر پیشانی اش نشسته بود دیگر حساب روزها از دستش در رفته بود در این تاریکی سیاه چال نه کسی میدانست چند شنبه است ، و نه می فهمیدند که شب است یا روز چون استنطاق ها در شب روز ادامه داشت .

یک روز دوباره او را برای استنطاق بردند ، یاور قلی روی صندلی نشسته بود و با چشمان موذی خود به شازده نگاه میکرد ، انگار به گوسفندی که میخواهد قربانی کند مینگریست به سرباز گفت :

" به او آب بدین قبل از اینکه به تیر ببندینش "

بند دل اردشیر پاره شد فریاد زد :" یاور من چه کردم که میخوای من رو به تیر ببندی ؟"

یاور قلی خنده ای کرد و گفت :

" امروز باید حرف بزنی و بگی چه رابطه ای با میرزا رضاکرمانی داشتی ؟ اسم کسانیکه از آنها دستور میگرفتی بگی و گرنه می بندمت به تیر و زنجیر و چرخ تا حرف بزنی "

شازده اردشیر از ترس داشت سکته میکرد ،اگر او را به میرزا رضا کرمانی وصل کنند حکم او اعدام است . او حتی تا روز قتل شاه اسم او را هم نشنیده بود !! خدایا برای نجات جان خودش کدام بد بخت فلک زده را اسیر این سیاه چال کند .؟اردشیر میرزا گفت :

" یاور قلی خان من هر چه میدانستم گفتم ، بخدا من اصلا میرزا رضا را نمی شناسم ، تا روز کشتن شاه اسم او را هم نشنیده بودم "

یاور فریاد زد :" او رو به تیر ببندید تا یادش بیاد چه میدونه و چه نمیدونه؟ حتما خرج میرزا رضا را هم تو میدادی تا آنجا زندگی کنه"

اردشیر فریاد میزد ، قسم میخورد که چیزی نمیداند ولی دو سرباز او را به طرف تیر کشیدند و دستهایش را از مچ تا زیر بغل با طناب به تیر بستند ، پایش را با طنابی بسته و چرخ را به حرکت در آوردند ، تمام استخوان های بدنش کشیده می شد ، و از روی زمین بلند شده و با زمین فاصله میگرفت . بدستور یاور چند تا شمع زیر پایش گذاشته و روشن کردند . خدایا این دیگر کیفر چیست ؟ پایش کم کم داشت داغ می شد ، دستهایش از کتفش کشیده می شدند انگار میخواستند از بدنش جدا شوند . تمام وزن بدنش به روی دستهایش بود که داشتند قلم می شدند ، از درد فریاد می کشید ، اما آنها بی توجه به فریاد های درد آلود او چرخ را متوقف کرده و پاهای او درست روی شعله های شمع قرارگرفت و پوست پایش میسوخت و بوی کباب بلند شده بود فریاد زد :

" یاور قلی از من چه میخوای من به چه گناهی باید اعتراف کنم ؟"

یاور قلی به یکی از سرباز ها گفت :" جرم های او را بخوان !!"

سرباز کاغذی به دست گرفت و چنین خواند :

" رفتن هر پنجشنبه به کافه مسیو وارطان و ملاقات با متجددین و فرنگ رفته ها، ملاقات با علمای مخالف شاه ، رفتن به شاه عبدل العظیم و ملاقات با رضا کرمانی .. .. "

یاور قلی گفت :" بس است یا باز هم بخواند ؟"

اردشیر از درد فریاد میزد :" برای قهوه خوردن به کافه مسیو وارطان میرفتم قصد دیگه ای نداشتم ، بخدا من میرزا رضا کرمانی را هرگز ندیده بودم ، اصلا تا روز قتل شاه شهید او را نمی شناختم ...

یاور قلی گفت :" فرنگ رفته ها در چه موردی حرف میزدند بگو؟"

اردشیر با درد فریاد زد " در مورد آزادی های فرنگ مثل رای دادن به نمایندگان ، مدرسه بانوان ، کارکردن زنها ، آخه مگر اینها بده ؟"

یاور قلی با شلاقی که در دست داشت محکم به پشت او زد ، درد شدیدی در تمام بدنش پیچید . یاور قلی فریاد زد:

" خیلی دلت میخواد مادر و خواهرت برن سر کارو با اجنبی هر روز مراوده داشته باشن ، حق رای پیدا کنند ؟ مردکه این مملکت خانم و آقا نمی خواهد کنیز و غلام میخواد ،این غلط ها به شما جوجه فوکلی ها نیامده ، حالا اسم های آنها را بگو :"

اردشیر داشت از شدت درد و سوزش پا از هوش میرفت دیگر نمی فهمید که چه میگوید ، اسم چه کسانی را دارد بر زبان می آورد .. خیلی حرف زد .. هر چه او پرسید جواب داد .. و بالاخره از درد بیهوش شد .

وقتی چشم گشود توی سیاه چال بود ، تازه یادش افتاد که کجا بوده حتی یادش نبود که چه گفته و یا اسم چه کسانی را بر لب آورده است؟ خدایا او را ببخش اگر بی گناهانی را به سرنوشت خودش دچار کرده است . شازده جهانگیر از حرکت او فهمید که اردشیر به هوش آمده آنها به دیوار میخ شده بودند و نمی توانستند حرکت کنند اما با هم حرف میزدند پرسید :

" اردشیر خوبی ؟"

اردشیر اشکهایش روان شد ، از خودش خجالت می کشید که نتوانسته

در مقابل درد مقاومت کند و نام عده ای را بر زبان آورده ، حتی یادش نبود که چه کسانی را لو داده است ،؟با گریه گفت :

”جهانگیر کاش روی تیر مرده بودم، نمیدونم در حالت بی هوشی چه گفتم!!“

شازده جهانگیر به او دلداری میداد که چاره ای ندارند و باید با آنها همکاری کنند بعد اضافه کرد :

در کف شیر نر خون خو اره ای   غیر تسلیم و رضا کو چاره ای

اردشیر از شنیدن این شعر بیاد شبی افتاد که در کاروان بی نظیر را یافته بود و بی نظیر با آن صدای قشنگ ش این شعر را برایش خوانده بود ، ای فلک بد کردار او چه آرزوهایی داشت و چه شد ؟ عوض این که کنار عروسش باشد باید روزی چند بار شکنجه شود و شلاق بخورد خدایا چرا در آن سوی این دیوار ها و دنیای آزادی کسی دل نگران او نیست و به یاری او نمی اید .

روزها می گذشت و او در سیاه چال در حال پوسیدن بود ، یک روز قل و زنجیراحمد را بازگردند و او رابردند ، اردشیر پرسید که او را به کجا می برند ولی کسی جواب او را نداد ، بعد از رفتن احمد، جهانگیر گفت :

" یا آزاد شد و یا بردن اعدامش کنند !!"

مو بر تن شازده اردشیر سیخ شد ؛ یعنی او را بردند که بکشند ، خدایا آنها کدام گناه را مرتکب شدند ؟ خدایا به او کمک کن ! او عروسی چشم انتظار دارد . اگر او را هم اعدام کنند چه ؟ خیلی ترسیده بود اما غیر از دعا کاری از دستش بر نمی آمد .

***

یک روز سربازی که او را از مستراح به سیاه چال میبرد بیخ گوشش گفت :" تو پسر شازده حسام الملک هستی ؟"

اردشیر انگار اسم پدرش به او قدرت زندگی داد با خوشحالی جواب داد :

"آره "سرباز آهسته ادامه داد :

" پدرت برات پیغام داده که بزودی آزاد میشی اما به هیچکس نگو ..
که سر هر دو نفر ما رو به باد میدی "

شازده باور نمیکرد که کسی بفکر او باشد ، پس پدرش پی به نبودن او
برده و برای آزادی او تلاش میکند . شادی کودکانه ای در خود احساس
کرد ، یعنی میشود این کابوس مثل یک خواب بد تمام شود و او دوباره
رنگ خورشید را ببیند . روزها میگذشت و او در امید رسیدن خبری
از بیرون بود . آن سرباز را هم دیگر ندید تا از او بپرسد که چه شد ؟
چرا خبری نیست .

یک روز سربازی به درون سیاه چال آمد و گفت :

" اردشیر میرزا کیه؟"

اردشیر داشت غضب روح می شد ، نکند او را برای اعدام میبرند ؟
با ترس گفت منم سرباز بسویش آمد دست و پایش را باز کرد و زیر
بغلش را گرفت و از سیاه چال خارج کرد ، اردشیر با التماس پرسید:

" مرا کجا میبری ؟"

سرباز با خنده گفت :" نترس اسمت از سیاهه اعدامی ها در آمده !!
ملاقاتی داری "

خدا این کی بود که به ملاقات او آمده !!؟مطمئن بود که پدرش نخواهد
بود چون کسر شان او بود که به محبس برای ملاقات پسرش بیاید !!
آرزو میکرد که بی نظیر باشد ، اما او نه اینجا را بلد بود و نه کسی را
داشت که سفارش او را بکند !! او را از پله ها بالا برده و وارد یک
حیاط بزرگ شدند، خودش نمیدانست چند وقت است که درآن سیاه
چال بوده و رنگ خورشید را هم ندیده بود. نور آفتاب چشم های او را
میزد دستش را سایبان چشمش کرد ، سربازان زیادی در حال رفت و
آمد بودند ، و عده ای را با زنجیر این ور و آن ور میکردند، چطور شده
که به او اجازه ملاقات داده اند ؟ وارد راهروی شدند و بعد سرباز در
اتاقی را باز کرد که یک میز و دوتا صندلی در آن بود ، روی صندلی
روبروی در یک یاور نشسته و روی صندلی دیگر که پشت به در بود

یک نفر دیگر نشسته بود که با شنیدن صدای در رویش را برگرداند، خدایا این گل محمد بود . اردشیر میخواست بسویش پرواز کند، گل محمد بلند شد و اردشیر خودش رادر آغوش او انداخته و گریه میکرد انگار که انتهای همه بدبختی هایش بود . یاوری که آنجا نشسته بود بلند شد و گفت:

" جناب من یکساعت دیگه بر میگردم"

و از اتاق خارج شد . گل محمد او را روی یک صندلی نشاند او هم گریه میکرد ، خدایا چه بروز اردشیر آورده اند ، هزار سوال در مغزش بود از کجا شروع کند !! بی اختیار پرسید :

" اردشیر خوبی ؟ با تو چه کرده اند؟"

اردشیر گریه امانش نمیداد که حرف بزند ، ولی دلش میخواست بداند بیرون چه خبر است چرا اینقدر دیر بفکر او افتاده اند و گل محمد چنین گفت :

" ما که از دستگیری تو خبر نداشتیم ، دو هفته بود که تو به خانه ما نیامده بودی ؟ من خیلی نگران تو بودم ، اما فکر میکردم شاید بیشتر پیش بی نظیر میروی ، گاهی با خودم میگفتم بی معرفت حتی دیگه به ما هم سر هم نمیزنه ، تا اینکه یک روز حاجی آقا مباشر پدرت بدنبال من آمد و گفت که شازده حسام الملک میخواد مرا ببیند !! با عجله به خانه شما رفتم . مطمئن بودم که میخواهد در مورد بی نظیر از من بپرسد خودم را آماده کرده بودم که جواب سر بالا بدم و قبول نکنم که از جریان خبر داشتم مگر اینکه به او گزارش رفت و آمد های من و تو را داده باشند! تا به عمارت شما برسم هزار بار مردم و زنده شدم . وقتی وارد اتاق پدرت شدم ، دیدم دارد طول اتاق را قدم میزند و دستهایش را پست سرش بهم دیگر قفل کرده ، تعظیمی کردم و کنار اتاق ایستادم پدرت ایستاد و سرش را بسوی من کرد و گفت :

"گل محمد میرزا ..اردشیر کجاست ؟ "

نفس راحتی کشیدم ، فهمیدم که از جریان بی نظیر چیزی نمیداند ! اما بلافاصله وحشتی سراپای مرا گرفت ، اردشیر کجاست یعنی چه؟تو

کجا هستی ؟ به خانه ما هم نیامدی !! در دل گفتم شاید با بی نظیر به به شیمیرانات رفته باشی ؟ جواب دادم :

" حضرت اشرف من بی خبرم عمارت ما هم دو هفته ای هست که نیامده من فکر میکردم که اینجاست !!"

پدرت با نگرانی گفت :" باجی خانم کنیز مخصوص او به شازده خانم گفته که اردشیر میرزا دو هفته است که حتی برای تعویض لباس هم به عمارت نیامده .. او هر کجا میرفت و یا شب خانه شما می ماند بازهم برای تعویض لباس به عمارت بر میگشت نگرانش هستم ، هیچکس در این مدت او را ندیده است ، تو رفیق میخانه و گرمابه او هستی بگو پسرم کجاست ؟"

قسم خوردم که خبر ندارم ، شاید از طرف انجمن جائی رفته باشد اما او ادامه داد :

"نوکرها را به آنجا فرستادم اما کسی نبوده ، هیچکس او را ندیده ، گل محمد این اواخر او بیشتر با تو بود ، تو حتما خبر داری او کجاست ؟"

تنها چیزی که به فکر من میرسید این بود که با بی نظیر جائی رفته باشی !من حتی خونه دایه ترا بلد نبودم ، اما نمی خواستم در این مورد چیزی به پدرت بگویم ! این راز تو بود و نباید بر ملا میشد ، گفتم :

"حضرت اشرف من میرم ببینم دوستان مشترک از او خبری دارند و دوباره خدمت می رسم"

با عجله به عمارت خودمان برگشتم ، باید نشانی دایه خانم را پیدا میکردم، او تنها کسی بود که شاید میدانست که تو کجا هستی ؟ اما نمی خواستم مستقیم از کسی بپرسم . در عمارت زمرد را خواستم و به او گفتم فورا نشانی خانه دایه خانم را برایم پیدا کند ، یک ساعت بعد زمرد با نشانی پیش من آمد . سوار بر اسب شدم و بسوی شهر ری تاختم ساعتی به غروب مانده به آنجا رسیدم . دایه خانم مرا بیاد داشت اما نمیخواست در مورد تو چیزی بگوید ، به او گفتم که درمورد بی نظیر همه چیز را میدانم فقط میخواهم بدانم که اردشیر با بی نظیر است یا نه؟ دو هفته است که گم شده !! دایه شروع کرد توی سر خودش زدن و

گریه کردن گفت :

" میرزا گل محمد حتما یک خاکی به سرمان شده !! شازده دو هفته است که اینجا هم نیامده ،بی نظیر شب و روز گریه میکنه!! میرزا دور از جانش بلائی بر سرش نیامده باشه، نکنه زبانم لال بخاطر سیاست بازی ها او رو گرفته باشن "

با دست میزد توی سر خودش و گریه میکرد ، من به او قول دادم که هر خبری شد او را در جریان بگذارم . وحشت من این بود که نکند شب که به شهر ری میرفتی گرفتار دزدان شده باشی و ترا از بین برده باشند بدون اینکه بدیدن بی نظیر برم برگشتم عمارت شما ، دیگه کسی را نمیشناختم که از تو خبر داشته باشه . همه امید من این بود که تو با بی نظیر جایی رفته باشی که آنهم درست نبود . پدرت بی تابانه در انتظارم بود ، توی حیاط بیرونی قدم میزد . اسبم را به دست میر آخور دادم و به دیدن او رفتم ، قصد ترساندن او را نداشتم ، اما چاره ای نبود ، از بی نظیر که اصلا نمیخواستم حرف بزنم ، اما باید میگفتم که پیدایت نکردم. با عجله سلام کردم ،سلامم را پاسخ داد ، با نا امیدی گفتم :

" حضرت اشرف هر کجا رفتم از او خبری نبود می ترسم .. می ترسم خدای نکرده او را گرفته باشند "

رنگ از روی پدرت پرید . تو تنها پسر او بودی اگر بلایی بر سرت آمده باشد او چه کند ؟ دستش را به کمرش گرفت و روی پله ها نشست ، با دو دست صورتش را پوشانده بود تا کسی اشک او را نبیند ، چند دقیقه ای همین طور نشسته بود و اشک میریخت ، سپس گفت :

" میرزا محمد اگر بلائی بر سرش آمده باشد چه کنم ؟ کجا را باید بگردم اگر دزد ها نصف شب او را گرفته باشند ! وای زبانم لال ! چکار کنیم ها!! بگو پسرم چه خاکی بر سرم کنم "

کنارش نشستم و گفتم :

" حضرت اشرف من کوچک شما هستم .. ولی شک من بیشتر به دستگیری او ست !! چون دفتر انجمن را هم بستند"

بعد به حاجی آقا اشاره کردم که به کنار حیاط بیاید و به او گفتم :

" حاجی آقا زود برو عمارت ما و به پدرم بگو بیاد، بعد هم برو عمارت مشیر الدوله او را هم خبر کن ، سر راه هم به حکیم اطبا خبر بده می ترسم حال حضرت اشرف بد بشه "

حاجی آقا رفت من به یکی از نوکرها گفتم برای پدرت آب بیاره . پس از مدتی پدرم و مشیرالوله هم آمدند ، هر کس حدسی میزد ولی اینها هیچکدام جوابی برای گم شدن تو نبود!! ما آنشب در خانه شما ماندیم ، یعنی کسی تا صبح نخوابید ، حکیم دوای خواب آور به پدرت داد که تا کمی آرامتر بشه . فردا صبح به محکمه پیش قاضی رفتیم میخواستیم بدانیم بر علیه تو شکایتی ثبت شده یا نه، ولی قاضی چیزی پیدا نکرد به اداره تامینات رفتیم، باز هم چیزی پیدا نکردیم . خلاصه هر روز به جائی می رفتیم ، به مرکز گزمه ها رفتیم ، حتی رشوه دادیم به چند نفر از قزاق ها تا ببینند که آیا در سفارت خانه ای ترا محبوس کرده اند؟ زبانم لال به مرده شور خانه رفتیم که ببینیم کسی جنازه ترا دیده یانه ؟ اما هیچ نتیجه ای نداشت و خبری از تو پیدا نمیکردیم . صبح راه می افتادیم و شب خسته بر میگشتیم ، دیگه همه محله فهمیده بودند که تو گم شدی و همه دارند به دنبالت میگردند . یک شب زمانی که ما میخواستیم به عمارت خودمان بریم ، یکی از همسایه به دم در خانه آمده و به حاجی آقا گفته بود که خبری در مورد شازده اردشیر دارد . حاجی آقا با عجله او را پیش حضرت اشرف آورد ، از قیافه اش معلوم بود که مرد کاسبی است و کاری با کسی ندارد ،ولی خیلی وحشت زده بود انگار می ترسید حرف بزند بالاخره گفت :

"حضرت اشرف واله ترسیدم که زودتر بیایم ، شما را به خدا اسم سرا نیاورید ! زن و بچه ام بی سرپرست میشن ! اما وقتی پریشانی شما را دیدم دلم طاقت نیاورد گفتم هر چه بادا باد !"

پدرت که نصفه جان شده بود گفت : " آقا جان نترس ما اسم ترا به احدی نخواهیم گفت بگو چه میدانی ؟"

مرد گفت : " حضرت اشرف حدود سه ماه پیش ، یک شب نیمه شب از پشت پنجره ای که از توی حیاط خلوت خانه ام به کوچه پشتی باز میشه دیدم که چند نفر سیاه پوش و نقاب دار در کوچه کمین کردن ، فکر کردم میخواهند به سر من و خانواده ام بلائی بیارن ، از پشت پنجره

تکون نمی خوردم که دیدم سواری می آید ، ناگهان آنها بر سرش ریختند و او را از اسب پائین آوردند، گونی بر سرش کشیدند دست های او را بستند و انداختند توی یک کالسکه و او را بردند . اسبش را هم بردند حضرت اشرف من قیافه آن سوار را ندیدم اما از وقتی که شنیدم شازده اردشیر میرزا گم شده به خودم گفتم شاید آن سوار شازده بوده ؟ امشب با خودم گفتم هر چه بادا باد میرم و به حضرت اشرف میگم شاید کمکی برای پیدا کردن شازده بکند ."

پدرت به او یک کیسه زر انعام داد و او را مطمئن کرد که کسی اسمی از او نمیبرد . او رفت و ما سر در گریبان مانده بودیم که چه کنیم ، آن شب تا صبح نخوابیدیم ، بیچاره پدرت ، نمیدونی چقدر پیر شده !! ما که به اداره تامینات رفته بودیم و گفتند خبری از تو ندارند ،مشیرالدوله گفت:

" باید از توی محبس ها او را پیدا کنیم نه از بیرون !! شاید دستور علنی برای دستگیری او صادر نشده باشد ولی من میدانم که در زندان کسانی هستند که اسمی از آنها جائی ثبت نشده !“

پدرت با بی صبری گفت :

”خوب پس چکار کنیم !! مشیرالدوله تو در دربار کار میکنی یک جوری این را پیگیری کن !.“

مشیرالدوله جواب داد:

”باید اول از توی زندان ها پیدایش کنیم ، من میدانم که بعضی از سرباز ها و یاور ها را میشود خرید!! کسانی که در زندان ها کار میکنند سربازانی که نان شب ندارند ، باید از محبس ها شروع کنیم با رشوه دادن باید اول او را پیدا کنیم و بدانیم کجاست؟بعد برای آزادیش من شاید بتوانم کاری کنم"

قرار شد فردا من با حاجی آقا بریم دم زندان تامینات و پولی کف دست یک سرباز بگذاریم شاید از توی زندان خبری بگیریم ، فردا صبح رفتیم ، خیلی این و پا و اون پا کردیم تا ببینیم مردم به کی رشوه می دهند بالاخره متوجه شدیم که زنانی که زندانی دارند و بیچاره ها کنار

خیابان نشسته بودند ، به یکی از سرباز ها نزدیک میشوند و دوباره باز میگردند . بالاخره حاجی آقا به آن سرباز نزدیک شد و یک ده تومانی کف دستش گذاشت ، بعد از نیم ساعت آن سرباز از در زندان بیرون آمد و به حاجی آقا اشاره کرد ، وقتی به نزدیکش رفتیم گفت چنین کسی اینجا نیست به محبس انبار شاهی بروید . بند دلم پاره شد زندان انبار شاهی یعنی سیاه چال ، فردا آمدیم دم زندان انبار شاهی ، نمیدونی بیرون چه قیامتی است ؟ از صبح تا شب زن و بچه و پیر و جوان در آنجا نشسته اند و در انتظار خبری از عزیزانشان که خودش داستانی دارد . بالاخره سربازی را یافتیم و این بار یک سکه طلا کف دست سرباز گذاشتیم ، گفت فردا بر گردید . پس از سه روز آن سرباز به ما خبر داد که بدستور یک شاهزاده قاجار ترا دستگیر و زندانی کردند و در سیاه چال هستی . بیچاره پدرت آنقدر گریه کرد که حالش بد شد فردای آن روز همراه مشیر الدوله به دربار رفت ، اجازه ملاقات با شاه را که نمیدادند اما وزیری که مشیر الدوله معاون او بود بالاخره توانست اجازه این ملاقات را بگیرد ، خیلی امیدواریم که آزادی ترا بگیریم فعلا با رشوه دادن قرار شده که دیگر شکنجه ات نکنند تا ببینیم که چه میشود!!؟ تو که دشمنی نداشتی این شازده با نفوذ کیه که ترا به چنین روزی انداخته ؟ "

اردشیر نمیدانست خوشحال باشد یا غمگین ، خوشحال از اینکه بالاخره پدرش در بیرون از سیاه چال دارد برای رهائی او تلاش میکند و غمگین چون هر چه فکر میکرد او دشمنی نداشت که چنین توطئه ای را بر علیه او بکند !!؟ اصلا با شازده های نزدیک به دربار دوستی نداشت!! او اکثرا با مشروطه خواهان بود و غیر از خاندان خودش با کسی رفت و آمد نمیکرد ! چه کسی چنین دشمنی با او دارد ؟ یاور بازگشت و گل محمد مجبور بود که برود . یک کیسه زر به یاور داد که مراقب شازده باشد و از شکنجه شدن او جلوگیری کند ، اردشیر ، گل محمد را بغل زده و گریه میکرد ، تمام این مدت گل محمد حرف زده بود او حتی نتوانست چیزی از آنچه بر سرش آمده برای او بگوید ، اما ظاهرش نشان میداد که او در چه وضعی به سر میبرد و احتیاجی به گفتن نبود!!

گل محمد رفت و او را با دنیایی از حیرت بر جای گذاشت ، یاوری که در اتاق بود به او گفت :

" به کسی از ملاقات امروز چیزی نمیگی !! و گرنه دیگه نمیتونی کسی را ببینی !!؟"

او را دوباره به سیاه چال برگرداندند ، همه فکر میکردند که او را برای استنطاق برده بودند . نان خشک و کوزه آب آنها را آوردند ، این تنها غذایی بود که در یک شبانه روز به آنها می دادند ، یکی از زندانیان که زخمهایش عفونت کرده بود از درد فریاد می کشید ، اما کسی بدادش نمی رسید نزدیک های صبح خاموش شد . همه فکر کردند که خوابیده اما صبح که برای بردندش به اتاق استنطاق آمدند ، معلوم شد که جان سپرده .. ای وای او کی بود ؟ به چه جرمی اینجا بود ؟ دو سرباز آمدند و جنازه اش را بردند ، پس از بردن جنازه او همگی را ترسی در بر گرفته بود !! آیا این آخر کار همه آنهاست ؟ شازده اردشیر تازه با دیدن گل محمد امید به آزادی بسته بود ! امید به دوباره زندگی کردن ! امید به دیدن بی نظیر ، اما مردن آن زندانی همه آن امید ها را از او گرفت نکند یکی از این شبها او هم چنین بمیرد . قبل از اینکه پدرش بتواند او را آزاد کند .

از فردا دیگر او را برای استنطاق نبردند . کاری به کارش نداشتند فقط آب و نان خشکی به او میدادند ، او نمیدانست در بیرون چه خبراست!مطمئنا حالا که پدرش میداند او کجاست برای آزادی او کوشش میکند ، اگر آن شازده ناشناس که نمیداند چه دشمنی با او دارد بگذارد !!.

چند روز گذشت و یک روز سربازی وارد شد و او را صدا کرد ، شازده اردشیر نیمه جان شد ، نکند باز هم بخواهند او را به تیر و زنجیر ببندند قرار نبود که او را دوباره برای استنطاق ببرند!!سرباز زنجیر دست و پای او را از دیوار جدا کرده و حلقه آهنی دورکردنش را هم بازکرد و با خودش او را به بیرون از سیاه چال برد وقتی توی نور مشعل صورت سرباز را دید ، او را شناخت همان سربازی بود که او را برای ملاقات با گل محمد برده بود ، به عوض اتاق استنطاق او را به طرف پله ها برد و گفت :

" شازده ..خوش اقبالی دستور آزادیت از طرف شخص اعلیحضرت آمده آزاد شدی !"

شازده اردشیر باور نمیکرد! یعنی واقعاً دارد از این جهنم بیرون میرود کاش با شازده جهانگیر خداحافظی کرده بود ، سرباز او را بطرف حوض آب برد با کاسه ای روحی مقداری آب برداشت و به او گفت :

" بشین لب پا شوره و دست و صورتت را بشور "

خون های لخته شده در روی صورتش خشک شده بودند و به سختی پاک می شدند ، سعی کرد تا آنجا که میتواند آب به صورتش بپاشد ، پس از چندین ماه آب می دید ، سپس سرباز او را به اتاقی برد و لباسی که روزی از تنش بدر آورده بودند به او داد و گفت :

" بیا لباست را عوض کن "

اردشیر مطمئن بود سرباز یا انعام خوبی گرفته و یا انتظار آن را دارد . سرباز شانه به شانه او به در زندان انبار شاهی نزدیک شد و به سربازی که پشت در بود گفت :

" این زندانی آزاد است "

بعد دست او را محکم فشرد و ادامه داد :" برو به امید خدا "

او که چیزی همراه نداشت تا به آن سرباز بدهد حتما گل محمد به او انعام خوبی داده است . سربازی در چوبی را باز کرد ، وای که چه جمعیتی پشت این در و به انتظار آزادی عزیزانشان نشسته بودند ، زن ها ، پیر مرد ها ،جوان ها، بعضی ها فقر از سر و روی شان میبارید ، ولی از چادر های کسری مشکی یراق دوزی بعضی از زنها هم می شد فهمید که کسانی هم از خانواده های اشرافی در محبس هستند . حتما خیلی از شازده ها و اشراف هم در این زندانند !! عده ای بچه های کوچک در بغل داشتند کنار در ایستاده بودند ، او هرگز انبار شاهی را ندیده بود ، اما شنیده بود که زندان بزرگی ست ، چه میدانست که چندین ماه را باید در آن بگذراند . چشم گرداند تا آشنایی ببیند ، ناگهان حاجی آقا را دید که بسوی او میدود ، پایش زخم بود که بدود با تکیه به چوبی راه میرفت . گل محمد و جان محمد هم بسوی او دویدند ، زیر بازویش را گرفته و بسوی کالسکه ای که کمی دورتر ایستاده بود بردند . کمکش کردند تا از کالسکه بالا برود ، درون کالسکه پدر پیر او با حال

نزاری نشسته بود ، دستهای او را در دست گرفت و میگریست معلوم نبود این اشک شوق است و یا از دیدن پسرش در چنین حالتی ، تازه متوجه شد که مشیر الدوله هم در کالسکه است ، او قدرت حرف زدن نداشت ، آنها سرو روی او را می بوسیدند ، حاجی آقا هم از کالسکه بالا آمده و دست های او را می بوسید، بالاخره براه افتادند ، گل محمد و جان محمد با اسب آنها را تعقیب میکردند.

وقتی به دم خانه رسیدند ، یکی از نوکر ها دم در با یک گوسفند انتظار آنها را می کشید و وقتی شازده پایش را از کالسکه پائین گذاشت ، گوسفند را زد زمین و قربانی کرد . عده ای فقیر که کاسه های کهنه روحی در دست داشتند دورتر ایستاده بودند ، شاید با دیدن گوسفند و قصاب فهمیده بودند که قرار است اینجا قربانی شود و منتظر بودند تا کمی گوشت گیر شان بیاید .، خواهر ها و خواهر زاده ها همه در حیاط بیرونی در انتظار او بودند ، بسویش دویدن و هر کدام برای در آغوش کشیدن او پیش دستی میکردند، اشک ها و خنده ها با هم قاطی شده بود ، صحنه بسیار دلخراشی بود . شازده نای ایستادن نداشت و کم مانده بود به زمین بیفتد ، زیر بازوی او را گرفته و بسوی عمارت بردند در داخل تالار روی یک صندلی راحت درازش کردند . حکیم اطبا هم آنجا بود ، بلافاصله دستور آوردن آب گرم و ملافه های تمیز داد ، از زنان خواست تا اتاق را ترک کنند و به یکی از کنیز ها گفت برای شازده لباس تمیز بیاورد . پس از شستشوی زخمهای او و تعویض لباس ، حکیم دستور یک شوربای داغ را داد ، چون پس از چندین ماه نان و آب خوردن ، حکیم عقیده داشت که باید چیزی نرم وملایم بخورد .

بالاخره همه رفتند بجز جان محمد و گل محمد ، به او کمک کردند او را به اتاق خودش بردند ، وقتی تنها شدند ، نگاهی به گل محمد کرد و پرسید :

"از بی نظیر خبر دارید ؟"

آنها نگاهی به هم انداختند ، گل محمد جواب داد :

" آن روز هم به تو گفتم من اصلا او رو ندیدم "

شازده نگران او بود و میخواست که همین الان به خانه او برود ولی گل

محمد رای او را زد و گفت :

" بهتره تو یه کمی استراحت کنی و حالت بهتره بشه ، فردا صبح با هم میریم ببینیم که چطوره !!؟"

آنشب پس از ماه ها در بستر گرمش خوابید ،تا صبح کابوس میدید، که دو باره او را به تیر بستند وکف پایش روی شمع ها آتش گرفته ، با فریاد بیدار می شد ، از فریادش گل محمد و جان محمد هم بیدار می شدند این کابوس ها شاید یک عمر او را راحت نگذارند ، کمی آب به او میدادند و از شربتی که حکیم اطبا داده بود جرعه به او می خوراندند.

بالاخره صبح شد ، پس از صرف صبحانه ، با اینکه حسام الملک شدیدا مخالف بود که او از عمارت بیرون رود بالاخره گل محمد به این بهانه که شاید اگر با کالسکه گردشی در شهر بکند روحیه اش بهتر شود ، سه نفری با کالسکه عازم شهر ری شدند. شاید تا مدتها شازده نمیتوانست بخاطر زخم های که داشت سوار اسب شود .

بالاخره به شهر ری رسیدند ، شازده تصمیم گرفته بود که همین امروز بی نظیر را به عمارت ببرد ، مطمئنا پس از این اتفاقی که برای او افتاده بود پدرش هیچ مخالفتی با عشق او نمیکرد و او میتوانست در کنار بی نظیر زندگی کند. در ابتدای گذری که خانه بی نظیر در یکی از کوچه های آن بود ، پیاده شدند و گفتند منتظر باش تا ما برگردیم . بسوی خانه بی نظیر روان شدند ، بخاطر زخمهای پایش نمیتوانست خوب راه برود گل محمد زیر بغلش را گرفته بود که به زمین نخورد . بالاخره به در خانه رسیدند ، ناگهان با درب بسته و قفلی بر آن روبرو شدند ، اینها کجا رفته اند ؟ قرار نبود از خانه خارج شوند ؟ قلب شازده داشت از سینه اش پرواز میکرد . این خانه ته یک دالان بود و در همسایگی آنها کسی نبود ، که سوال کنند ، باید به خانه دایه خانم میرفتند ، اردشیر لنگ لنگان تا خانه دایه خانم رفت ، در حیاط باز بود و دو سه تا بچه داشتند بازی میکردند ، دایه بچه کوچک نداشت !! اینها کی هستند ، دایه با دیدن اردشیر میرزا از خانه بیرون دوید و او را در آغوش گرفت :

" الهی دورت بگردم ..که آمدی !! کجا بودی !!؟"

بعد نگاهی به سرا پای او کرد . ادامه داد :" الهی بمیرم !! این چه

وضعیتی است ، چرا اینقدر لاغر شدی ؟ چشمم گور شه تو رو اینجوری نبینم !! چرا می لنگی ؟؟"

اردشیر میرزا که نگران بی نظیر بود جواب داد :

" دایه جان بعدا برات همه چیز را تعریف میکنم ، حالا بگو ببینم بی نظیر کجاست ؟ چرا در خونه قفله "

دایه خانم دست او را گرفت و روی تختی که کنار حیاط بود نشاند و گفت :

" پسرم .. واله نمیدونم !! یعنی برات بگم.. از وقتی تو نیامدی او اشک میریخت فکر میکرد که تو او رو فراموش کردی بعد از اینکه محمد میرزا خبر گم شدن تو رو آورد من به خونه آنها رفتم که بگویم تو گم شدی ولی در خانه قفل بود . فکر کردم شاید برای زیارت به حرم رفته اند و یا برای دیدن هم ولایتی هاشون به کاروانسرای ، اما از بخت بد ما روز بعد از آمدن میرزا محمد ، از اردبیل خبر آوردند که راهزنان شوهر خواهر رجب علی را کشته اند . ما مجبور شدیم همان روز راه بیفتیم وبه اردبیل برویم، راهزنان شوهر خواهر او را که از تبریز بار می برده به اردبیل در بین راه کشته و اموالش را به غارت برده بودند . ما رفتیم اردبیل، مجبور شدیم آنجا بمانیم ، تا کارهای او رو سر و سامان بدیم فعلا هم خواهرش و بچه ها را آوردیم اینجا تا ببینیم چه میشه ، همین دو روز پیش برگشتم . رفتم خونه بی نظیر اما دیدم درش قفله میخواستم امروز یا فردا بیام عمارت شما که ببینم چه خبر شده؟که اینها خونه نیستند !! نگران تو هم بودم . فکر کردم شاید تو اون ها رو بردی جای دیگه !! اگه تو هم خبر نداری پس کجا رفتن !؟ اصلا تو این مدت کجا بودی !!؟که از آنها بی خبری؟ چه بر سرت آمده!!؟ "

شازده گفت بعدا برایش میگوید ، رنگ از روی شازده پریدبود !! چه اتفاقی برای آنها افتاده ،یعنی ممکنه که به افغانستان باز گشته باشند شاید مجبور به رفتن شدندچاره ای نداشتند!!؟ مطمئن بود که نه ناصره بیگم و نه بی نظیرهیچکدام جرات رفتن به عمارت خواهرش را نداشتند که خبری از اردشیر بگیرند. حالا اردشیر چه کند !! دو باره به کوچه ای که خانه بی نظیربود به همراه دایه خانم باز کشتند دایه خانم درخانه ی چند تا از همسایه ها را درکوچه های کناری آنها زد و در مورد آنها پرس

و جو کرد ، اما کسی از آنها خبر نداشت .دایه گفت:

" شاید جائی رفته باشن تو به عمارت برگرد من دوباره به خونه آنها سر میزنم اگر برگشتن بهت خبر میدم"

***

اردشیر خیلی در هم ریخته بود یعنی بی نظیر کجا رفته ، گل محمد او را دلداری میداد که شاید انشالله جائی نرفته باشند و فعلا خانه نبودند. اما دل اردشیر به او میگفت که دیگر بی نظیر را نخواهد دید . با نا امیدی به عمارت بازگشتند . اردشیر انگار دیگر امیدی برای زندگی نداشت چگونه بی نظیر را فراموش کند ، او زن عقدی او بود! کجا رفته ! اما کاری از دستش بر نمی آمد .

چند روزی منتظر دایه خانم شد ولی خبری از او نشد ، مطمئن بود که اگر بی نظیر بخانه بازگشته بود دایه او را خبر میکرد . یک روز همراه گل محمد دوباره به شاه عبد العظیم رفت در دلش یک امید سوسو میزد که شاید بی نظیر در خانه باشد . اما باز هم در قفل بود ! دایه خانم و رجب علی هم آمده بودند . رجب علی قفل در را باز کرد . در کمال تعجب همه ، تمام اسباب و اثاثیه سر جایش بود ! پس اینها کجا هستند ؟؟ دایه در آشپزخانه را باز کرد از میوه های خراب شده و سبزیجات گندیده می شد فهمید که خیلی وقت است که در این خانه نبوده اند. چیزی که معلوم بود اینکه مدتها پیش از اینجا رفته اند .شازده با نا امیدی به عمارت بازگشت .

دو روز بعد همراه گل محمد به کاروانسرایی رفت که آنها در آن بودند شاید هنوز افغان ها آنجا باشند و او خبری از بی نظیر بدست بیاورد ولی همه افغانی ها به افغانستان باز گشته بودند . گل محمد میگفت شاید او را مجبور کرده اند که به ولایت خودشان باز گردد .

شازده با نا امیدی به عمارت بازگشت دیگر حوصله هیچ چیز را نداشت ، از ترس دیگر دور دوستان آزادی خواه را هم خط کشیده بود در اتاقش استراحت میکرد و کتاب میخواند ، حتی برای غذا خوردن هم به تالار نمی رفت و غذای او را به اتاقش می آوردند . چند روز بعد میرزا رضا کرمانی را اعدام کردند ، هرچند که میگفتند مظفرالدین

شاه مخالف این اعدام بوده ولی اطرافیان او را مجبور به امضای حکم اعدام کرده بودند.

***

چند شب بعد سکینه خانم به اتاق شازده اردشیر آمد و گفت :" حضرت اشرف میخواهند شما را ببینند"

وقتی او به تالار بزرگ وارد شد دید که دو نفر صاحب منصب آنجا نشسته اند ، به احترام او برخاستند . پس از احوال پرسی ، معلوم شد که پدرش اینها را مامور کرده که بفهمند چه کسی باعث دستگیری او شده است ، پدرش از او پرسید:

" پسرم تو شازده نواب میرزا نوه دختری شاه فقید را میشناختی ؟"

اردشیر هر چه فکر کرد اصلا حتی این اسم را نشنیده بود !! با تعجب جواب داد :

" شاه بابا من حتی اسم همچنین کسی را هم نشنیدم !!"

یکی از صاحب منصب ها گفت :" جناب شازده شما را بدستور او گرفته و حبس کرده بودند ، او شازده هوس رانی بود که در بین مردم به شر و شور معروف بوده ، دختران مردم را به زور به قصر خودش می برده ، و چون نوه شاه بود کسی جرات نداشته که بر علیه او شکایت کند . پشت گرمی او به کامران میرزا ، دایی او و حاکم تهران بوده ، حدود دو ماه پیش در گذر لوطی عباس که چند ماه قبل قصد داشته دختری را به زور از خانه پدرش ببرد ،شناخته شده و بدست لوطی های محل زخمی میشود و بعد از مدتی در خانه مادرش می میرد . اما کسی به خون خواهی او بر نخاست ، چون شاه جدید از ماجراهای او با خبر گشته و دستور داده بود که بلوای جدیدی برپا نشود و او را بخاک سپردند . ما نمیدانیم که دشمنی او با شما چه بوده ولی او شما را به انبار شاهی فرستاده و گرنه هیچ دو سیه ای در مورد شما وجود ندارد ."

شازده هر چه فکر میکرد ، حتی در زمانی که برای عید ها و جشن ها به دربار رفته بود هم با او آشنا نشده بود ، حال او چه دشمنی با شازده اردشیر داشته خدا می داند.

پدرش گفت :" البته از مردن او ناراحت شدم ولی بهر جهت خدا را شکر که دیگر نیست تا نور چشم ما را بیآزارد . "

دو صاحب منصب بعد از گرفتن پاداش خود رفتند و شازده را با دنیایی از حیرت باقی گذاشتند . شازده نواب میرزا چه دشمنی با او داشته ؟ دلیل این همه شکنجه چه بوده ؟ ولی با مرگ او همه ی این سوال ها بی جواب مانده و خواهد ماند ، هر چه بود این دشمنی زندگی او را بر هم زد ، عشقش از دستش رفت و سه ماه در انبار شاهی شکنجه کشید که قابل جبران نبود .

***

بالاخره عروسی منور زمان سر گرفت و سپس عروسی جان محمد و فروغ زمان شد، عروسی آنها بواسطه مرگ شاه و سپس گم شدن شازده اردشیر به عقب افتاده بود ، اما شازده اردشیر دیگر آن دل و دماغ سابق را نداشت ، نه در عروسی هیجانی داشت ، نه بذله گوئی های بنکدار برایش جالب بود و حتی از رفتن به پشت پرده و دیدن رقص گوهر تاج هم خود داری کرد .

دیگر به سراغ آزادی خواهان هم نمی میرفت . هر چند که دردهای جسمانی او بهبود یافته بود ولی دردهای روحی لحظه ای او را آرام نمیگذاشتند . او هر روز گوشه گیر تر ، بی حوصله تر و افسرده تر میگشت . افراد خانواده سعی بر آن داشتند تا برایش همسری شایسته انتخاب کنند ، اما مگر او میتوانست به همین راحتی چنین عشقی را فراموش کند!! هنوز هم عشق بی نظیر همه دنیای او را پر کرده بود، گاهی شبها خواب می دید که بی نظیر بازگشته از خوشحالی بسوی او میدوید ولی ناگهان در ابرها محو میشد و او با فریادی از خواب می پرید. روحا خیلی کسل و افسرده شده بود . انگار دیگر چیزی در این دنیا او را خوشحال نمیکرد.

فکر میکرد او در عاشقی اقبالی ندارد ، دوبار شکست در عشق او را آنقدر نا امید کرده بود که تصمیم گرفت دیگر بسراغ هیچ زنی نرود و تا آخر عمرش تنها بماند. یک شب به پدرش گفت که اگر اجازه دهد او به فرنگ برود و به تحصیلاتش ادامه داده و طبیب شود ، دیگر از زندگی در ایران خسته شده . پدرش البته از دوری او بسیار رنج میبرد

اما به سفارش حکیم اطبا که او هم درمان شازده را در رفتن به سفر می
دانست ، تدارکات سفر او را آماده کردند و در اوایل بهار او با کاروانی
که از عثمانی به اروپا میرفت عازم فرانسه شد و از ایران رفت .

فصل دوم

هیفده سال گذشت ، ایران در این مدت دست خوش حوادث مختلفی شده بود ، مظفرالدین شاه که آدمی مریض احوال و درویش مسلکی بود زیاد با مردم در نمی افتاد ، در دوره او به آزادی خواهان آزادی بیشتری داده شد، البته میرزا رضا کرمانی را اعدام کرد ، هر چند که خودمایل نبود ولی اطرافیانش او را مجبور به این کارکردند . او هم چند سفر به اروپا با قرض زیادی که از روسیه گرفت رفت و با تمدن ، هنر وفرنگ اروپا آشنا شد . در اواخر عمرش کمال الملک نقاش نامی دوره قاجار که سالها معلم نقاشی ناصرالدین شاه بود و چندین تصویر از ناصرالدین شاه و قصر های او کشیده و مدت هاهم در اروپا بسربرده بود به او نزدیک گشت .

کمال الملک از مظفرالدین شاه هم چند تصویر بقلم کشید ، وی که طرفدار آزادی خواهان بود از خواسته های مردم با شاه سخن میگفت. تظاهرات و تحصّن هاهم در این مدت بسیار بالا گرفت و سر انجام به توصیه کمال ملک و برخلاف خواسته وزرای دربار، شاه در چهاردهم مرداد ماه هزار ودویست وهشتادوپنج شمسی حکم مشروطه و تشکیل مجلس عوام را بر خلاف رای خاندان قاجار و اشراف امضاء نمود و نه روز بعد از آن مظفرالدین شاه در اثر بیماری مزمنی که داشت فوت کرد.

محمد علی میرزا ولیعهد او که در آذربایجان سکونت داشت و تحت تعلیم یک معلم روسی که جاسوس و مامور روس بود پرورش یافته به تهران آمده و تاجگذاری نمود. ولی در جشن تاجگذاری هیچ کدام از نمایندگان مجلس نو پای شورا را دعوت نکرد و عملا با مشروطه خواهان وارد جنگ و مبارزه شد .و بالاخره پس از دو سال مبارزه با آزادیخواهان ، مجلس شورا ر ا به توپ بست ،دوره استبداد صغیر شروع شد ، در این مدت مجاهدین در شهر های اصفهان ، رشت ، تبریز و کرمانشاه با مستبدین می جنگیدند .درکرمانشاه یار محمد خان کرمانشاهی قشونی درست کرده و با مستبدین مي جنگيد. در تبریز دو مجاهد بنام های سردار و سالار که اسم اصلی انها ستار خان و باقر

خان بود انجمن اسلامی تشکیل داده و سپاهی از مجاهدین درست کرده و با سربازهای شاه و قوای روسی در جنگ بودند. تبریز یازده ماه در محاصره سربازان دولتی قرار گرفت که با پا در میانی دولت بریتانیا و ورود قزاق های روس به تبریز و کمک مجاهدین شهرهای دیگر ایران مخصوصا یار محمد خان کرمانشاهی که با قشونی از کرمانشاه بسوی تبریز حرکت کرده و از جبهه بیرون از تبریز با قوای دولتی میجنگید این محاصره شکست و مردم از قحطی بدر آمدند . در چنین زمانی قشون روس هم وارد تبریز شد تا مثلا به دولت مرکزی ایران کمک نماید !ولی بخاطر رشادت های باقر خان و ستار خان هرگز نتوانستند تبریز را به خاک روسیه اضافه کنند . ستار خان برای محمد علی شاه تلگرامی به این شرح زد:

"شاه مثل پدر و رعیت مثل فرزندان او هستند ، اگر در خانواده مشکلی پیش آید درست نیست که همسایه دخالت نماید . ما حاضریم که تبریز را به قوای دولتی تحویل بدهیم ولی ارتش روس از تبریز بیرون رود."

درگیری های دولت محمد علی شاه و مجاهدین و مشروطه خواهان ادامه داشت تا که با فتح تهران بوسیله آزادی خواهان و عزل محمد علی شاه از سلطنت و پناهنده شدن او به سفارت روس و به سلطنت رسیدن احمد میرزا فرزند دوازده ساله او و نایب سلطنت شدن رئیس ایل قاجار دوره جدیدی از حکومت قاجار شروع شد.

ایران وارد دوره دیگری از انقلاب مشروطه گردید. هنوز هم دست بیگانگان درآستین دوست بود و سرنوشت ایران را میساخت . مجاهدین اکنون در هر شهری با استبداد و دولت های که دوستی و دشمنی آنها معلوم نبود و هر کدام از یک طرف قصد تصرف ایران را داشتند مخصوصا با کشور روسیه در جدال بودند. در تبریز مجاهدین به رهبری ستار خان و باقر خان با استبداد و روس می جنگیدند و مردم در شرایط بسیار بدی بسر میبردند . علما هم مثل همیشه پیشتاز این قیام بر علیه استبداد بودند تا جائیکه جان مکلم سفیر دولت انگلیس در باره اوضاع آن روزهای ایران نوشت .

"علمای ملت که عبارت از قضات و مجتهدین هستند ، همیشه مرجع رعایای بی دست و پا و حامی فقرا و ضعفای بیچاره اند .اعاظم این

طایفه در بین مردم بسیار محترم هستند ، و هر وقت واقعه ای مخالف شریعت و عدالت رخ دهد خلق رجوع به ایشان می کنند و احکام ایشان ، عموما جاری است ."

پس از به تخت نشستن احمد شاه کشور تقریبا در یک راسته آرام تری گام بر میداشت و به آرامش نسبی دست یافته بود . هر چند که در تبریز هنوز هم ستار خان و باقر خان با قوای روس مشکل داشتند.

***

در این مدت تهران تغییرات مهمی کرده بود حالا داری گراند هتل شده بود ، در گوشه کنار خیابان لاله زار کافه رستوران هایی به سبک فرنگ دایر شده بود ، حتی تاتر و سینما هم درست کرده بودند و مردم به تماشا میرفتند . البته سینمای ناطق نبود و یک نفر کنار پرده می ایستاد و هر جور دوست داشت داستان را برای تماشاچیان تعریف میکرد. جوانان فرنگ رفته و حتی آنهاییکه فرنگ را هم نه دیده بودند کت و شلوار می پوشیدند و کراوات هم میزدند ، لغات فرانسوی زیادی وارد زیان فارسی گشته بود ، مثل رستوران ، کافه ، گارسون و مرسی را همه بلد بودند. دختران اعیان هم برای گردش عصر ها به لاله زار می آمدند، پارک هایی در تهران درست کرده بودند و جوانان عصر ها در آنجا قدم میزدند . چندین مجله و روزنامه شروع به کار کرده بودند شعرای بسیار خوبی هم در این عصر بودند که اشعار شان را مردم با دل و جان حفظ میکردند ، مثل شهریار ،بهار و عارف قزوینی که تصنیف مینوشت و خودش هم میخواند ، ایرج میرزا و میرزاده عشقی در بین مردم محبوبیت یافته و شعر های آزادی خواهانه آنها زبان به زبان میچرخید و به مردم این قدرت را میداد که بپا خیزند و حق خود را بگیرند.

***

دراین زمان شازده اردشیر که طبیبی حاذق گشته بود از فرنگ بازگشت و درکنار بیرونی عمارت پدرش برای خود مطب دایر کرد و لقب حاذق الدوله را گرفت . مردم را مجانی مداوا می نمود، با اینکه در فرنگ میتوانست ازدواج کند ولی سالهای جوانی خود را در تنهایی گذرانده و بدان عادت کرده بود و قصد ازدواج نداشت . پدرش حسام الملک دیگر پیر شده بود ، و از اینکه فرزندش بالاخره بازگشته خیلی خوشحال بود.

گل محمد هم ازدواج کرده بود و هر دو برادر صاحب فرزندانی شده بودند و تجارت خانه پدر را اداره میکردند . همه از باز گشت او به ایران خوشحال بودند . مطب او هر روز پر می شد از مریض هایی که یا کچل بودند ، یا سل داشتند و یا به سفلیس و سوزاک دچار بودند ، او بدون اینکه حق زحمت بگیرد ، مردم را معالجه میکرد . پدرش آنقدر ملک و آبادی داشت که او تا آخر عمرش بخورد . این مردمی که پول نداشتند نان بخورند از کجا میتوانستند حق زحمت طبیب فرنگ رفته را بپردازند!! و اینکه او مجانی بیمار ها را می پذیرفت باعث شهرت او گشته و مردم از هر سو به مطب او می آمدند .حتی از شهرهای دیگر و دهات سیل مردم به طرف مطب او روان بود.

***

یک روز حاجی بابا مباشر قدیمی امیر خان که حالا دیگر پیر شده و کارهای او را فرزند او به عهده گرفته و او به ده خودش باز گشته بود برای دیدن شازده به تهران آمد . شازده از دیدن او خیلی خوشحال شد مثل اینکه پدرش را دیده باشد او را بغل زد و با مهربانی او را کنار خودش نشاند . حاجی بابا از درد پا می نالید ، شازده به او دوا داد و او را روانه بیرونی کرد تا شب او را مفصل ببیند و با او سخن بگوید .

در اندرونی آنها گلخانه ای وجود داشت که همه دیوارهایش شیشه ای بود و گل ها را در پائیز از توی حیاط بر میداشتند و به این گل خانه منتقل میکردند تا نور در زمستان به گلها برسد و سرما گلها را نزندو تا بهار آینده که دوباره آنها را توی باغچه میکارند زنده بمانند . شازده دستور داده بود که تختی در این گلخانه بگذارند و بساط چایی هم روی میزی بچینند، وقتی دوستانش به دیدن او می آمدند او آنها را درگلخانه می پذیرفت و زمانی که تنها بود آنجا می نشست و کتاب میخواند .

آنشب توی گلخانه نشسته و کتاب میخواند که حاجی بابا مباشر میرزا امیر خان وارد گلخانه شد ! اردشیر او را بغل زد و کنار خودش نشاند پس از احوال پرسی شازده متوجه شد که انگاراو میخواهد چیزی به او بگوید، ولی پا به پا میکند . شازده فکر کرد که شاید پیر شده و مواجب خوبی به او نمیدهند و حاجی بابا برای گرفتن کمک پیش او آمده ، با مهربانی پرسید:

" حاجی بابا خوبی ؟ میخوای چیزی رو به من بگی ؟"

حاجی بابا کمی من و من کرد و گفت :" بله شازده جان میخوام یه چیزی بهت بگم "

شازده با روی باز پرسید :" بگو جانم ، چیه؟ کم و کسری داری ؟"

حاجی بابا جواب داد :" نه آقا جان ..دولتی سر آقای بزرگ همه چیز دارم ، اما یه چیزی هست که مربوط به خود شما میشه !! نمیدانم بگم یا نه!!؟ می ترسم مربوط به آن زمان بدبختی شما باشه ، می ترسم دوباره برای شما درد سر درست بشه اما قول دادم ، نمیتوانم زیر قولم بزنم "

شازده حالا کنجکاو شده بود که این چیه که حاجی بابا اینقدر از گفتن آن می ترسد ، گفت :"حاجی جان نترس از اون جریان سالها گذشته اما هر چی هست بهتره من بدونم بگو !!" حاجی بابا چنین گفت :

" آقا جان بعد از رفتن شما به فرنگ ، خیلی بعد ، شاید دو سالی گذشته بود ، یه روز که روی هشتی توی کوچه نشسته بودم یه مردی آمد در خانه از من پرسید عمارت میرزا امیر خان افغانی اینجاست ؟ من تعجب کردم چون همه توی محله ما را میشناختند ،جواب دادم آره چکار داری ؟ گفت میخوام با شازده اردشیر حرف بزنم ! گفتم شازده که اینجا نیست !!رفته سفر ؟پرسیدکی بر میگرده ! اگر منتظر بشم میاد؟من تعجب کردم گفتم نه بابا رفته فرنگ حالا حالا نمیاد ، حالا بگو چکارش داری شاید من کارت رو راه بیاندازم ، گفت نه من کاری با او ندارم یه نامه از طرف یه زن مریض براش آوردم! من را قسم داده که بدم دست خودش حالا چکار کنم ؟ گفتم نامه را بده من وقتی شازده برگشت میدم به او !! اول شک داشت که نامه را بده یا نه اما بالاخره نامه را از جیبش در آورد و داد به من ، ولی من را قسم داد که نامه را باز نکنم و به کسی هم ندهم که بخواند ، گفت آن زن مرا قسم داده که فقط شازده اردشیر این نامه را بخواند ."

شازده نگران شد او زنی را نمی شناخت نکند نامه از طرف بی نظیر یا ناصره بوده؟ با عجله پرسید :

" حاجی بابا نامه رو چکار کردی ؟"

حاجی آقا با لبخندی غرور آمیز دست در جیب قبایش کرد و یک پاکت بسیار کهنه را بیرون آورد و گفت :

" شازده ام تا به امروز این نامه را نگه داشتم می ترسیدم بمیرم و تو بر نگردی !! بیا این هم امانت تو ..خدا را شکر که زنده ماندم و آنرا به تو رساندم "

شازده با شتاب نامه را گشود، خدایا این نامه کیست ؟ و چنین خواند:

" ای تاج سر من .. ای شاهزاده رویاهای من ..، ای سرور من ، ای تنها عشق زندگی من !! میدانستم که لیاقت عشق ترا نداشتم ، اما سزای عشق منم این نبود که با من کردی !! ای بی مروت ، ای شاهزاده من، باید از روز اول میدانستم که یک طوائف چگونه میتواند خواب همسر یک شاهزاده بودن را ببیند !!؟ این در تقدیر من نبود که با لباس عروسی به خانه تو بیایم ! حتی در سرنوشت من هم این نبود که جنازه من از خانه تو بیرون برود . ای شاهزاده بی انصاف من !! یک روز در وسط بیابان در کنار کاروان به من گفتی (با من چه کردی ای دختر هندی ؟ این بود راه و رسم عاشقی ؟که چنین مرا رها کردی ؟)حالا من از تو می پرسم ،(با من چه کردی ای شاهزاده ایرانی ؟ این بود راه رسم عاشقی ؟که چنین مرا عذاب دادی و رها کردی ؟) نمیدانم چه کرده بودم که سزاوار آن همه بی انصافی باشم؟

ای وای بر اسیری کز یاد رفته باشد

در دام مانده صید و صیاد رفته باشد

اما بخدا قسم که عاشقانه دوستت داشتم ، اکنون من گرفتار بیماری سل شده ام ومیدانم که بزودی می میرم و از این دنیای بی مروت نجات پیدا میکنم ! اما از تو یک خواهش دارم که اگر مرا حتی برای چند روزی هم دوست داشتی به آن عشق پاکی که بتو داشتم ، ترا قسم میدهم ، که یادگار آن عشق یک شبه، که شب و روز به من این باور را میدهد که بودن با تو یک رویا نبود و حقیقت داشت ، دخترت را ، دختری که اکنون در دامن بیمار من بزرگ میشود، از این دنیای کثیف

نجات بده !، نگذار دخترت هم نام یک طوائف را بدوش بکشد ، و به سرنوشت من دچار گردد . ای شاهزاده من، اکنون که از این دنیای بی انصاف شما میروم دلم میخواهد که بیایی و دخترت را ببری !! اگر میخواهی ترا ببخشم باید دخترم را به فرزندی قبول کنی و اسم شاهزاده بر او بگذاری ، و نگذاری عاقبتی مثل من داشته باشد ، اسم او را بخاطر همه ی حسرت های زندگیم حسرت گذاشته ام ، این حسرت را به دلم نگذار و حسرتم را نجات بده دیدار به قیامت.

یک روز صرف بستن دل شد به این و آن

روز دیگر به کندن دل ز این و آن گذشت

دختر بی نوایی که روزی فکر میکرد تو او را دوست داری   بی نظیر."

شانه های شازده اردشیر میلرزید قطرات اشک روی کاغذ کهنه می ریخت ، خدایا بی نظیر از کدام بی انصافی حرف میزند !! او چقدر دنبال بی نظیر گشت!! چه بر سر او آمده که چنین به شازده بی اعتماد شده ؟؟ خدایا او یک دختر دارد !!الان دختر او کجاست؟ حتما الان بزرگ شده ؟نکند در هندوستان یا افغانستان دارد برای عده ای مرد مست میرقصد؟ ای وای بر او !! کاش فرنگ نرفته بود !! و این نامه زودتر بدست خودش میرسید!! داشت دیوانه می شد ناگهان یقه حاجی بابا را گرفت و فریاد زد :

" حاجی بابا آن مرد کی بود !! کجا رفت نشانی چیزی به تو نداد ؟"

حاجی بابا که خیلی ترسیده بود جواب داد :

"قربان! واله نشانی که به من نداد ولی گفت او در مشهد لحاف دوز است ، آره گفت اگه شازده برگشت به او بگو .. واله یادم نیست بنظرم گفت ، در نوغان مشهد لحاف دوزی دارد .. "

شازده شانه های او را گرفته و التماس میکرد:

" آخه اسمی ..چیزی به تو نگفت ؟"

پیرمرد بخودش فشار آورد :" شازده یادم نیست!! خیلی گذشته شاید گفت مشتی غلام حسین ، مشتی غلام حسن یه هم چه چیزی درست

یادم نیست "

شازده داشت دیوانه می شد !خدایا این چه سرنوشتی است که او دارد اگر این نامه درست باشد دخترش باید حالا شانزده ساله باشد !! الان کجاست ؟ خدایا با او اینکار را نکن .. او به اندازه کافی زجر کشیده حالا باید در فراق دختری بسوزد که نه میداند کجاست ؟نه میداند که چه شکلی شده ؟چطور او را بشناسد؟ یعنی بی نظیر مرده ؟ بی نظیر از کدام بی انصافی حرف زده بود ؟ او به زندان افتاده و وقتی آزاد شد بی نظیر رفته بود !! شاید غیبت او را به بی وفائی تعبیر کرده !! لا اقل یک پیامی میتوانستند برای او بگذارند!! کاش آنقدر در رفتن به فرنگ تعجیل نکرده بود و این نامه بدست خودش میرسید نه بعد از این همه مدت . حالا باید دخترش را پیدا کند ، اما چگونه ؟کجای دنیای به این بزرگی را بگردد؟ باید به مشهد برود . به این فکر افتاد که باید با گل محمد حرف بزند . بلند شد با اینکه پاسی از شب گذشته بود اما به حیاط اصطبل رفت و کالسکه سوار شد و بسوی عمارت میرزا امیرخان براه افتاد باید باگل محمد حرف میزد فقط او میتوانست در این شرایط به او کمک کند!!. باید برود مشهد و از آنجا شروع کند . باید دخترش را پیدا کند .

بدر عمارت خواهرش رسید . اکنون با آن زمان فرق میکرد که مستقیم به اتاق گل محمد میرفت . گل محمد حالا برای خودش عمارتی جداگانه داشت ، چون ازدواج کرده و دوتا فرزند داشت . عمارتی در یکی از حیاط ها برای او ساخته بودند و دختر یکی از تجار افغانستان را به همسری گرفته بود و زندگی خوبی داشت . کالسکه چی به کلیددار باشی گفت که شازده اردشیر برای دیدن جناب میرزا گل محمد آمده است پس از چند دقیقه ، مباشر عمارت میرزا امیر خان به دم در آمد و او را به داخل دعوت کرد و گفت که خانم افخم زمان هم دوست دارند ایشان را ببینند . شازده به او گفت که پس از دیدن میرزا گل محمد به دیدن شازده خانم هم خواهد رفت و بطرف عمارت گل محمد رفت . نرسیده به اندرونی او ، گل محمد از حیاط اندرونی بیرون آمد و او را در آغوش کشید و سپس او را به اتاق پنج دری که برای دیدار های مردانه در عمارت خود ساخته بود برد .

اردشیر با خودش فکر کرد ، برای اولین بار به خانه گل محمد آمده،

باید یک خوانچه ای می فرستاد ، اما او با افکار پریشانی که داشت حتی به این موضوع فکر هم نکرده بود . وقتی وارد اتاق شد از گل محمد معذرت خواست که دست خالی آمده . گل محمد که حال خراب او را دید فهمید که دوباره طوفانی در زندگی اواتفاق افتاده !!!او را برای نشستن روی صندلی راحتی دعوت کرد و بی مقدمه پرسید :

"اردشیر باز چه خبر شده ؟"

اردشیر خودش را روی یک صندلی انداخت و گفت :

" محمد بدبخت شدم "

محمد با نگرانی کنارش نشست ، خدایا باز چه اتفاقی افتاده !! که اردشیر چنین پریشان احوال است ؟ کنارش نشست و دستی به شانه او زد و گفت :

"اردشیر جان حرف بزن !! دارم از وحشت می میرم ، حضرت اشرف چیزی شده ؟"

اردشیر سری تکان داد و نامه را از جیبش در آورد و به گل محمد داد ، گل محمد با عجله نامه را خواند ، باورش نمی شد بعد از هیفده سال چطور دوباره سر و کله بی نظیر در زندگی اردشیرپیدا شده !! اردشیر میرزا همه چیز را برایش گفت و بعد سرش را بین دو دست گرفت :

" گل محمد چکار کنم !! ببین این گذشته مرا رها نمیکنه !! یعنی من یه دختر دارم ؟ اگه الان دختر من طوائف شده باشه چی ؟ محمد او رو چطور پیدا کنم ؟ چه خاکی بر سرم بریزم ؟"

گل محمد سکوت کرده بود ! خدایا این چه سرنوشتی است که شازده اردشیر دارد ؟ حالا چکار باید بکنند؟ چطور بین چند میلیون نفر دنبال دختر او بگردند؟شاید هم به افغانستان یا هندوستان رفته باشد؟ساعت ها با هم صحبت کردند . گل محمد سعی بر آن داشت که او را قانع کند که دنباله این نامه را نگیرد و فراموش کند ولی اردشیر میرزا میخواست به مشهد برود و مردی که نامه را آورده بود پیدا کند ، شاید سر نخی از دخترش بیابد . تا نزدیکی های صبح حرف زدند و بالاخره قرار شد که با هم به مشهد بروند ، شاید آن مرد

را بیابند . اردشیر این امید را داشت که شاید بی نظیر نمرده باشد و او عشق زندگیش را دوباره پیدا کند.

***

یک هفته بعد میرزا گل محمد و اردشیر میرزا با یک کالسکه که چهار اسب آنرا می کشید به همراه ده تفنگدار و یک دلیجان که آذوقه در آن بود با یک آشپز و چند تا نوکر راهی مشهد شدند . البته راهها امن نبود و راهزنان همیشه در کمین شکار قافله ها بودند و کزمه های حکومت مرکزی فقط در تهران و شهر ها بودند و از جاده ها محافظتی نمیکردند. یک اداره ژاندرمری جدیداً تاسیس شده بود که بیشتر امنیه های آن همدست دزدهای سر گردنه بودند. آنها روزها میرفتند و شب ها در کاروانسرای ها اطراق میکردند . پس از سه هفته به مشهد رسیدند .

ابتدا مسافر خانه ای یافتند و اتاقی گرفتند . بعد از بازگشت فرنگ رفته ها خیلی چیز ها در ایران باب شد که یکی از آنها هم ساختن مسافر خانه در شهرها بود که دیگر مسافرین مجبور نباشند در کاروانسرای دور از شهر بمانند البته قیمت این مسافر خانه خیلی بیشتر از اتاق های کاروانسرا بود .

پس از کمی استراحت ابتدا به حرم امام رضا رفتند ، شازده اردشیر در کوچکی یک بار به زیارت آمده بود و چیز زیادی یادش نبود . در صحن وضو گرفتند و بعد از طرف ایوان طلا وارد حرم شدند . حالت روحانی حرم با آن رواق های آینیه کاری و چلچراغ ها و مردمی که با آه و ناله خود را به ضریح چسبانده و اشک میریختند، ناگهان شازده را منقلب کرد ، به کنار ضریح رفت و سرش را به ضریح چسباند و میگریست ، و با امام راز و نیاز میکرد ،

" یا امام رضا همه ی زندگی من با بدبختی نا امیدی گذشته ، یک روز خوش بجز آن چند روزی را که در کنار بی نظیر بودم نداشتم ، ای امام بزرگ تو معجزه میکنی ، تو کور شفا میدهی ، بیا و به این کمینه ناچیز هم کمک کن ، کمکم کن تا دخترم را پیدا کنم ، نگذار دختر من رقاصه بشه ، نگذار دختر من برای مردها برقصه ، یا امام رضا نذر میکنم که ده تا گوسفند قربانی کنم و به فقرا بدم اگه دخترم رو پیدا

کنم ،ده تا یتیم را تحت سرپرستی میگیرم، یا امام رضا کمکم کن "

سرش را به ضریح تکیه داده و اشک میریخت ،انکار در دنیایی دیگر سیر میکرد. ناگهان دستی به شانه او خورد سرش را بلند کرد زنی پیر را روی سرش دید ، زن روبنده اش را بالا زده بود و اشک میریخت گفت :

" پسرم با این دل شکسته ات برای بچه ی منم دعا کن! سخت مریضه ، خوب نمیشه حکیم ها جوابش کردند "

شازده اردشیر ازکنار ضریح بلند شد و از زن پرسید:" بچه ات چشه "

زن گریه کنان گفت :" من که نمیدانم آقا اما حکیم ها او را جواب کردند او را آوردم مشهد تا امام او را شفا بده"

اردشیر همراه زن به صحن رفت باگل محمد به خانه پیرزن رفتند تا ببیند که فرزند او چه بیماری دارد. پس از طی مسافتی به یک خانه نیمه خرابی رسیدند ، پیرزن در را گشود و در داخل اتاقی جوانی خوابیده بود و مرتب سرفه میکرد . میرزا اردشیر پس از معاینه او فهمید که ذات ریه مزمن دارد از زن پرسید :

"داروخانه اینجا هست ؟"

زن گفت "من که بلد نیستم اینجا غریبم باید از همسایه ها بپرسم"

بالاخره اردشیر همراه زن به داروخانه رفت مقداری دارو خرید و دستور استفاده آنها را هم به پیرزن داد و چند تا سکه کف دست او گذاشت و به او گفت فقط برایم دعا کن که من دخترم را پیدا کنم . وقتی میرفت زن گریه کنان میگفت :

" اینطورکه تو دست مرا گرفتی خدا هم دستت را بگیره و بگذاره توی دست دخترت، الهی به اندازه دل بزرگت خدا بهت بده "

در یکی از غذا خوری های نزدیک حرم چلو کباب خوردند و برای استراحت به مسافر خانه بازگشتند .

گل محمد از کار او تعجب کرد ، شازده که اینقدر هیجان برای پیدا کردن دخترش داشت چگونه یک روز را برای پیرزنی گذاشت که او را

نمی شناخت وقتی از شازده اردشیر پرسید او جواب داد :

" محمد جان من یه عمر دیر کردم یک روز برای پیداکردن حسرت فرقی نمیکنه ، اما اگه به عیادت پسر آن زن نمی رفتم شاید میمرد یک روز برای او یک عمر بود ، من طبیبم قسم خوردم "

فردا صبح پرسان ،پرسان به محله نوغان رسیدند ، بازارچه را یافتند حالا باید دنبال مشتی غلام حسن ، یا حسین میگشتند ، چند تا لحاف دوزی بود ولی اسم هیچکدام غلام حسین و یا غلام حسن نبود و خیلی جوان بودند ، سه روز هر روز صبح به نوغان میرفتند و دکان به دکان پرس و جو میکردند ، بالاخره روز سوم صاحب یک دکان پارچه فروشی گفت سال ها پیش یک مشتی غلام رضا اینجا لحاف دوزی داشت ولی بعد ها دکانش را فروخت و رفت به دروازه قوچان ، شاید دنبال او میگردید.

روز بعد به دروازه قوچان رفتند، میدان گاهی بود، پر از گاری و اسب و الاغ بیشتر شبیه میدان بار بود ، شاید هم میدان بار مشهد بود. دو تا بازارچه هم داشت ، هر کدام داخل یکی از بازارچه ها شده و دنبال مشتی غلام رضا میگشتند . کسی او را نمی شناخت . پس از مدتی کنار بازارچه نشستند و از قهوه خانه دو تا چایی گرفتند . شازده اردشیر داشت نا امید میشد ،شاید قسمت او همیشه از دست دادن کسانی است که دوستشان میدارد !!با خودش میگفت ، خدایا اگر قرار بود دخترم را نیابم پس چرا او را به من شناساندی ؟ لااقل از وجود او خبر نداشتم و اینقدر احساس گناه نمیکردم که چرا دست به چنین خطائی زدم و بی نظیر را عقد کردم که حاصل آن دختری آواره باشد!!! خدایا اگر این معجزه تو بوده که از وجود او با خبر شوم پس خودت هم او را برایم پیدا کن ، خدایا کمکم کن .. من به تو احتیاج دارم ، ای خدای مهربان بدادم برس و گم شده مرا برایم بیاب . دراین موقع حمالی کنار او نشست و سفارش یک چای داد ، بعد نگاهی به سرو وضع شازده اردشیر کرد ، سلامی کرد و گفت :

" آقا جان بنظر غریبه میری برای خرید آومدین !!؟اینجا مو همه را مشناسوم براتون تخفیف میگیروم "

شازده نگاهی به او کرد پرسید:" اسمت چیه "

حمال جواب داد :" غلام شما مش غضنفر "

شاگرد قهوه چی چای غضنفر را جلویش گذاشت ، غضنفر دست در جیب کرد که پولش را بدهد ، شازده به شاگرد قهوه چی اشاره کرد که با من است . غضنفر خیلی خوشحال شد و دو تا چای دیگه هم سفارش داد ، حتما خیلی خسته بود، شازده گفت براش نان شیر مال هم بیارد ، بعد رویش را به غضنفر کرد و گفت :

"غضنفر دنبال یه نفر به اسم مشتی غلامرضا لحاف دوز میگردم تو او رو نمی شناسی ؟"

غضنفر فکری کرد و پرسید :" گفتن اینجا دکون دِره ؟"

شازده جواب داد :" قبلا نوغان بوده ، اما گفتن که آمده اینجا چند سال پیش ، با او کار دارم میتونی کمکم کنی !!پیش من شیرینی خوبی داری اگه پیداش کنی "

غضنفر گفت :" مو چن سال بیشتر نیست اینجا کار موکنم ، بذِر برُم از حمال های قدیمی بپرسُم ."

چای خود را خورد و بلند شد و رفت ، نیم ساعتی گذشت که با یک نفر باز گشت و گفت:

" قربان ای غلام علیه سی ساله اینجا کار موکنه ،موگه مشتی غلام رضا رو می شنه سه "

انگار دنیا را به اردشیر دادند پرسید :" پدرجان تو غلامرضا لحاف دوز را میشناسی ؟"

مرد کنار آنها نشست و گفت:" آقا جان مو که نمی دؤنم خودشه یا نه !!؟ یه لحاف دوز چند سال پیش اینجا دکون داشت ، اما دو سه سال پیش دکونش را اله داد .. فکرمو کنم دیگه تجارت عمده فروشی موکنه "

اردشیر پرسید :" میدانی کجا زندگی میکرد ؟ نشانی او را داری ؟الان کجاست؟ "

مرد گفت :" فکر موکنم بالا خیابان، توی کوچه باغ عنبر خنه داشت چند بار برِش بار بردوم "

انگار دنیا را به شازده دادند ، بلافاصله همراه آن مرد و گل محمد راهی کوچه باغ عنبر شدند . حدود یک ساعت بعد در یک خانه قدیمی را میزدند ، خدایا ممکن است جواب همه سوال های او پشت این در بسته باشد !! پس از چند دقیقه پسر بچه ای در را باز کرد و حمال از او سراغ آقا غلامرضا را گرفت . پسرک بدرون خانه رفت و پس از چند دقیقه مردی حدود شصت سال که فینه ای برسر و عبائی بر دوش داشت به دم در آمد ، آنها سلام کردند و حمال گفت این آقایان با شما کار دارند ،مرد تعجب کرد ، چون او دوست شازده و یا اشرافی نداشت که به سراغش بیاید ، بهر جهت آنها را به درون خانه دعوت کرد و کنار حیاط روی تختی نشستند ، مرد به درون رفت و برایشان چای آورد ، بعد نشست و گفت:

" بفرمائید چه امری با این بنده داشتید ؟ "

شازده اردشیر بطور خلاصه برایش گفت که کیست و چرا اینجاست . مرد گوش میکرد ، جشمهایش را اشکی پوشانید وقطره های اشک بر صورتش می غلتید ، آهی کشید وگفت:

" شازده چه دیر کردی ...چه دیر آمدی .. چقدر بی نظیر خانم برای تو اشک ریخت .. اووه ...بعد ای همه سال که استخوان های بی نظیر خانم هم پوسیده !!؟ حالا آمدی پی او؟"

آه از نهاد شازده بر آمد!! توی این مدت دلش به این خوش بود که شاید بی نظیر شفا پیدا کرده باشد!اما مرد آب پاکی رو دستش ریخت و گفت که چندین سال پیش بی نظیر به رحمت خدا رفته و بعد بلند شد تا زنش را صدا کند که بیشتر در این مورد میدادند . زنش چادر بسر کرده و بیرون آمد حاجی آقا اجازه نشستن به او داد و گفت :

" این منزل ماست که با این دو خواهر، خواهر خوانده بودن.. او خیلی بیشتر از من مُدنه که چی شده هر سوالی دارین از ایشان بپرسین "

و زن شروع به صحبت کرد ، از بدبختی های آنها ، از دربدری های

آنها از مریضی بی نظیر گفت و گفت و در آخر اضافه کرد.

" شازده اگه اینقده خاطر او را مُخستی خو پس چرا الاش دادی؟ که بی نظیر از غصه سل بگیره بمیره ؟ای آقا جان خو چی برت بگوم ! دختر بدبخت مسلول رفته بود ، همش سلفه میزد ، یه دختر خدا به او داد میگی قرص ماه، اما چه فایده ، خو.. نه ننه دشت ، و نه باوه مو که خبر ندُرم اما آنچه که اونا گفتن ، وقتی شما اله شان دادی مُخستن برن به افغانستان ، ولی مشهد مندنی رفتن چون بی نظیر مریض رفته ، بعدش هم که بی نظیر سل گرفته ، وقتی مو با اونا همسایه رفتیم ،بی نظیر زائید یک دختر خوشگل مثل ماه اما خو بی نظیر بد بخت بسیار مریض رفته بود! مرتب سلفه میزد ، و حالش هر روز بد تر می رفت، آخ کجا بودی آقا جان که بی نظیر چقدر زجر کشید ، یک آب خوش از گلونش پائین نرفت ..کجا بودی ببینی چه برسر او اِمد ؟ در این مدت یک تاجر افغانی با آنها آشنا رفته بود و ناصره را خوش کرد و ناصره زن او رفت،و بعدش هم که بی نظیر به رحمت خدا رفت !! چمُدونم بیچاره دختر خیری از این دنیا ندید ، بعد ما آمدیم این خنه یه وقت خبر شدیم که از مشهد رِفتن ، نمدُونوم به شهر دیگه ای رفتن یا به افغانستان پس گشتن ، دختر بی نظیر را هم همره خو بردند ."

شازده اشک میریخت بقول غلامرضا چه دیر آمده بود .. وقتی که باید بود نبود و حالا که آنها نیستند او آمده ، شازده پرسید قبر بی نظیر کجاست ؟ آیا آنها میتوانند او را بر سر مزار بی نظیر ببرند ؟پس از چند دقیقه زن و شوهر آماده شدند و همراه آنها با کالسکه راهی قبرستان گل شور شدند .از یک دست فروش مقداری خرما خریدند که برای او خیرات کنند.. اردشیر کنار قبر زانو زد، روی قبر یک سنگ کوچک بود که نوشته بود بی نظیر دختر محمد ..ای وای انگار دیروز بود که عاقد از او می پرسید بی نظیر دختر محمد آیا حاضری ترا به عقد اردشیر فرزند حسام در بیاورم !!؟آخ که هرگز فکر نمیکرد روزی بر مزار بی نظیر فاتحه بخواند !! ناصره راست میگفت این عشق شوم بود ،جز بد بختی چیزی برای بی نظیر نداشت . گل محمد او را از سر قبر بلند کرد ، اردشیر همانطور اشک میریخت و به خود و بخت خود لعنت میفرستاد ، شاید اگر در رفتن به فرنگ عجله نکرده بود ، نامه بی نظیر بدست خودش میرسید و او را برای معالجه به

فرنگ می برد و الان او زنده بود ، او حتی خودش رامقصر مرگ بی نظیر هم میدانست .

***

فردا صبح پس از سفارش دادن یک سنگ قبر خوب برای بی نظیرکه رویش نوشته شده بود "آرامگاه ابدی بی نظیر خاتون فرزند محمد و زوجه شازده اردشیر میرزای قاجار" به حرم رفتند . شازده دلش خیلی گرفته بود مدتها اشک ریخت ، ولی گل محمد او را تسلی میداد که ناصره شوهر کرده و زن غلام رضا هم از خواندن و رقصیدن هیچ حرفی نزده پس آنها بسوی رقص باز نگشتند و شوهر ناصره هم حتما دختر بی نظیر را به دختری قبول کرده . دیگر ماندن آنها در مشهد سودی نداشت و روز بعد روانه تهران شدند و راز دختر اردشیر بین گل محمد و شازده اردشیر باقی ماند هر چند که غمش فراموش شدنی نبود و به قول بی نظیر

یک روز صرف بستن دل شد به این و آن

روز دگر به کندن دل ز این و آن گذشت

***

شازده اردلان میرزا فرزند حشمت زمان و مشیر الدوله ، بزرگ شده و شازده ای بسیار برازنده و خوش رویی بود همه میگفتند شبیه شازده اردشیر شده . او هم مدرسه را تمام کرده و بدنبال آزادی خواهی و مشروطه طلبی بود . او از کودکی عاشق دایی اردشیر بود و هر وقت او به خانه آنها می آمد با اینکه اردلان کوچک بود ولی روی زانوی او می نشست و به حرفهای سیاسی او گوش میداد ، زندان رفتن او را هم خوب به خاطر داشت .

شازده اردلان مرید ستار خان رئیس مجاهدین تبریز گشته وبا اینکه پدر و مادرش سخت مخالف بودند ولی به تبریز رفته و در سپاه ستارخان خدمت میکرد و بیشتر اوقات خود را در تبریز میگذراند. حتی در زمان محاصره یازده ماهه تبریز در آنجا گرفتار شده و

نمیتوانست که به تهران بیاید . روزی تلگرافی دریافت کرد که دایی اردشیراز فرنگ برگشته . این درست زمانی بود که دولت مرکزی از ستارخان و باقرخان خواست تا برای زندگی به تهران بیایند ، البته در تبریز خیلی ها مخالف بودند و میگفتند این یک توطئه است و قصد دارند که آنها را از تبریز دور ساخته و تبریز را به روس ها بدهند، و مجاهدین را خلع سلاح کنند . اما ستار خان عقیده داشت که باید به دولت مرکزی احترام گذاشت تا یک پارچه گی ایران حفظ شود و در تدارکات حرکت به تهران بودند . شازده اردلان پیش او رفت و از او اجازه گرفت که زودتر از ستار خان به تهران برود و سپس برای دیدار با دایی اردشیر روانه تهران شد. او دایی اردشیر میرزا را از بچگی بسیار ر دوست داشت ، شاید آزادی خواهی را از او آموخته بود . حتی پس از رفتن او به اروپا ، اردلان در زیر زمین عمارت خودشان روزنامه هایی را که اردشیر میرزا برای خواهر های او می آورد را یافته و میخواند . بنظر او دایی اردشیر یک قهرمان تاریخ بود .

شازده اردلان میرزا وقتی به تهران رسید قبل از اینکه به دیدار پدر ومادرش برود با شوق بی پایانی برای دیدار دایی اردشیر میرزا مستقیم به مطب دایی رفت ، برای دیدن او بیقرار بود . اول به اسم مریض در اتاق انتظار نشست تا نوبت او شد .میخواست ببیند آیا دایی اردشیر او را می شناسد!؟ وقتی مریض از اتاق شازده بیرون آمد شازده اردلان وارد شد و سلامی کرد ، اردشیر اول جواب سلام او را داد و منتظر بود که او حرفی بزند ، اما اردلان از دیدن دایی اردشیر خیلی خوشحال شد و بی اختیار بسوی او رفت و او را در آغوش گرفت . شازده اردشیر اول او را نشناخت ، وقتی خوب دقت کرد پسر بچه شر و شیطانی را دید که هر وقت او به خانه خواهر میرفت روی زانوی او می نشست و از او در مورد آزادی خواهان می پرسید . اردشیر او را در آغوش گرفت چه جوان برازنده ای شده بود ، لباس مجاهدین بر تن داشت و تفنگی هم بر دوش ، شاید اردشیر خودش را در قالب او می دید . چندین بار او را درآغوش گرفت و بوسید . به خدمتکاری که دم اتاق ایستاده بود گفت به مریض ها بگو فردا بیایند ، دیگر تعطیل است و دست اردلان راگرفت و به اندرونی برد . اردلان هزاران سوال درمورد فرنگ و آزادی های آنجا داشت و اردشیر هم میخواست بداند که در تبریز چه خبر است . از مجاهدین ، از ستار خان و باقر خان و ازمحاصره تبریز می

پرسید! انگار اردشیر دوباره جوان شده بود و دلش میخواست در صف مجاهدین باشد .

اردلان جواب داد :

" دائی جان نمیدونی محاصره تبریز چقدر دردناک بود ، سپاهیان دولتی تبریز را محاصره کرده و جلوی ورود آذوقه و خوار بار را گرفته بودند!ستار خان و باقر خان در دو جبهه با آنها می جنگیدند ، قحطی و بیماری در تبریز بیداد میکرد و بالاخره هم به کمک مشروطه خواهان شهر های دیگر مخصوصا یارمحمد خان کرمانشاهی که با یک قشون از هوادارانش بکمک مجاهدین تبریز آمد واز پشت به قوای دولتی حمله کرد !! محاصره شکسته شد . اما بالاخره دولت روس قشونش را بسمت تبریز حرکت داد و ستارخان تلگرامی به دولت زد و گفت اگر روس از تبریز بیرون برود تبریز را تحویل حاکم جدید خواهند داد و به این وسیله تبریز را از دست روسیه نجات دادند."

آنشب تا صبح حرف زدند و خواب به چشم هیچکدام نیامد ، نزدیک های صبح کمی خوابیدند ، صبح اردشیر به مطب رفت و اردلان هم برای دیدن پدرو مادرش راهی عمارت خودشان شد .

چند روزی گذشت ، اردلان میرزا روزها به دیدار مجاهدین میرفت تا استقبال شایانی برای رسیدن ستار خان و همراهانش به تهران تهیه ببینند و شب ها گاهی به عمارت خودشان میرفت و گاهی شبها را هم در عمارت پدر بزرگ و در کنار شازده اردشیر میگذراند.

***

یک شب اردلان میرزا کارش در منزلی که قرار بود محل استقرار ستار خان و باقر خان و مجاهدین باشد تا نیمه شب طول کشید . دوستانش اصرار کردند که شب آنجا بماند اما او ترجیح داد که به خانه برود . نیمه شب گذشته بود که از آنجا خارج شد . تهران در نا امنی بسر میبرد و شب بیرون از خانه ماندن خطرناک بود ، ترور های سیاسی زیادی در نیمه شبها صورت میگرفت . ولی اردلان سر پر شوری داشت و بی توجه به این موضوع بسوی خیابان اصلی براه افتاد تا درشکه ای پیدا کند . او از چیزی نمی ترسید، ولی ناگهان احساس کرد که مورد تعقیب است

و چند نفر آهسته به دنبال او می آیند ، ترس برش داشت ، داستان دستگیری و زندانی شدن دایی اردشیر را بارها شنیده بود ! نکند که قصد بازداشت او را دارند !!؟ وقتی از چشم آنها کمی دور شد ناگهان به کوچه باریکی پیچید و در هشتی خانه ای پنهان شد ، پس از چند دقیقه آنها را دید که آهسته از آن کوچه گذشتند ولی هنوز بدنبال او میگشتند .

پس از رد شدن آنها از دیوار کوتاهی به بالای بام خانه ای پرید ، و سینه خیز به جلو رفت و از چند پشت بام گذشت . در جهتی برعکس راهی که آنها رفته بودند میرفت ، خودش هم نمی دانست کجاست . تا به پشت بامی رسید که چند تا پشه بند زده بودند ، با اینکه هنوز تابستان شروع نشده بود ولی هوا گرم شده و بعضی ها روی پشت بام میخوابیدند . ناگهان از توی کوچه صدای آن مردها را شنید که آهسته در مورد او حرف میزدند که باید همین دور بر در جائی پنهان شده باشد خدایا چکار کند می ترسید جلوتر برود و او را ببینند ،چاره ای نداشت باید جائی مخفی میشد. خیلی آهسته داخل اولین پشه بندی که روی بام بود شد .

فکر میکرد این پشه بند ها خالی هستند . اما متوجه شد که دختر جوانی در خواب ناز است ،نمیدانست چکار کند اگر می نشست از بیرون دیده می شد ، اگر از پشه بند بیرون میرفت ممکن بود گیر آن مردها بیفتد !به ناچار با شرم زیاد ، آهسته کنار او دراز کشید که دیده نشود و ناگهان صورت دختر را دید . صورتی مثل ماه که در زیر نور مهتاب میدرخشید ، لباسی از ابریشم سفید بر تن داشت که سنگ دوزی های رنگی بر روی سینه و دامنش بود که در زیرنور مهتاب مثل یک تکه جواهر میدرخشیدند، انگار تیکه ای از ماه به زمین افتاده بود ، و چون هوا گرم بود رو اندازی هم نداشت ، موهای سیاه بلندش بروی بالش اطلس سفیدی ریخته بود. اردلان آهسته نفس می کشید که او را بیدار نکند ، نفسش را در سینه حبس کرده بود ، انگار نفس های دختر او را گرم میکرد و به او زندگی میداد !!

این پری بود یا انسان ؟ ناگهان دختر غلطی زد و یک پایش را روی پای دیگر انداخت ، صدای جرینگ جرینگ پای زیب نقره ای که به پایش بسته بود در گوش اردلان مثل نوای یک موسقی پیچید و در

روشنایی مهتاب اردلان میرزا زیباترین پای حنا بسته دنیا را دید . کف پایش رنگ حنای بسیار زیبایی را داشت و ناخن های پایش را هم حنا بسته بود ، این رنگ قرمز حنا با این پوست سفید می جنگید. پای زیب زیبائی بر پایش بسته بود که زیبائی پای او را دو چندان میکرد ، اردلان احساس میکرد نمیتواند نفس بکشد ، نفسش در گلو گره خورده بود . می ترسید از تب نفس هایش دخترک بیدار شود . اردلان سرش را به کنار بالش او تکیه داده بود و چشم از او بر نمی گرفت ، آرزو میکرد میتوانست دست بر موهای ابریشمی او بکشد !! شاید فراموش کرده بود که کجا ست و در چه موقعیتی قرار دارد؟ و اگر دختر بیدار شود چه میشود؟ فقط به او خیره گشته بود .

انگار دیگر نه جنگی بود و نه آزادی خواهی؟ و نه کسانی او را تعقیب میکردند !! فقط او بود و پای حنا بسته این دختر، دختر تکانی خورد و دستش را از روی چیزی برداشت . دستهایش هم حنا بسته بود دور ناخن هایش بشکل قشنگی رنگ حنا داشت و روی دستش هم نقشی دیده می شد ، اردلان همانطور که به او نگاه میکرد چشمش به کتابی افتاد که زیر دست دختر بود . دقت کرد دیوان حافظ را دید!! یعنی این دختر به این جوانی و زیبائی در زیر نور ماه حافظ میخوانده؟ دوباره به صورتش نگاه کرد شاید پانزده ، شانزده سال بیشتر نداشت ! چه لباس زیبایی بر تن داشت اصلا شبیه لباس های زنان عمارت آنها نبود !لباس ابریشمی و سنگ دوزی شده و توری سفیدی هم بر سرش بوده که روی بالش افتاده بود ، این دختر صاحب زیباترین صورت دنیا بود!، کاش کمال الملک اینجا بود و چهره او را میکشید ، این چهره را باید جاودانه کرد.

پر طاووسی را در لای دیوان حافظ علامت گذاشته بود ، پس حافظ خوان خوبی هم هست ! قلم و کاغذی هم کنار کتاب افتاده بود ، حتما از اشعار یاداشت میگیرد تا حفظ کند !خدایا این دختر ادیب و زیبا کیست ؟ کاش در شرایط بهتری با او روبرو می شد! کاش دزدکی بربام خانه آنها نیامده بود!!؟ کاش میتوانست تا صبح کنارش بماند و اسمش را بپرسد !! دختر نفس عمیقی کشید و سینه اش بالا و پائین شد . قلب اردلان داشت از حرکت می ایستاد ،خودش نفهمید که چه مدتی در کنار او دراز کشیده بود که با صدای مؤذن محله که برای اذان صبح آماده می شد و دعای قبل از اذان را میخواند به خود آمد . وای

خدایا انگار خوابش برده بود ! قبل از اینکه کسی برای نماز صبح از پشه بند خویش بیرون بیاید واو را ببیند باید میرفت. اما نه میتوانست از دختر دل بکند و برود و نه ماندن جایز بود . اردلان می ترسید که او بیدار شود و از دیدن اردلان بترسد و فریاد بزند ، باید برود اما چگونه میتوانست از کنار او برخیزد !! چگونه میتوانست از او دل بکند ؟ بی اختیار آهسته یکی از پا زیب های او را باز کرد و در جیبش گذاشت، شاید دلیلی میخواست که این خواب نبوده و چنین دختر زیبایی را واقعا دیده!!دلش خواست حرف دلش را برای دختر بنویسد ، برای چنین دختر با احساسی حیف نیست که نگوید بر او چه گذشته است !! قلم را برداشت و روی کاغذ کنار سر دختر نوشت ،

" ای پری زیبا روی ، بی اجازه تو داخل پشه بند تو شدم و بی اجازه تو دل به تو با ختم ، و بی اجازه تو ساعتی در کنارت محو تماشای تو گشتم ! تو کی هستی؟ پری هستی !! یا فرشته ای ؟ نمیدانی در این شب مهتابی با این دل بی نوای من چه کردی؟، نه میدانم کی هستی و نه میدانم چه نام داری ؟اما از تو میخواهم این پاهای زیبای حنا بسته را هرگز روی زمین نگذاری حیف است که کثیف شوند، کاش میتوانستم بگویم که پایت را بر چشم من بنه ، اما افسوس که باید بروم ولی آرزویم این است که عمری چنین هر شب محو تماشای تو باشم . اگر روزی دوباره پیدایت کردم هرگز رهایت نخواهم کرد ، ای پری روی زیبا ، چه بخواهی !چه نخواهی ! بی اجازه ات دلم را به تو دادم و بی اجازه ات پای زیب زیبای ترا به رسم یادگار بردم تا اگر روزی ترا دیدم مرا بشناسی

غریبه ای که شبی را در کنار تو صبح کرد "

گوشه دامن او را بوسید و نیم خیز شد ، به پشت بام نگاه کرد که کسی از پشه بندی بیرون می آید یا نه ، وقتی مطمئن شد که کسی بیدار نیست دوباره نگاه حسرت باری به دختر کرد ویک باردیگر گوشه دامن او را بوسید و از پشه بند بیرون رفت . بعد از گذشتن از چند خانه دیوار کوتاهی یافت واز پشت بام به کوچه نگاه کرد ، کسی را ندید و آهسته به پائین پرید ، کاش میدانست کدام محله است که دوباره باز میگشت و دختر رویا های خود را می یافت ، یعنی یک بار دیگر میتواند این پری رو را ببیند!! ؟

از چند کوچه گذشت ، هیچ کجا برایش آشنا نبود ، دو ساعتی رفت خورشید دیگر بالا آمده بود که به میدان بهارستان رسید، حالا میتوانست راهش را به خانه بیابد !! دلش نمیخواست به خانه برود ، اینجا نزدیک عمارت پدر بزرگ بود . بهتر بود به آنجا برود ،دلش میخواست قصه عشقش را برای کسی بگوید! کی بهتر از دایی اردشیر!!، بسوی عمارت آنها روان شد وقتی رسید دایی و پدر بزرگ توی حیاط داشتند صبحانه میخوردند . از دیدن او این موقع صبح خیلی تعجب کردند ، او گفت دلش برای دایی تنگ شده و آمده تا امروز را در کنار او باشد .حسام الملک دیگرپیر شده بود !شاید غم اردشیر او را پیر کرد ! اما پیر سیاست هم بود ، نگاهی به اردلان کرد و گفت:

" عزیز دل بابا بزرگ ، نکن ، این کارها رو نکن ! من که میدونم تو الان از یک جایی بر میگردی که نمی خواستی این وقت صبح بری خونه و پدر و مادرت نگران بشن ! عزیز دلم ، ما سر اردشیر خیلی بدبختی کشیدیم ! الان اوضاع مملکت از آن وقت هم بدتره ! این کودک به تخت نشسته را کسی شاه نمیدونه ، ایران دوباره بزودی دست خوش یک انقلاب یا کودتا میشه ، سر همه این مشروطه خواه های واقعی میره روی دار !عزیزم تهرون بمون دیگه تبریز نرو ، میدونم ستار خان یه قهرمان ملی ست ، نام او در تاریخ خواهد ماند ، اما دلم نمیخواد خدای نکرده سر تو هم با او بره بالای دار، در تهران دشمنان زیادی داره :

اردلان گفت :" مگر خبر ندارید پدر بزرگ ستار خان و باقر خان را دولت مرکزی دعوت کرده تهرون !! بزودی میان "

حسام الملک ناگهان بر آشفت :" ای داد بیداد امام حسین را به کربلا دعوت کردن !!تا سرش را نبرند دست از او بر نمی دارند "

شازده اردشیر سعی کرد که پدرش را آرام کند ولی او به گفته اش اعتماد داشت و نگران اردلان بود که به سرنوشت شومی دچار نشود .

پس از صرف صبحانه اردلان همراه اردشیر میرزا به مطب او رفت دلش آرام و قرار نداشت ، تلاطمی در روحش به وجود آمده بود ،انگار راه نمیرفت پرواز میکرد. یک لحظه نمیتوانست آن دختر را فراموش کند ، انگار جادو شده باشد ، هنوز مریضی نیامده بود ، همراه اردشیر بداخل مطب رفت .

چشمان او برق میزد ، برق عشق ، برق دوست داشتن و این برق از چشمان شازده اردشیر دور نماند ، باید اتفاقی افتاده باشد ، چیزی در صورت او میدرخشد. شازده اردشیر با خنده گفت :

" خوب پسر جان حالا راستشو بگو کجا بودی ؟ و چرا نگاهت اینقدر خوشحاله وبرق میزنه ؟"

اردلان با خنده مثل اینکه مچش را گرفته باشند جواب داد :

" دایی جان چی بگم ... چیزی نشده!!!"

اردشیر خندید و گفت :" من این برق رو میشناسم اون کیه؟"

اردلان با لبخندی پرسید:" کی کیه ؟"

اردشیر گفت :" همون .. همون که دلت رو برده همون که اینطوری چشم هات دنبالش دو دو میزنه !"

اردلان خندید، نگاهی از پنجره به بیرون کرد و مثل اینکه در رویا حرف میزند گفت :

" چی بگم دایی اون کیه ؟ نمیدونم اون کیه !! اما میدونم او چیه !!اون چیه ...اون یه چیزیه ..مثل...

مثل خواب یه شاعر
مثل بوی یه یاس سفید
مثل راز یه پری
مثل خون یه شقایق
مثل اشک یه عاشق
مثل روشنایی مهتاب
مثل پاکی صحرا س
مثل آبی دریا ها س
مثل زلال چشمه س
مثل رنگ یه رویاس

اردلان ناگهان از گفته اش خجالت ، سرش را انداخت پائین و ساکت

شد . شازده اردشیر همین طور به او نگاه میکرد ! پسری که اسلحه به دوش گرفته ، یک دانه عزیز گرامی حشمت زمان و مشیر الدوله چنین از عشق میگوید ، چنین با قلبش و احساسش رابطه خوبی دارد . بلند شد و پیشانی او را بوسید و گفت:

" عزیز دل دائی گفتی اون چیه !! حالا بگو اون کیه ؟"

اردلان کنار پنجره ایستاد و همه چیز را تعریف کرد ، از رفتن توی پشه بند او ، از عاشق شدنش و از دزدیدن پای زیب او ، از پای قشنگ حنا بسته او و از لباس عجیبی که برتن داشت . از دیوان حافظی که در کنارش بود ، گفت و گفت ، و اردشیر را برد به شبی که بی نظیر را توی تالار آیینه دید بود و ناگهان عاشق اوشد . او هم عاشق روی زیبای بی نظیر، پای حنا بسته ی او ، لباس قشنگش و پای زیب او و طبع شعر دوست او شده بود ، عجب تصادفی!! یعنی ممکن است اردلان هم عاشق یک دختر هندی شده باشد !!؟ اردلان که سکوت دایی را دید پرسید :

"چیه دایی باور نمیکنی !!؟ که چنین پری زادی!! چنین دختر زیبایی وجود داشته باشه ؟؟"

اردشیر سری بجنباند ، آهی کشید و گفت :

" چرا باور میکنم ، عشق همینه که گفتی اما عزیز دلم از عاقبت این عشق بترس ، همه ی عشق ها عاقبت به خیر نمی شن ، پسرم قبل از اینکه بیشتر عاشق بشی در موردش فکر کن ، اونو بشناس ! بدون که اون کیه !دختر کیه !! از چه خانواده ای هست ! جای غلطی ، عشق غلطی و دختر غلطی نباشد ."

اردلان با تعجب پرسید :" مگه عشق هم غلط میشه.... دایی جان ؟"

شازده قطره اشکی که به روی گونه اش غلتیده بود با انگشت پاک کرد و گفت :

"آره میشه ... خوبم میشه... بعد یه عمر باید تاوانش رو پس بدی"

با آمدن بیماران سخنان آنها ناتمام ماند و اردلان به عمارت خود رفت .

***

چند روز بعد ستار خان و باقر خان با جمعی از لشکر مجاهدین تبریز وارد تهران شدند ، مردم خیابان های مسیر آنها را طاق نصرت بسته بودند. پارچه هایی که بر آن ها نوشته بود "ورود سردار و سالار قهرمانان ایران به تهران مبارک باد" را در خیابانها روی دست گرفته بودند و بر سر راه آنها از روی بام ها گل می ریختند . استقبال با شکوهی که سالها تهران به خود ندیده بود ، مخصوصا که این استقبال از صمیم قلب مردم بود نه به فرموده دولت و اجباری . از میدان توپ خانه و خیابان لاله زار ، تا باغ شاه در تمام پشت بام ها ، خیابان ها و دکان ها مردم برای دیدن قهرمانان زمان خود بیرون ریخته و با فریاد های زنده باد ستار خان زنده باد باقر خان از آنها استقبال میکردند.

عده زیادی از علما ، اشراف و بازاریان تهران هم در این استقبال شرکت کردند و آذربایجانی های مقیم تهران هم جشن باشکوهی در مسیر آنها برگزار کرده و به میمنت ورود ستار خان به تهران نهار مفصلی به میهمانان و مردم دادند . سر انجام آنها در محلی که برایشان در نظر گرفته شده بود منزل صاحب اختیار مستقر گردیدند

هر روز عده ای از رجال مملکت ، وکلاء مجلس و وزیر ها به دیدن آنها میرفتند و درباره امور مملکت مذاکره می نمودند

شازده اردلان بیشتر شب ها به خانه نمی آمد و در رکاب ستار خان بود و همراه مجاهدین زندگی میکرد . اما عشق آن دختر زیبا روی یک آن او را رها نمیکرد و شبها به بهانه اینکه گشت میزند که چیز مشکوکی جان ستار خان و باقر خان را تهدید نکند به پشت بام ها میرفت تا شاید آن خانه را بیابد و معشوق خیالی اش را پیدا کند . اگر آن پای زیب زیبا نبود ، گاهی وقتها فکر میکرد که شاید آن دختر را در خواب دیده ولی آن پای زیب دلیلی بر وجود آن دختر بود . حالا هوا گرم شده بود و بیشتر مردم در بام ها می خوابیدند و او نمیتوانست زیاد دور برود و یا وارد حریم خصوصی مردم شود ولی اغلب شبها به روی بام ها میرفت که شاید آن پری رو را بیابد .

ستار خان و باقر خان به مدت یک ماه میهمان دولت بودند ولی محلی که در اختیار ستار خان وباقر خان و مجاهدین تبریز قرار داده بودند برای آنها کوچک بود و بعد از مدتی دولت مرکزی ، ستار خان و یارانش را به باغ اتابک منتقل کرد که محوطه وسیعی بود و ساختمان بزرگی هم داشت. همراه ستار خان زنان مجاهد تبریز نیز به تهران آمده بودند . این زنان با پوشیدن مانتو های بلند که روی آن کمربند می بستند و قنداق فشنگ می پوشیدند و کلاه بر سر میگذاشتند و تفنگ بر دوش همراه مردان در تمام طول تاریخ مبارزات تبریز جنگیده و هم اکنون هم همراه ستار خان به تهران آمده و در کنار او بودند. مجاهدین تهران هم به گروه ستار خان پیوسته و در باغ اتابک بودند .

باقر خان و یارانش را در عشرت آباد سکنا دادند ، به بهانه کوچک بودن باغ اتابک ، ولی در واقع دولت و صدر اعظم برای اینکه قدرت یک پارچه گی آنها را درهم شکنند آنها را از هم جدا کردند ..

نیت اصلی دولت از دعوت کردن ستار خان و باقر خان به تهران در واقع خلع سلاح کردن آنها و از قدرت انداختن مجاهدین بود .

چیزی نگذشت که دولت لایحه ای را برای خلع سلاح عمومی به تصویب رسانید که تمام مردم و مجاهدین غیر نظامی باید سلاح های خود را بر زمین بگذارند . مجاهدین با این امر مخالفت میکردند و نمی خواستند اسلحه خود را زمین بگذارند .

آنها یک لشگر وطن دوست غیر نظامی بودند ، و دولت از آنها می ترسید . قرار بر این شد که دولت پول تفنگ های آنها را داده و مواجب عقب افتاده آنها را نیز بپردازد تا آنها تفنگ های خودشان را تحویل داده و خلع سلاح شوند . ولی دولت ناگهان برای خلع سلاح شدن مدت چهل و هشت ساعت وقت داد و با خیانت به ستار خان و نفوذ چند نفر از سربازان دولتی در باغ اتابک، که خود را قاطی مجاهدین کرده بودند وبا تیر اندازی و دادن شعار هایی از قبیل ما خلع سلاح نمیشویم استقامت میکنیم، تفنگ ما شرف ماست ، باعث شدند که ناگهان سربازان دولتی به باغ اتابک حمله نظامی کنند . حتی باغ اتابک را به توپ بستند و در تیر اندازی عده ای کشته و زخمی و کشته گردیدند، ستار خان در راه پشت بام بود که ناگهان تیری هم به پای او اصابت

کرد و او را زمین انداخت.

جنگ به ضرر مجاهدین تمام شد ، شاید حدود سی صد نفر کشته شدند و زخمی های فراوان روی زمین افتاده بودند . جنگ تقریبا خاتمه یافت و پس از رفتن قوای دولتی مردم عوام مخصوصا زنها برای کمک به مجروحین بداخل باغ اتابک ریختند تا به قشون ستار خان کمک کنند، عده زیادی از مجاهدین زخمی و یا کشته شده بودند .

اردلان میرزا هم آن روز در باغ اتابک بود و در جنگ شرکت داشت ولی خوشبختانه زخمی نشد . پس از زخمی شدن ستار خان ، جنگ آرام گرفت و تازه آنهایی که سالم بودند با یاری مردمی که خود را برای پشتیبانی ستار خان به آنجا رسانده بودند به کمک زخمی ها شتافتند. تعداد زخمی ها خیلی زیاد بود ، آنها را از روی زمین بلند میکردند و به اتاق ها میبردند تا طبیب ستار خان برسد و در مداوای آنها بکوشد. طبیبی که همیشه همراه ستارخان بود به کمک زخمی ها شتافت ،بعضی از زخمی ها در اثر خون ریزی در حال مرگ بودند . زنان مجاهد هم در این جنگ حضور داشتند و چند نفر از آنها کشته و یا زخمی شده و بقیه به کمک طبیب رفته و زخمها را می شستند و می بستند .

در میان زخمی ها پسر جوانی بود که تیر به بازویش خورده و خونریزی زیادی داشت ولی اجازه نمیداد که طبیب او را معاینه کند . طبیب بسوی زخمی دیگری رفت، شازده اردلان که به طبیب کمک میکرد بسوی او رفت تا ببیند که چرا آن سرباز بچه سال اجاره نمیدهد که طبیب کت او را از تنش در آورد تا زخم دستش را ببندد !!؟ ناگهان صورت آن سرباز را دید ، وای خدایا چقدر شبیه دختری بود که او در یک شب مهتاب در پشت بام خانه ای گم کرده بود ، سرباز داشت بیهوش می شد اردلان آهسته کلاه او را بالا زد و موهای او را دید!! ای وای خودش بود معشوق رویاهای او !! پس برای همین نمی گذاشت که طبیب او را معاینه کند . یعنی او در تمام این مدت در کنار دختر آرزوهایش بوده و خبر نداشته !! اردلان نمیدانست خوشحال باشد که او را یافته و یا ناراحت که او تیر خورده و امکان مردن او هست !! باید برایش کاری میکرد ، ناگهان تصمیم گرفت که او را به مطب دایی اردشیر ببرد .

دختر دیگر بیهوش شده بود ، اردلان با عجله کت او را از تنش در آورد و پارچه ای را محکم روی زخم او بست که بیشتر خون ریزی نکند و کت خودش را تن او کرد که کسی متوجه نشود او زن است . سپس او را روی دست گرفت و به باغ رفت ، دختر را روی اسب نشاند و خودش هم سوار شد و بسوی عمارت اردشیر میرزا تاخت . می ترسید که در اثر خون ریزی دختر بمیرد .

***

اردلان محکم به در بیرونی میکوبید ، یکی از نوکرها در را باز کرد اردلان با عجله به او گفت که در مطب دایی را باز کرده و دایی را فوراخبر کند. تا شازده اردشیر برسد او کت را از تن دختر در آورد و آستین لباسش را با قیچی پاره کرد ، کلاهش را برداشت و موهای زیبایش بدور سرش ریخت ، خدایا ، اگر او بمیرد اردلان هم خواهد مرد . در این موقع اردشیر میرزا وارد مطب شد به نوکر ها دستور داده بود که چند لاله به مطب بیآوردند ، ناگهان روی تخت معاینه چشمش به دختری افتاد مثل ماه که بیهوش افتاده بود پرسید:

" اردلان این که دختره ! ! مجتبی گفت سرباز زخمی آوردی ؟"

اردلان هراسناک گفت :" دایی بدادم برس ! نگذار از دستم بره اونه خودشه همون دختری که گفتم!! قاطی مجاهدین ستار خان می جنگیده"

شازده اردشیر با عجله وسایل جراحی را از توی قفسه در آورد و لاله ها را دور تخت چیدند ، دو تا از نوکرها را صدا کرد که کنار دستش باشند باید دست دختر را جراحی میکرد . شروع به کارکرد ، خدا را شکر گلوله به استخوان نرسیده بود ، بعد از در آوردن گلوله زخم را بخیه زد . دختر تمام این مدت بی هوش بود . اردشیر دور ور زخم را شست و به مجتبی گفت به سکینه خانم بگو یک دست لباس زنانه بیاورد . در اثر خون ریزی لباس او خیلی کثیف شده بود . اردلان میرزا در تمام این مدت کنار اردشیر بود و به او کمک میکرد و در دلش هر چه دعا بلد بود میخواند . سکینه خانم با یک دست لباس و آفتابه لگنی وارد شد ، وقتی دختر را دید که بیهوش است به مجتبی گفت که برود و یک کنیز دیگر

را هم بیاورد ، خودش به تنهایی قادر نبود لباس او را عوض کند . اردشیر به اردلان که بالای سر دختر ایستاده بود اشاره کرد که اتاق را ترک کند . او آنقدر محو تماشای دختر بود که متوجه نبود که کنیز ها میخواهند لباس او را عوض کنند و مرد ها نباید در اتاق باشند .

***

ساعتی بعد شازده اردشیر و اردلان میرزا توی حیاط بیرونی نشسته و چای میخوردند . اردشیر میخواست بداند که چه اتفاقی افتاده و چه بر سر ستارخان آمده !! اردلان همه چیز را تعریف کرد و از خیانت دولت گفت و ادامه داد :

" دایی پدر بزرگ درست میگفت ستارخان را برای برکناری از قدرت و شاید کشتن او به تهران دعوت کردند ، دایی جان نمیدونی چه قیامتی شد با توپ به باغ اتابک حمله کردند شاید سی صد ، چهار صد نفر کشته شده باشند .

اردشیر دستی به سرش کشید و گفت :" خدایا این چه حکومت ظالمی است که با مجاهدینی که برای آزادی این مملکت خون دادند چنین میکند !!"

بعد پرسید :" خوب بگو ببینم این همون دختری ست که مثل خواب یک شاعره ؟ اون توی باغ اتابک چکار میکرد؟"
اردلان آهی کشید و پرسید:

" دایی جان اول بگو ببینم خطر رفع شده !!؟ زنده میمونه ؟"
شازده دستی به پشت او زد و گفت :
"نترس عزیزم زنده میمونه ، منم برای همین اینجا نشستم که امشب در مطب بمانم و مواظب او باشم ، انشاالله تا صبح به هوش میاد اینقدر نگران مباش !خوب این دختر از کی جزء سرباز های مجاهده ! چرا تا بحال به من نگفتی ؟"
اردلان جواب داد :
" می بینی دائی جان این مدت مثل دیوونه ها نیمه شب ها روی پشت بام های مردم دنبال او میگشتم آنوقت او کنار خودم بود و من نمی دیدمش! دایی جان حتی نمیدونم اسمش چیه از کی آمده توی باغ اتابک   "

اردشیر میرزا گفت :" صبر داشته باش ، صبح همه چیز رو می فهمی "،

کنیزی که برای کمک به سکینه خانم آمده بود به کنار تخت آمد و خبر داد که لباس زخمی را عوض کرده اند و سکینه خانم آنجا مانده ، اردشیر میرزا از او تشکر کرد و با اردلان به مطب بازگشتند .

اردلان تا صبح روی یک صندلی کنار تخت او نشست گاهی سرش را به لبه تخت تکیه میداد و چرتی میزد ، شازده اردشیر هم در روی تخت دیگر مطب دراز کشیده بود که مواظب حال دختر باشد . دختر کم کم درد را احساس میکرد و به هوش می آمد ، از صدای ناله های او اردلان بیدار شد . دلش مالش میرفت که موهای او را نوازش کند، اما جرات این کار را نداشت . آهسته دستی به شانه دختر زد ، دختر چشم گشود و نیم نگاهی به او کرد و دوباره چشمهایش را بست . هنوز نمی فهمید که کجاست و چه بلائی بر سرش آمده . شازده اردشیر که صدای ناله او را شنید بلند شد و از توی قفسه داروها شربت آرام بخشی بیرون آورد و به اردلان گفت :

" سرش رو بلند کن تا از این شربت بریزم توی حلقش و گرنه تحمل درد رو نخواهد داشت "

اردلان به آرامی سر دختر را بلند کرد و دهان او را باز نمود و اردشیر دو قاشق شربت توی حلق او ریخت . اردلان سرش را به آرامی روی بالش گذاشت و دوباره کنارش نشست و به او خیره گشت . خدایا این کیست ؟ چطور ناگهان وارد زندگی او گشته ؟ آیا میتواند به این عشق اعتماد کند ؟ نکند نامرد داشته باشد ؟نکند از اردلان خوشش نیاید ؟ با خودش گفت آنقدر به او محبت خواهد کرد تا عاشقش شود . او از کی در باغ اتابک بوده ؟ سکینه خانم که در اتاق انتظار تا صبح مانده بود که اگر شازده اردشیر به او احتیاج داشت حاضر باشد از شنیدن صدای آنها بیدار شد و به داخل اتاق آمد و به اردشیر میرزا گفت :

" حضرت والا شما خسته شدید من اینجا می نشینم شما بفرمائید استراحت کنید "

اما اردشیر میرزا منتظر بود تا دختر به هوش بیاید و به اندرونی نرفت و اردلان هم کنار تخت نشست و منتظر بیدار شدن دختر بود تا چشمهای

او را ببیند ، او نمیدانست چشمهای او چه رنگی است همیشه او را با چشمهای بسته دیده بود .

آفتاب زده بود که دختر به هوش آمد و آهسته چشمهایش را باز کرد دستش خیلی درد میکرد، نگاهی به دور برش کرد . جوانی کنار تخت او خواب بود ، خدایا اینجا کجاست ؟ این مرد کیست که کنار تخت او خوابیده ؟ ناگهان متوجه لباس تنش شد ، چه لباس قشنگی تنش بود این که لباس او نبود !! کی لباس او را عوض کرده نکند این مردجوان!! زبانش را گاز گرفت خدا نکند که چنین اتفاقی افتاده باشد !! تازه یادش افتاد که در جنگ با سربازهای دولتی در باغ اتابک زخمی شده ،آیا اینجا یکی از اتاق های باغ اتابک است ؟ خواست از جایش بلند شود درد شدیدی در دستش پیچید و ناله اش را سر داد . از صدای ناله او اردلان بیدار شد و دید دختر میخواهد بلند شود با عجله شانه های او را گرفت و گفت :

" نه حرکت نکن دست تو رو عمل کردن .. آروم باش حالت خوبه!؟"

دختر که در اثر خون ریزی خیلی ضعیف شده بود بدون اینکه مقاومت کند دوباره روی تخت دراز کشید و پرسید:

" اینجا باغ اتابکه؟"

اردلان جواب داد :"نه .. اینجا مطب دایی منه !! نترس کسی توی باغ اتابک نفهمید که تو دختری ، من ترا آوردم اینجا دایی من دکتره از فرنگ آمده، دیشب گلوله رو از دستت در آورده "

دختر با خجالت پرسید :" لباس های من کو ؟ کی لباس من رو عوض کرده ؟"

در این لحظه سکینه خانم وارد اتاق شد ، دختر از دیدن یک زن خیلی خوشحال شد و با لبخندی به او نگاه کرد ،فهمید که آن زن لباسش را عوض کرده و دیگر دنبال حرفش را نگرفت . اردشیر میرزا هم بلند شد وبه کنار تخت دخترآمد . نگاهی به دست او کرد که عفونت نکرده باشد و سپس به کنیز دستور داد برای دختر صبحانه بیاورد . با خودش فکر کرد که دختر من هم باید همین سن و سال باشد !! خدایا اوالان

کجاست ؟ کاش هر کجا هست ، خوشبخت باشد ، نگاه این دختر چقدر شیرین است ، انگار با آدم حرف میزند ، سپس به دختر گفت :

" دخترم نگران مباش جای امنی هستی ، باید استراحت کنی ، تا اردلان ترا به اینجا برسونه خون زیادی از دست دادی ، تا چند روز باید استراحت کنی من طبیب هستم . اینجا مطب منه ، بعد از خوردن صبحانه کنیز ها کمک میکنند بری به اندرونی پیش خانم ها، گفتم اتاقی برات آماده کنند تا استراحت کنی خودم هم مرتب به تو سر میزنم ."

دختر با بی حالی جواب داد :

" ممنونم ولی تا شب میرم خونه خودمون "

شازده جواب داد:" نگران مباش ، زخم دستت که بهتر شد برو خونه خودتون ولی فعلا برای اینکه استراحت کنی برو اندرونی پیش خانم ها"

دختر کمی خیالش راحت شده بود، که جای امنی هست ، ولی او هیچوقت به خانه اشراف نرفته بود ، اندرونی ندیده بود ، قرار بود کجا برود؟ اندرونی کجاست ؟ از لباس های که به او پوشانده بودند می فهمید که باید خانه آدم اعیانی باشد . دو تا کنیز برایش صبحانه آوردند صبحانه مفصلی که او هیچوقت نخورده بود ، اما بی حال تر از آن بود که بتواند صبحانه بخورد، یکی از کنیز ها کنارش نشست و لیوان شیر را دم دهانش گرفت و بالاخره آهسته آهسته بیشتر صبحانه را خورد . دوباره دراز کشید . اردلان اتاق کناری نشسته بود، او تصمیم نداشت که هیچ کجا برود ، تا نفهمد که این دختر کیست . ساعتی بعد که حال دخترکمی بهتر شد شازده اردشیر دوباره به اتاق بازگشت و اردلان هم پشت سر او وارد شد . اردشیر میرزا از دختر پرسید:

" دخترم اسم تو چیه ؟ خونه ات کجاست تا یکی را بفرستم به خانواده تو خبر بدن حتما نگران تو هستند !!"

دختر نمیخواست کسی بدر خانه آنها برود چون پدر و مادرش ازاینکه او به باغ اتابک همراه زنان مجاهد رفته خبر نداشتند با عجله گفت :

" اسم من ناروک است ،.. لازم نیست به خانواده ام خبر بدهید بیشتر نگران می شوند، شب خودم میرم خونه "

اردشیر جواب داد :" باید چند روزی میهمان ما باشی تا مطمئن بشوم که زخم بازوت عفونت نکرده ! حالا سکینه خانم به تو کمک میکنه تا به اندرونی بروی ، بعد مثل اینکه چیزی فکرش را مشغول کرده باشد ناگهان پرسید ، ناروک اسم کجایی ست"

دختر جواب داد :" ناروک اسم افغانی ست "

قلب اردشیر تیر کشید ، خدایا این دختر افغانی است . بی نظیر هم از افغانستان آمده بود !!عجیب سرنوشت او و اردلان شبیه هم است خدا کند که عاقبت اینها خیر باشد.

دختر چاره ای جز اطاعت نداشت حتی نای راه رفتن را در خود نمیدید ! چگونه میتوانست به خانه برود! دو کنیز زیر بازوی او را گرفته و آهسته از تخت پائین آوردند و بسوی اندرونی بردند ، دختر به دور بر نگاه کرد جوانی که او را آورده بود نمی دید میخواست از او تشکر کند.

دو کنیز زیر بازوی او را گرفته و وارد اندرونی شدند ، ناروک تا بحال اندرونی ندیده بود!خانه آنها خیلی کوچکتر ازحیاط بیرونی بود!وقتی وارد اندرونی شد ، چشمش به یک کاخ افتاد ، چه عمارتی مثل قصر های توی قصه ها بود که مادرش براش میگفت ، با درهای قشنگ شیشه های رنگی حوض بزرگ پر از ماهی های قرمز ، بی اراده ازکنیز ها پرسید:

" اینجا کاخ شاهه ؟ یعنی من توی کاخ هستم ؟"

سکینه در دلش خندید ، بیچاره تا به حال عمارت ندیده جواب داد:

" نه عزیز جان اینجا عمارت شازده حسام الملک است عمو زاده شاه فقید "

ناروک به در و دیوار نگاه میکرد ، اینجا مثل یک شهر بود ، به اندازه یک محله فقط نوکر و کنیز اینجا در حال آمد و رفت بودند . خانمی که لباس بسیار زیبائی پوشیده بود و نیم تاج مرصّع بر سر داشت روی

پله ها ایستاده بود ، معلوم بود که در جوانی خیلی زیبا بوده ، این خانم ابتهاج السلطنه همسر حسام الملک بود . سکینه آهسته به دختر گفت که تعظیم کند ، ناروک با اینکه درد داشت ولی سرش را به علامت تعظیم فرود آورد ، انگار پایش را به شهر پریان گذاشته بود! یعنی اینجا تهران است!! پس آنجا که آنها زندگی میکنند کجاست؟ ، خانم ابتهاج السلطنه لبخندی زد و گفت :

" سکینه اتاق پنج دری را گفتم آماده کنند ، ببرید ش آنجا "

او را به طرف اتاقی بردند ، چه راهروهای بزرگی به اندازه چند تا اتاق طول و عرض داشتند ، در اتاق پنج دری یک تخت بود و یک میز کوچک و یک صندلی مخملی ، چند تا پنجره با شیشه های رنگی و چند طاقچه که در روی آنها لاله های قشنگی گذاشته بودند . کنیز ها او را روی تخت گذاشتند و ملافه سفید گل دوزی شده رویش کشیدند سکینه گفت :

" شازده اردشیر فرمودند که باید بخوابی این کنیز اسمش غزاله پیش تو میمونه هر چی لازم داشتی به او بگو "

ناروک با وجود اینکه خیلی درد داشت اما نمیتوانست از فکر کردن به جلال و شکوه این عمارت خود داری کند ، با خودش میگفت :

" اگر اینها آدم هستند و این خونه است پس ما چی هستیم و کجا زندگی میکنیم !!؟ مردم بیچاره توی خیابون ها برای یه لقمه نون گلوله میخورند ، آنوقت اینجا این همه کنیز و غلام ریخته که خدمت به اینها کنند"

***

آنروز را ناروک در خواب بیداری گذراند ،سر شب دیگر کاملا هوشیار بود که اردشیر میرزا به دیدن او آمد دستش را معاینه کرد ، و دستورهایی به کنیز ها داد کنار تخت ناروک نشست میخواست بیشتر در مورد او بداند چون اردلان سخت عاشق او بود . به دختر نگاه میکرد، چه نگاه معصومی داشت ، چقدر زیبا بود بی اختیار او را بیاد بی نظیر می انداخت ، و خاطره روزهایی که در عمارت امیر خان بودند را در او زنده

میکرد . با آرامش از ناروک پرسید:

'' دخترم چند سالته ؟ در باغ اتابک چکار میکردی ؟بنظر خیلی بچه سالی؟''

ناروک از رفتار پدرانه او خیلی خوشش می آمد و جان خودش را مدیون او میدانست بی اختیار پرسید:

'' آقا شما شاهزاده هستین؟''

شازده اردشیر لبخندی زد و گفت :'' حالا چه فرق میکنه ، آره من شازده هستم :

دختر مثل بچه ها ذوق کرد و گفت :

'' آخه من تا بحال از نزدیک شاهزاده ندیده بودم !قصر شاهزاده هم ندیده بودم..همیشه فکر میکردم که شاهزادگان قاجار آدم های بد هستند اما شما خیلی آدم خوبی هستین !!''

شازده به سوال بچگانه او خندید ، او با این سن کم و این افکار بچگانه چطور قاطی مجاهدین بوده .

'' خوب حالا که هم شازده دیدی هم قصر شازده بگو ببینم تو کی هستی با این سن کمت چطور با مجاهدین بودی ؟''

ناروک جواب داد:

''حضرت شازده ..من شانزده سالمه ، بچه نیستم ، سواد هم دارم حافظ رو از حفظ هستم ، با انجمن نسوان همکاری میکنم و شبها شب نامه هایی را که خانم های انجمن مینویسند و به ما میدهند را در شهرپخش میکنم. همچنین چون نمیتواند این شب نامه ها را به چاپ خانه برای چاپ بفرستند! ما چند نفر که سواد داریم از روی آنها می نویسیم و در شهر پخش میکنیم . وقتی که ستار خان آمد و مورد بی لطفی دولت قرار گرفت ، زنان انجمن هم لباس مردانه پوشیدند و به باغ اتابک رفتند . من هم با آنها رفتم . پدر ومادرم نمیدونن که من در باغ اتابک بودم ، اما مادرم همیشه از شاهزادگان بد میگفت ! ببخشید که این رو میگم، میگفت که شازده ها آدم های خود پسندی هستند . با فعالیت

من در انجمن هم مخالفتی نمیکرد ، من بعضی از شب ها در انجمن می ماندم !یعنی بیشتر شبها یی که شب نامه پخش میکردیم آنجا می ماندیم تا صبح شود بعد به خونه می رفتیم ، برای همین نخواستم به خونه ما کسی رو بفرستید "

شازده بی اختیار پرسید:" چرا مادرت از شاهزاده ها بدش میاد؟"

ناروک جواب داد:" نمیدونم ولی همیشه آنها رو نفرین میکنه "

بعد دوباره به شازده نگاه کرد و ادامه داد :" ببخشید شما خیلی آدم خوبی هستید ، منظور مادرم شازده های بد است "

اردلان میرزا وارد اتاق شد و بحث آنها ناتمام ماند . اردشیر میرزا عشق را درچشمان اردلان می دید ، اردلان درست شده بود روزهای جوانی او وقتی که بی هیچ قید و شرطی عاشق بی نظیر شده بود . این عشق او را به کجا میبرد ؟!!؟ کاش می شد این دختر را بیشتر شناخت راستی چرا مادرش از شازده ها متنفر است !! چطور اجازه داده دختر به این جوانی چنین کارهای خطرناکی انجام دهد ؟برای شام آنها را صدا زدند و شام ناروک را هم آوردند . بعد از شام ناروک داشت میخوابید که سکینه خانم وارد اتاق شد . لباسهای او را شسته ، اتو کرده و آورده بود ، کنار تخت او گذاشت و گفت :

'' ناروک جان این پای زیب هم توی جیب کت تو بود ، رخت شوی پیدا کرده .''

ناروک ناگهان پای زیب خودش را شناخت ، این همان پای زیبی بود که یک شب در خواب جوان ناشناسی از پای او باز کرده و به جایش آن نامه قشنگ را برایش نوشته و گذاشته بود . او شبها قبل از اینکه بخوابد همیشه آن نامه را چندین بارمیخواند ، و چه شبها تا نزدیک صبح که ستاره ها یکی یکی در آسمان گم می شدند انتظار کشیده بود که شاید آن مرد باز گردد و او معشوق خیالی خود را ببیند!! این پای زیب در جیب کتش چه میکند؟ نگاهی به کت کرد ، این کت او نبود !! کت مردانه بزرگی بود و آستین ش هم سوراخ نبود که نشان دهد او تیر خورده !! از سکینه پرسید:" این کت مال منه ؟"

سکینه جواب داد :"وقتی من لباس ترا عوض کردم ، این کت هم خونی روی صندلی بود "

دل ناروک مالش رفت ، یعنی اردلان همان عاشق ناشناس او ست !! حتماً ..چون کت او سوراخ شده بود ، مطمئنا اردلان کت او را در آورده و کت خودش را تن او کرده !! خدایا یعنی این ممکنه ! چه جوانی ! چه قیافه مردانه ای ! یعنی او هم ناروک را شناخته ! برای همین او را به خانه آورده ! وای که چه اتفاق قشنگی ! چه عشق زیبائی !!اما او نباید بروی خودش بیاورد که اردلان را شناخته . اول اردلان باید به او اظهار عشق کند ،چقدر دلش میخواست که به اردلان بگوید که او را شناخته ولی خجالت می کشید . بعد ناگهان بیاد مادرش افتاد ، خدایا چرا مادر او اینقدر از شازده ها بدش می آید ، همه ی شازده ها که بد نیستند!! اگر او بفهمد که ناروک عاشق یک شازده شده اجازه میدهد که با او ازدواج کند ! ؟

این فکر ها خواب را از او گرفته بود ، از هیجان داشت دیوانه می شد چطور سرنوشت دست او را گرفته و گذاشته جلوی جوانی که هر شب او در خواب می دید ، خدایا عشق چقدر زیباست و دوست داشتن چقدر قشنگ است و دعا میکرد که عشق او عاقبت بخیر شود.

***

سه روزی گذشت ، ناروک خیلی خوش بود ، گاهی صدای خنده اش در عمارت می پیچید ، حال وهوای عمارت را عوض میکرد . شازده اردشیر غرق در گذشته و روزهایی که بی نظیر در خانه خواهرش بود می شد. وقتی اردلان را می دید که در گوشه و کنار عمارت در کنار ناروک خوش است و عشق به آنها لبخند میزند ، بیشتر نگران می شد. اردلان حتی به باغ اتابک باز نگشته بود که ببیند در آنجا چه خبر است !، عشق ناروگ مثل ریسمانی بر گردنش بود . شازده اردشیر این شعر را گاهگاهی در دلش زمزمه می کرد:

رشته ای بر گردنم افکنده دوست

میکشد هر جا که خاطر خواه او ست

معلوم نبود که خودش را میگوید و یا شازده اردلان را ! آنها را میدید که در عشق هم گم گشته اند و نمی دانند که این عشق به کجا خواهد انجامید ! سخت به فکر فرو میرفت.

آنروز شازده اردلان به همراه شازده اردشیر به باغ اتابک رفتند ، اردشیر میخواست زخمی ها را ببیند و اگر کاری از دستش بر می آید انجام دهد.

پس از رفتن آنها سکینه هم ناروک را به حیاط اندرونی آورد تا کمی هوای تازه بخورد . تازه روی تخت نشسته بودند که کالسکه شازده خانم افخم زمان دم در حیاط بیرونی نگه داشت . او به دیدن پدر و مادرش آمده بود. وقتی از حیاط اندرونی رد می شد چشمش به ناروک افتاد ، سکینه بلند شد و تعظیم کرد ، ناروک هم تعظیمی نشسته کرد و افخم زمان به درون عمارت رفت . از اینکه ناروک بلند نشد تا تعظیم کند کمی ناراحت شده بود و وقتی این را به ابتهاج السلطنه گفت ، او جواب داد ، او که کنیز نیست بیمار شازده اردشیر است . اردلان میرزا او را به اینجا آورده و جریان را برایش تعریف کرد . افخم زمان ناگهان بیاد عشق بی نظیر و اردشیر افتاد . با خودش گفت حالا نوبت به اردلان رسیده ، نکند آن قصه دوباره تکرار شود ! ای داد نکند که اردلان هم عاشق دختری مثل بی نظیر شده باشد ؟

از عمارت پدر مستقیم به عمارت حشمت زمان خواهرش رفت و جریان را برایش گفت ، حشمت زمان بر آشفت که مبادا پسر یکی یک دانه او با چنین دختری ازدواج کند !!و تصمیم گرفت فورا به این موضوع رسیدگی نماید و همراه افخم زمان به عمارت پدر رفت تا با چشم خودش ببیند . حشمت زمان و افخم زمان با هم تصمیم به فرستادن بی نظیر به افغانستان گرفته و بی نظیر را از عمارت بیرون کرده بودند! حالا دوباره دختر بی سرو پایی آمده بود تا همان داستان را با اردلان میرزا زنده کند .

آنها هیچوقت جریان عشق بی نظیر و اردشیر را به ابتهاج السلطنه نگفته بودند. آن زمان خواهر ها با هم تصمیم به آن گرفتند که بی نظیر را از زندگی اردشیر بیرون کنند ، حالا هم میخواستند ناروک را از زندگی اردلان دور گردانند . اما اکنون مجبور بودند که ابتهاج السلطنه

را در جریان بگذارند . او مخالفت کرد و میگفت ، این یک دختر بچه زخمی است که شازده اردشیر به او پناه داده !! ولی آن دو با لجاجت تمام میخواستند تا او را به خانه خودش بفرستند مخصوصا الان که اردلان اینجا نبود و مصمم بودند تا اردلان باز نگشته ناروک را به خانه اش بفرستند . بالاخره موفق شدند و ابتهاج السلطنه اجازه داد ولی نمیدانست جواب اردشیر را چه بدهد . او خانمی بسیار خوب ،مهربان راست گو ،خوش قلب و با شخصیتی بود و دوست نداشت که به اردشیر دروغ بگوید .

ابتهاج السلطنه نمیدانست که چگونه به ناروک بگوید که باید برود ، مخصوصا که ناروک با اخلاق خوب و صورت خندانش جای خودش را در دل همه باز کرده بود و این روزها به عمارت ساکت آنها روحی تازه دمیده بود و صدای خنده هایش در سقف های بلند عمارت می پیچید و منعکس می شد . چقدر دلش برای این دختر تنگ خواهد شد . ابتهاج السلطنه سکینه را صدا کرد و به او گفت که باید ناروک را به خانه اش بفرستند ولی او دوست ندارد که ناروک دلگیر شود . سکینه از رفت و آمد های افخم زمان فهمید که موضوع به شازده اردلان میرزا مربوط میشود،حتما فهمیده اند که اردلان میرزا او را به اینجا آورده !!!اما آنها چگونه پی به آن بردند؟ مسلماً خانم جان گفته !! ولی بروی خود نیاورد و به خانم گفت :

" خانم جان نگران نباشید به او میگویم که شازده اردشیر میرزا صبح قبل از رفتن به مجتبی پیغام داده که حال ناروک خوب است و او را به خانه اش بفرستید دل او را نمی شکنم "

خانم ابتهاج السلطنه خوشحال شد و دستور داد دو دست لباس و یک جفت گوشواره هم به او بدهد تا خوشحال از این خانه برود . سکینه هم از رفتن او به این صورت خیلی دلگیر شد . با خودش میگفت ، اینها حق ندارند برای کسانیکه در عمارت حسام ملک هستند تصمیم بگیرند . او هم متوجه اینکه شازده اردلان گوشه چشمی به ناروک دارد شده بود ،ولی مگر فقیر ها دل ندارند!!؟ تازه ناروک از تمام دختران شازده ای که او می شناخت زیباتر بود و کنیز هم نبود . حالا شاید از خانواده ثروت مندی نباشد ، اما از خوبی نظیر نداشت !! وقتی سکینه پیغام اردشیر میرزا را به او داد ، ناروک ناگهان اشکهایش سرازیر شد

چگونه شازده که همیشه به او دخترم میگفت بدون خداحافظی عذر او را خواسته و لااقل تا بازگشت خودش و شازده اردلان برای فرستادن او صبر نکرده بود!!یعنی اینقدر برایش وجود ناروک بی اهمیت بوده!!؟ سکینه اشکهای او را می دید ولی کاری از دستش بر نمی آمد، او در خانه شازده ها ظلم ها نسبت به زنان دیده بود . دو دست لباس قشنگ و یک جفت گوشواره فیروزه بدستور خانم جان برایش در بقچه ای گذاشت و به او داد ، ناروک که میدید چاره ای جز رفتن ندارد به سکینه گفت :

" میشه ازت یه خواهشی کنم؟"

سکینه سرش را بوسید و با چشم اشاره کرد که بگو و ناروک با گریه گفت :

" یه چیزی به تو بدهم به شازده اردلان میدی ؟"

سکینه که بغض گلویش را میفشرود سرش را به علامت بله تکان داد ناروک پای زیبی را که روز اول سکینه به او داد از جیبش در آورد و بدست سکینه داد و گفت :

" این رو به او بده خودش می فهمه "

سکینه او را در آغوش گرفت و بوسید . او می فهمید که در دل نازک ناروک چه میگذرد ، اما او فقط یک کنیز بود وکاری از دستش بر نمی آمد . او اجازه خواسته بود تا همراه ناروک تا خانه او برود !ولی افخم زمان گفته بود که مرجانه کنیز مخصوص خودش همراه ناروک و با کالسکه او خواهد رفت . افخم زمان می ترسید که مبادا اگر یکی از کنیزان عمارت پدرش با او برود برای اردلان نشانی او را بیاورد. باید او را چنان گم و گور میکردند که کسی او را نیابد.. وقتی ناروک سوار کالسکه شد ، سکینه با عجله به طرف مطب دوید و به مجتبی گفت با اسب کالسکه را تعقیب کند و ببیند که ناروک را کجا پیاده میکنند. مطمئن بود شازده اردشیر عصبانی خواهد شد . لااقل نشانی او را داشته باشد که اگر خواستند از او دلجویی کنند ویا اگر واقعا شازده اردلان عاشق او شده باشد! و از او نشانی ناروک را بخواهد او نشانی از ناروک داشته باشد ! شاید هم از دست دختران شازده حسام الملک

عصبانی بود . چون ناروک که خودش با این بی احترامی که به او امروز شد به اینجا باز نخواهد گشت ! پس برای احتیاط هم که شده او باید نشانی ناروک را داشته باشد.

دو خواهر بعد از فرستادن ناروک بیچاره ، نفس راحتی کشیده و به خانه های خود رفتند .

در تمام طول راه ناروک در کالسکه گریه میکرد ، چرا ناگهان به او گفتند که باید برود ، حتی آنقدر به او وقت ندادند تا با اردلان خداحافظی کند ! وقتی به در خانه ناروک رسیدند ، مرجانه بدون اینکه صبر کند تا کسی در خانه را بگشاید ناروک را پیاده کرده و به کالسکه چی گفت که راه بیفتد..

***

در باغ اتابک غوغایی بود، ستار خان را به جای دیگری منتقل کرده بودند ، مردم در حال حمل جنازه ها بودند ، آنقدر زخمی زیاد بود که امکان رسیدگی به همه آنها وجود نداشت . شازده اردشیر زخم زخمی ها را بررسی کرده و اگر میتوانست پانسمان آنها را عوض میکرد . با خودش مقدار زیادی وسایل و دارو آورده بود . بیشتر زخم ها عفونت کرده بودند ، یک طبیب علم قدیمی هم آنجا بود و از دیدن شازده اردشیر که دکتر تحصیل کرده فرنگ بود خیلی خوشحال شد . تا شب شازده آنجا ماند و کمک کرد ، و قول داد دوباره باز گردد . بیچاره مجاهدین این نباید عاقبت آنها می بود ،اما کدام تاریخ قدر قهرمانان گمنام خود را دانسته ، بخاطر همین هم در تمام دنیا آنها را بنام ، سربازان گمنام می شناسند.

***

اردشیر میرزا و اردلان شب خسته به خانه بازگشتند و به اندرونی رفتند شازده با اینکه خسته بود با خود گفت اول سری به ناروک بزنم بعد برای استراحت میروم . در اتاق پنج دری را باز کرد تخت مرتب بود و ناروک آنجا نبود . اردلان هم پشت سر او وارد اتاق شد ، آمده بود تا ناروک را ببیند ، ناگهان با جای خالی او روبرو شد . فریاد زد و سکینه را صدا کرد . سکینه سراسیمه به طرف اتاق پنج دری دوید ، با

خانم ابتهاج السلطنه قرار گذاشته بودند که به شازده اردشیر حقیقت را بگویند ولی به اردلان میرزا چیزی نگویند تا ببینند که اردشیر میرزا چه تصمیمی میگیرد . سکینه وقتی اردلان میرزا را دید، قدم آهسته کرد ، اردشیر میرزا با تعجب پرسید :

" سکینه خانم ناروک کجاست ؟"

سکینه نگاهی به اردلان کرد ، خدایا نمیخواست به شازده اردشیر دروغ بگوید ، ولی با وجود شازده اردلان چکار میتوانست بکند؟ بنابراین دروغی را که ساخته بودند و قرار بود بگوید ، گفت :

" قربان امروز پدر مادرش آمدند دنبالش و او را بردند !"

شازده اردلان با تعجب پرسید:

" آنها از کجا خبر شدند که او اینجاست ؟"

سکینه دنبال دروغی میگشت که بگوید که یکی از کنیز ها سر رسید و گفت :

"حضرت اشرف خانم ابتهاج السلطنه با شما کار دارند"

شازده اردشیر به طرف اتاق خانم جان رفت . اردلان کم مانده بود که قالب تهی کند ، او رفت بدون اینکه نشانی از خودش جای بگذارد ، بدون خداحافظی ، چرا !! چرا ناروک با او چنین کرد .

اردلان با عصبانیت از پله ها به پائین دوید ، یعنی عمر عشق او همین قدر بود ، کاش به او گفته بود که او همان کسی است که توی پشه بند عاشق ناروک شده ، کاش خیلی حرفها به او زده بود، چرا صبر کرد ؟ چرا به او نگفت که دوستش دارد ؟ لبه حوض نشست و مرتب مشت به آب میکوبید . سکینه به دنبال شازده اردلان از پله ها به پائین آمد ! او را دید که لبه حوض نشسته ، خیلی دلش برایش سوخت . چه مادر و خاله ی ظالمی دارد !!مگر ناروک چه کمی داشت که دلش را چنین شکستند !!چون قسم خورده بود که به او چیزی نگوید ، نمیتوانست حقیقت را بگوید ولی میتوانست دل او را شاد کند ،آهسته به کنار حوض رفت و به شازده اردلان گفت :

"شازده اردلان میرزا .. اینقدر تشویش نکنید ..او برای شما چیزی گذاشته تا به شما بدهم"

اردلان با خوشحالی بلند شد حتما نشانه خانه آنهاست ، و دستش را جلو آورد ، سکینه پای زیب را در دست او گذاشت و با عجله فرار کرد . اردلان ناگهان پای زیب را دید ، باورش نمی شد که ناروک او را شناخته باشد ، توی دلش قند آب شد !! پس او مجبور به رفتن شده و حتما باز میگردد . انگار تمام درهای بسته دنیا به روی او باز شدند ، او که میخواست سر بتن کسی نباشد شروع به خندیدن کرد .. مطمئن بود که ناروک باز میگردد ،برای چند لحظه احساس کرده بود که او را دوباره کم کرده ولی با دیدن پای زیب مطمئن شد که این عشق دو طرفه میباشد و ناروک هم او را دوست دارد و او را شناخته و باز میگردد.

شازده اردشیر به اتاق ابتهاج السلطنه رفت ، او همیشه به زن پدرش احترام میگذاشت و او را دوست داشت . حتما کار مهمی پیش آمده که او را احضار کرده است . چند ضربه بدر زد و داخل شد . ابتهاج السلطنه جواب سلام او را داد و با دست اشاره کرد که نزدیک او بنشیند و بعد از احوال پرسی ، پرسید:" شازده اردلان کو؟"

شازده جواب داد :" فکر میکنم توی حیاط است چیزی پیش آمده ؟"

ابتهاج السلطان با دست به کنیزی که دم در ایستاده بود اشاره کرد که بیرون برود و بعد آهسته تمام اتفاق امروز را برای او تعریف کرد ، رنگ از روی شازده پرید . خیلی عصیانی شد ! این چه رفتار وقیحانه ای بوده که خواهر های او کردند !!؟ ولی از اینکه زن پدرش بر خلاف خواسته خواهر ها حقیقت را به او گفته بود خیلی ممنون او شد . در این صورت او میتواند فعلا اردلان را آرام کند تا فکری در این مورد بکنند حالا دیگر مطمئن بود که بی نظیر را هم اینها از عمارت بیرون کردند. ابتهاج السلطنه پرسید:

" شازده اردشیر تو از این موضوع خبر داشتی ؟ یعنی واقعاً چیزی بین آنهاست ؟"

اردشیر جواب داد:

" شاید اردلان چنین فکری داشته باشد اما مطمئن هستم چیزی به ناروک نگفته بود ، از شما هم ممنونم که حقیقت را به من گفتید "

وقتی به حیاط رفت دید اردلان خیلی آرام روی تختی دراز کشیده و با چیزی در دستش بازی میکند ، به کنارش رفت ، اردلان با دیدن او بلند شد و اردشیر را در آغوش گرفت و با خوشحالی گفت :

" دایی جان او فهمیده که من همونم که پای زیبش رو دزدیدم او بر میکرده ببین این پای زیبی که فکر میکردم گم کردم ."

اردشیر از اینکه اردلان آرام است خیلی خوشحال شد ، لااقل او بی تابی نمیکند و این فرصت را به اردشیر میدهد تا در این باره تصمیم درستی بگیرد . سپس به اتاق خودش رفت . سکینه خودش را به او رساند و آهسته گفت :

"جناب شازده ، باید چیزی را به شما بگویم "

اردشیر ایستاد و به او نگاه کرد، یعنی چیز دیگری هم اتفاق افتاده سرش را تکان داد یعنی بگو و سکینه ادامه داد:

" ببخشید که جلوی شازده اردلان دروغ گفتم ، خانم جان فرموده بودند اینطور به او بگویم ، حتما خانم جان جریان امروز را برای شما گفتند فقط میخواستم عرض کنم که بی اجازه کاری انجام داده ام که باید خدمت شما عرض کنم "

شازده پرسید که چه کاری ؟ و او در جواب گفت :

" با اجازه شما وقتی ناروک را با کالسکه فرستادند من هم مجتبی را به دنبال آنها روانه کردم ، با خودم گفتم شاید شما بخواهید بدانید که او کجا زندگی میکند ولی به شازده اردلان چیزی نگفتم"

شازده از عاقلی او خوشش آمد و به او گفت کاری خوبی کرده ولی تاکید کرد که فعلا به اردلان چیزی نگوید .

***

نیمه شب بود که در حیاط بیرونی را بشدت میکوبیدند، کلید دار باشی بیدار شد ، می ترسید در را باز کند ، مشتی رضا پسر حاجی آقا که حالا مباشر حسام الملک بود هم از اتاقش بیرون آمد ، چه خبر شده که چنین در را میکوبند ، وقتی در را بازکردند ، دو مرد دم در بودند و یک دلیجان هم توی کوچه بود ، یکی از مردها که مسن تر بود با گریه گفت:

" ببخشید آقا جان دخترم داره می میره ، دخترم ، دخترم جانش در خطره گفتن اینجا یک طبیب فرنگ رفته هست ، ترا به آقا ابوالفضل صدایش کنید ، دخترم داره توی دلیجان می میره "

مشتی رضا به کلید دار باشی گفت که در مطب را باز کند و دختر را بدرون ببرند و بعد خودش به اندرونی رفت تا شازده اردشیر را خبر کند .

شازده با عجله خودش را به مطب رسانید ، دو مرد در اتاق انتظار بودند ناگهان یکی از آنها خودش را به پای اردشیر انداخت :

" آقا بدادم برس دخترم داره می زاد ، آقا جان خودش رو نجات بده بی هوشه ، بچه را ول کن ، خودش نمیره ، به زور نفس میکشه "

اردشیر وارد مطب شد یک زن حامله بی هوش روی تخت بود و دو زن دیگر هم کنارش بودند . به مجتبی دستور داد که چند تا چراغ به آنجا بیاورد و به سکینه هم بگوید که بیاید ، بعد جلو رفت و به معاینه زن پرداخت ! زنده بود ولی قلبش خیلی کم میزد ، ابتدا با دو دست بر روی قلبش چندین بار با فشار زد تا نفس دختر بازگردد و وقتی نفس هایش بهتر شد از زنها پرسید :" چند وقته دردش شروع شده ؟"

یکی از زنها که چادرش را در آورده و بالای سر دختر ایستاده بود جواب داد :

" آقا جان از دیشب ! من قابله هستم ، ولی دهانه رحم اون کوچکه و بچه هم با یک پا آمده "

شازده از دیدن آن زن خوشحال شد و به او دستور داد که چگونه مرتب روی قلب او بزند تا دختر نفس بکشد . سپس به معاینه زن حامله پرداخت . زن قابله کاملا درست میگفت باید بچه را می چرخاند . چراغ ها را آوردند ، اردشیر میرزا به سکینه گفت فورا مقدار زیادی آب داغ و ملافه تمیز برای او بیاورد . از مادر دختر خواست تا دوتا چراغ را روبروی پای دختر طوری بگیرد که او بتواند خوب ببیند . وسایل جراحی را از قفسه در آورد و ضد عفونی کرده و با قیچی دانه رحم را برید ، زن زائو فریادی از درد کشید همه خوشحال شدند که او درد را احساس کرد .

اردشیر سپس با دست سعی میکرد که پای بچه را بچرخاند ، پای بچه را با آرامش در دست گرفته و آهسته بدرون رحم میبرد یک ساعتی طول کشید تا بچه بدنیا آمد ، اما گریه نمیکرد . اردشیر او را با پا وارونه گرفت و چند ضربه به پشت او زد و ناگهان صدای گریه بچه بلند شد دو مردی که بیرون بودند سراسیمه بداخل دویدند ، از خوشحالی گریه میکردند . اردشیر بچه را به دست سکینه داد تا بشورد . از زن قابله خواست تا به او کمک کند ، سپس به بخیه زدن دهانه رحم زن جوان پرداخت.

ساعتی بعد زن جوان بچه اش را در آغوش گرفته بود ، اردشیر هم برای شستن سر وضع خودش به اندرونی رفت ، به سکینه گفت:

" به آشپزخانه بگو برای آنها صبحانه درست کنند، برای مادر بچه هم شیر ببرید "

قابله هم به حیاط اندرونی آمد و دست و صورتش را شست چون لباس او هم خونی شده بود سکینه یک دست لباس به او داد تا لباسش را عوض کند .

مادر و پدر و شوهر زن زائو دور او نشسته بودند و از خوشحالی در پوست خود نمی گنجیدند . وقتی اردشیر بازگشت پدر دختر خودش را روی پای او انداخته و از او تشکر میکرد . اردشیر او را بلند کرد و روی صندلی نشاند . آنها صبحانه خورده بودند ، زن زائو از خستگی به خواب رفته و بچه در بغل مادر بزرگش بود . زن قابله تعریف کرد که این دختر سخت زا میباشد ، دو بار هم قبلا حامله شده و بچه مرده

به دنیا آمده است . این بار هم از دیروز درد داشته اما وقتی قابله دیده که بچه با پا آمده به پدر او گفته اگر او را پیش طبیب فرنگ رفته که جراحی بلد باشد نبریم هر دو می میرند . یک همسایه از قبل به قابله در مورد اردشیر میرزا گفته بوده حتی نشانی اردشیر میرزا را هم به او داده که طبیبی از فرنگ برگشته و مردم را مجانی مداوا میکند . اردشیر میرزا به پدر و مادر دختر گفت :

'' دختر شما باید یکی دو روز اینجا بماند تا مطمئن شوم که زخمش چرک نکند، این خانم قابله هم اینجا میماند شما بروید کمی استراحت کنید و شب بر گردید ''.

سپس به زن قابله گفت که او به یک دستیار احتیاج دارد ، آیا میتواند برای او کار کند ؟ زن قابله از خدا میخواست که کنار دست یک طبیب فرنگ رفته کار یاد بگیرد و بلافاصله پذیرفت.

شوهر و پدر زن زائو رفتند ولی مادر او ماند تا کمک قابله باشد و از نوزاد نگهداری کند . سکینه به آنها گفت که بنوبت میتوانند در حیاط بیرونی کمی استراحت کنند . خدا را شکر حال مادر و بچه هر دو خوب بود . دختر جوان از شدت خوشحالی نمیتوانست بخوابد ، او که دو بار بچه اش را از دست داده بود باور نمیکرد که بالاخره پسرش را در آغوش گرفته است . اردشیر میرزا دو باره به او سر زد و مریض های دیگر را در اتاق بغلی دید .

عصر پدر و شوهر زن زائو آمدند ، یک خوانچه شیرینی هم برای نوکر ها و کنیزان عمارت آورده بودند . اول جلوی اردشیر میرزا گرفتند و بعد به بیرونی بردند تا بین کنیز ها و نوکر ها قسمت کنند . البته شازده از این کار زیاد خوشش نیامد ولی خوب آنها دل شاد بودند و میخواستند شیرینی قسمت کنند ، شازده نخواست که دل آنها را بشکند به آنها گفت :

'' بهتره خوانچه را ببرید بیرون و بین مردم و فقرا قسمت کنید همین مقدار برای شیرین کردن دهان نوکرها کافی است ''

پدر دختر دوباره دلا شد و دست شازده را بوسید وقتی سرش را بلند کرد حالا توی نور صورت شازده را خوب می دید ، ناگهان رنگش پرید و با

وحشت و قیافه ای پر از سوال پرسید:

" شما شازده اردشیر میرزا هستید ؟"

شازده از قیافه او جا خورد ، چرا او چنین وحشت کرده؟ و جواب داد :

" بله!! چطور مگر"

ناگهان مرد به روی پاهای او افتاد و با دست به سر و روی خودش می کوبید وبا گریه فریاد میزد :

" شازده مرا ببخش ، شازده مرا ببخش ، خدا مرا بکشد ، خدا دستهای مرا قطع کند ، شما فرشته هستید ، دختر مرا از مرگ نجات دادید! آنوقت من آنقدر به شما ظلم کردم ، خدا چگونه مرا می بخشد ، الهی خدا مرا بکشد "

و محکم توی سر و صورت خودش میزد . شازده دلا شد و او را از زمین بلند کرد ، مرد همچنان اشک میریخت و خودش را میزد . شازده او را روی صندلی نشاند و به دقت به صورت او نگاه میکرد ، یادش نمی آمد که او را جائی دیده باشد ، او را آرام کرد و گفت :

" تو کی هستی ؟ چه ظلمی به من کردی ؟"

مرد صورتش را با دست پوشانده بود و همچنان گریه میکرد و مرتب میگفت :

" خدا لعنت کند شازده نواب گور به گور شده رو بخدا هر کار کردم بدستور او بود.. خدا شاهده تقصیر او بود"

شازده از شنیدن اسم شازده نواب تکانی خورد ، همان شازده ای که او را به محبس انداخته بود ، خوب که به صورت مرد نگاه کرد او را شناخت مطمئن بود که زندان انبار شاهی او را دیده است !! یعنی ممکن است او به رازی که در این چند سال یک آن او را رها نکرده بود پی ببرد و بفهمد که چرا شازده نواب او را به زندان انداخته بود !!؟ توی مطب نمی شد حرف زد ! دست مرد را گرفت و او را به حیاط بیرونی برد و از مشتی رضا خواست تا برای او آب بیاورد و بعد که مرد کمی آرام شد پرسید:

" خوب حالا بگوببینم..که تو کی هستی و دشمنی شازده نواب با من چه بود و چرا آن بلا ها را بر سر من آورد؟"

مرد پرسید :" شازده مرا نشناختی ؟"

شازده جواب داد :" قیافه ت برام آشناست توی زندان دیدمت اما اسمت یادم نیست"

" شازده منِ بد ، من خبیث ، من بی وجدان ، منِ بی رحم ، منِ بدبخت یاور قلی هَستم که ترا آنقدر شکنجه کردم"

شازده به صورت او نگاه کرد ، درست است ، خود او ست!! کمی پیر تر!!و چاق تر !! یعنی واقعا او دیشب دختر کسی که آنقدر او را شکنجه کرده بود نجات داده!!؟ چه روز و شب هایی را درآن زندان مخوف گذرانده بود هنوز پوست کف پایش بخاطر سوختگی های روی شمع به رنگ طبیعی باز نگشته بود . هنوزگاهی شب ها کابوس می دید ، یعنی این مردی که در مقابل او زانو زده همان دژخیمی بود که او را چنان زجر میداد !!؟چگونه دیشب برای دختر خودش اشک میریخت !!ولی با چه بی رحمی عزیزان مردم را به تیر و چرخ می بست ! یک لحظه از کار دیشب خودش پشیمان شد ، اما بعد با خود گفت من طبیبم وقسم خوردم برایم فرق نمیکند !شاید خدا این مرد را فرستاده تا من رازی را که تمام این مدت به دنبالش بودم بفهمم، کنار او نشست و گفت:

"گذشته ها گذشته ، حالا درکمال آرامش از اول بگو ببینم این شازده نواب کی بود و چه از جان من میخواست؟"

و یاور قلی چنین گفت :

" جناب شازده.. والله من نمیدانم ازکجا شروع کنم ؛ نمیدانم با شما چه دشمنی داشت ؟ولی چیزهایی را که میدانم بعد ها از سربازی که به او نزدیک بود شنیدم ، شازده نواب نوه دختری ناصرالدین شاه بود و خیلی به کامران میرزا نزدیک ، او شازده عیّاشی بود ، برای خودش حرم سرا داشت ،دختر های زیبای شهر را برایش میدزدیدند و به زور شلاق به حرم سرای او می آوردند . آنهائیکه می پسندید در حرمسرا نگه میداشت ، بعضی را هم بعد از چند روز از حرمسرا بیرون میکرد

آنها توی خیابانها ول می شدند، و یا همراه گوهر تاج کار میکردند. گوهر تاج را میشناختین؟ زن رقاصی بود که برای شازده ها دختر پیدا میکرد به بهانه رقص به خونه های مردم میرفت و دختران بیچاره را برای شازده ها انتخاب میکرد و نشانی آنها را به شازده ها میداد. یکی از شازده ها که گوهر تاج خیلی به او نزدیک بود همین شازده نواب بود ، من همه این چیز ها را بعد از مرگ او فهمیدم . هیچکس جرات نداشت از او شکایت کند چون کامران میرزا او را خیلی دوست داشت او کاری بجز شراب خواری و خوش گذرانی با زنها نداشت ، و بیشتر این دختر ها را هم گوهر تاج وقتی به خانه اعیان و اشراف میرفت برایش پیدا میکرد .

قصه گرفتاری شما را بعدها سربازی که همیشه با او بود برای من گفت. البته مدتها بعد از مرگ شازده نواب و آزادی شما! از قرار معلوم گوهر تاج برای جشنی به خانه یک تاجر افغانی دعوت می شود آنجا یک دختر رقاصه هندی که خیلی هم زیبا بوده می بیند که رقص جالبی را برای زنان اجرا میکند . گوهر تاج از او کینه بدل میگیرد که این دختر از هندوستان آمده تا نان او را آجر کند! تصمیم میگیرد او را به شازده نواب معرفی نماید و بدین وسیله از او انتقام بگیرد. روز بعد خبر پیدا کردن این دختر را به شازده میدهد . شازده نواب برای دیدن دختر هندی بی تاب میشود . هفته بعد هم گوهر تاج قرار بوده به همان عمارت برود و این بار شازده نواب جزو خدمه گوهر تاج با لباس مبدل به آن جشن میرود و دختر هندی را در حیاط می بیند ، و سخت به او دل می بندد . قرار بر این میشود که گوهر تاج دختر را زیر نظر بگیرد و وقتی دختر آن عمارت را ترک میکند گوهر تاج او را برای شازده نواب ببرد . اما ناگهان دختر گم میشود ، و سپس قتل ناصرالدین شاه پیش می آید و بعد از تمام شدن آن جریانات ، شازده نواب دوباره یکی را بدنبال گوهر تاج میفرستد و دختر را از او میخواهد . گوهر تاج پس از دادن کیسه های زر به یکی از کنیزان آن عمارت میفهمد که شما آن دختر را در یکی از املاک خودتون پنهان کردید . در مورد شما تحقیق میکند و می فهمد که شما با مشروطه خواهان رفت و آمد دارید و به این بهانه دستور دستگیری شما را بطور پنهان نه دستور عمل رسمی به سربازانش میدهد.

برای پیدا کردن آن دختر دستور دستگیری و آوردن شما را به محبس

انبار شاهی میدهد. وقتی شما را آوردند آنجا به ما گفتند که شما جزء طرفداران میرزا رضا کرمانی هستید و باید در مورد او از شما تحقیقات بشود !ولی بعد از چند روز شازده نواب کسی را بدنبال من فرستاد و به من گفت که شما را آنقدر شکنجه کنیم تا بگویید که دختر هندی را کجا پنهان کردید ، و بالاخره در زیر شکنجه شما نشانی یک خانه را در شاه عبدل العظیم دادید و من نشانی را بوسیله سرباز مورد اعتماد شازده نواب برای او فرستادم .

او همان سرباز را برای آوردن آن دختر هندی به آن نشانی میفرستد ، و سرباز آنها را اسیر کرده . با دست و چشم بسته به سیاه چال عمارت نواب میرزا میبرد . چیزی از این جریان نگذشت که خبری همه جا پیچید که یک شب وقتی شازده نواب مست از یک میخانه یهودي به عمارت خودش میرفته در گذر لوطی عباس که چند ماه پیش از انجا دختری را ربوده بوده ، بوسیله لوطی های محل احاطه میشود ، او و سربازی که همراه او بوده بشدت زخمی میشوند . گزمه ها سر میرسند و لوطی ها فرار میکنند ، شازده را به خانه مادرش میبرند ، و طبیب خبر میکنند اما زخمهای او خیلی عمیق بوده و بالاخره بعد از حدود سه هفته او میمیرد . مادرش که همیشه از کارهای او احساس شرمندگی میگرده و می دانسته که بدستور او خیلی ها زندانی هستند ولی کاری از دستش بر نمی آمده ، پس از مرگ او ، کامران میرزا را احضار میکند و به او دستور میدهد که هر کس را که بدستور نواب گرفته اند باید آزاد کنند.

سربازی که آن دختر هندی را اسیر کرده و در سیاه چال عمارت خود نواب زندانی کرده بوده وقتی خبر آزادی زندانی هایی را که نواب به زندان انداخته را میشنود، به فکر زنان اسیر در سیاه چال عمارت شازده نواب می افتد و به خدمت شازده خانم مادر نواب میرود و جریان چند زن هندی در بند را برای او میگوید و شازده خانم دستور میدهد بدون هیچ توضیحی زنان هندی را آزاد کنند . البته همه این چیزها را من بعد ها فهمیدم . وقتی از زندان انبار شاهی به اداره تامینات منتقل شدم آن سرباز زیر دست من کار میکرد و همه این چیز ها را آنوقت برایم تعریف کرد !باور کنید از کارهای خودم شرمنده هستم مدت هاست دیگر مستنطق نیستم ، اما امروز من شرمنده این جوان مردی شما شدم ."

شازده داشت دیوانه می شد!! دیگر به بقیه حرفهای او گوش نمیکرد !! تمام آن همه عذاب زندان ، آن همه شکنجه ، گم شدن بی نظیر ، برای این بوده که یک شازده عیّاش عاشق بی نظیر شده ؟ ای کاش روی تیر مرده بود و نشانی خانه بی نظیر را نمیداد؟ چطور وقتی بهوش آمد این یادش نبود ؟ خدایا او بدست خودش گور بی نظیر را کنده بود ؟ آیا بی نظیر هیچوقت این راز را فهمیده ؟؟ خدایا چه بر سر بی نظیر در آن هنگام آمده !! او را در سیاه چال زندانی کردند !!؟ شاید شکنجه هم شده باشد !! حتما مرض سل را در سیاه چال گرفته !! در زندگی او چه اتفاقاتی افتاده که خودش هم خبر نداشته !!؟ بیچاره بی نظیر چه روزهایی را گذرانده . خدا لعنت کند زنهایی مثل گوهر تاج را، که برای خوشحال کردن شازده ها دست به چنین کارهایی میزنند . یاور قلی هنوز حرف میزد ولی شازده اتابک حتی صدای او را نمی شنید . او فکر میکرد پس از گم شدن او بی نظیر از تهران رفته !! حالا میفهمید که چه بلاها بر سر او آمده !! شاید وقتی از زندان آزاد شده بی نظیر هنوز در سیاه چال شازده نواب بوده ؟؟ وای خدایا از کجا حقیقت را بفهمد باید بیشتر بداند ، باید بداند در زندان بر بی نظیر چه گذشته ، شاید رد پایی برای پیدا کردن دخترش پیدا کند و از یاور پرسید:

" یاور قلی تو هنوز با سربازی که این داستان را برایت گفته ارتباط داری ؟ میخواهم او را ببینم ! این شازده زندگی من رو داغون کرد میخواهم همه چیز رو بدونم میتوونی او رو برایم پیدا کنی ؟"

یاور قلی فکری کرد و گفت :

" به روی چشمم حضرت شازده میدونم که کجا کار میکنه سعی میکنم و او را به خدمت شما بیاورم "

شازده به اندرونی رفت ، سرش درد گرفته بود ، چه داستان ها اتفاق افتاده و او بی خبر بوده ، بیچاره بی نظیر حامله در زندان بوده !! بعد هم بیماری و مرگ !! کاش بتواند دخترش را بیابد که لااقل آخرین آرزوی بی نظیر را بر آورده کند .

***

چند روزی گذشت ، اردلان در انتظار بازگشت ناروک بود و مرتب به

عمارت پدر بزرگ می آمد شاید خبری از او بشود ، دختر یاور قلی هم همراه نوزادش به خانه رفته بود ، شازده اردشیر سر در گریبان این معما ها و در انتظار بازگشت یاور قلی بود تا جواب سوال های خودش را بیابد . یک روز صبح مشتی رضا به او خبر داد که یاور قلی به همراه مرد دیگری در بیرونی به انتظار او نشسته است . شازده فورا به حیاط بیرونی رفت ، یاور به همراه مردی در روی تخت نشسته بودند با دیدن او بلند شده و سلام کردند . یاور گفت:

" حضرت شازده این صمد سربازی است که در آن زمان در خدمت شازده نواب بوده ، آوردم خدمت شما"

شازده جواب سلام آنها را داد و کنار آنها روی تخت نشست و پس از احوال پرسی از صمد خواست تا جریان دستگیری زنان هندی را برای او بگوید .

یاور قلی به صمد گفته بود که بدون هیچ ترسی همه چیز را تعریف کند، چون شازده اردشیر انسان بسیار خوبی است و کاری به او ندارد فقط میخواهد واقعیت را بداند و صمد چنین گفت :

"قربان والله بنده مامور بودم و معذور ،میدیدم که شازده نواب چه ظلمها میکند اما مجبور بودم ساکت بمانم ، از ترس جانم چون هر کس با او مخالفت میکرد گردنش را میزدند! روزی که یاور قلی یک یاداشت به من داد تا به دست شازده نواب برسانم ، شازده نواب پس از خواندن یاداشت !! یک نشانی در شاه عبدل العظیم را به من داد و گفت با یک کالسکه و دو سرباز شبانه به این خانه میروی و هر کس که آنجاست به عمارت من میاوری اگر استقامت کردند به آنها دست بند و دهن بند میزنی که کسی خبر نشه . ما هم رفتیم یک زن میان سال در را بروی ما باز کرد ، من گفتم شما باید با ما بیایید ، زن گفت شما کی هستید؟ از جان ما چه میخواهید ؟ من گفتم از طرف شازده آمدیم شما را ببریم . آنها راضی نشدند ، داد و بیداد کردند ما هم برای اینکه همسایه ها خبر نشوند به آنها دهن بند زدیم و سرشون گونی کشیدیم و دستشان را هم با طناب بستیم و آنها را انداختیم توی کالسکه و بردیم عمارت شازده نواب . شازده در زیر زمین عمارت خودش یک سیاه چال داشت که کسانیکه کاری خلاف میل او میکردند و نمیخواست به

زندان عمومی بفرستد در آنجا زندانی میکرد ، زنهای هندی را به سیاه چال بردیم . دست های آنها را به دیوار زنجیر کردیم و به کنیز مخصوص شازده گفتم که به آنها آب و غذا بدهد ، ، اما درست فردای آن شب شازده را در گذر لوطی عباس زدند و شازده در عمارت مادرش بستری شد ، و بالاخره فوت کرد .

مدتی گذشت و شنیدم که مادر شازده نواب دستور آزادی زندانی هایی که بدستور شازده نواب در بند بودند را داده ، من شب روز به ان زنان اسیر در سیاه چال فکر میکردم ! دلم خیلی برایشون میسوخت و از اینکه من آنها را اسیر کرده بودم سخت پشیمان شده بودم . یک روز به عمارت شازده رفتم و از کنیز مخصوص او پرسیدم که با آن زنهای هندی چکار کرده اند و آیا زنها هنوز در سیاه چال هستند ؟گفت بله دستوری برای آزادی آنها نیامده ! من با اینکه سربازی بیش نبودم اما دل به دریا زدم و به عمارت شازده خانم مادر شازده نواب رفتم و اجازه ملاقات با خود شازده خانم را خواستم !! البته اول اجازه نمیدادند ولی وقتی گفتم در مورد شازده نواب است مرا بحضور پذیرفتند وبرای ایشان تمام داستان را تعریف کردم و گفتم که هنوز آن زنها در سیاه چال عمارت شازده نواب زندانی هستند ،او خیلی ناراحت شد . او واقعاً زن خوبی بود و شرمنده ظلم هایی که پسرش به مردم کرده بود. او مباشر خودش را همراه من به عمارت شازده نواب فرستاد و زنان هندی را آزاد کرد بیچاره ها با لباس های پاره که شاید موش جویده بود سر وضعی بسیار رقت انگیز، زخمی و خونی ، از سیاه چال بیرون آمدند، کنیز فقط به آنها چادر داد که بپوشند و بروند ، از آن به بعد از آنها خبر ندارم "

شازده اردشیر چشم هایش را بسته بود و به پهنای صورتش اشک میریخت و این صحنه ها را در مقابل چشمانش مجسم میکرد . خدایا چه چیز ها بر سر بی نظیر آمده ، آیا آن زمانی که اردشیر آزاد شد بی نظیرهنوز در سیاه چال بوده ؟آیا با هم آزاد شدند ؟ آیا اگرکسی را در آن خانه میگذاشت تا اگر بی نظیر باز گشت به او خبر بدهد از این جریانات مطلع می شد!!؟ و بی نظیر را به عمارت می آورد !!چرا اینقدر زود از یافتن او مایوس شد!!؟ چرا فکر کرد که به افغانستان بازگشته اند؟شاید اگر بازهم دنبال او میگشت پیدایش میکرد؟ حتما بی نظیر شازده را مقصر همه این مشکلات می دانسته و برای همین در

نامه اش نوشته که او بی انصاف است!! سرباز گفته به امر شازده آنها را زندانی کرده !! نکند که بی نظیر فکر کرده که او دستور دستگیری آنها را صادر کرده!!؟از صمد پرسید:

" به آنها گفتی از طرف کدام شازده آنها را زندانی کرده اید ؟:

صمد سری تکان داد و گفت :

" یادم نیست قربان ولی اصلا اسم شازده را نبردم ، فکر میکردم که آنها شازده را می شناسند !!"

شازده از شنیدن این حرفها در هم ریخت ، اگر سرباز نگفته باشد از طرف شازده نواب آمده اند !خوب بی نظیر حتما فکر کرده که این سربازها از طرف او شبانه به خانه آنها حمله کرده و آنها را به اسیری گرفته اند .

کاری بود که انجام شده بود ، و دیگر راه بازگشتی نداشت اما همه این داستان ها هم کمکی برای یافتن دخترش به او نمیکرد ، خدایا چطور دخترش را بیابد !!؟

چند سکه به آن سرباز داد و او را مرخص کرد و بعد به اتاق خودش رفت تا کمی تنها باشد . تحمل این حرفها برایش بسیار سنگین بود و احتیاج به تنهایی و خلوت با خودش را داشت .

***

شازده اردلان میرزاسخت از دوری ناروک رنج می برد ، هر روز صبح به امید خبری از او بیدار می شد ، به خانه پدر بزرگ می آمد و از همه یکی یکی می پرسید که از ناروک خبری شده یا نه ؟ هر چه میگذشت امید او کمتر می شد نکند که او هرگز باز نگردد؟ نکند پای زیب را برای این به سکینه داده تا او دنبالش برود ؟ اما کجا ؟ بعضی از شبها به محله ای که فکر میکرد خانه او در آنجاست میرفت . شبها به روی پشت بام ها راه میرفت که شاید او را پیدا کند. یکبار سه نفر او را گرفتند و کتک زدند ، با التماس گفت :

"بیماری خواب رو دارم و گاهی شب ها توی خواب راه میرم "

بالاخره آنها او را ول کردند و از پشت بام به پائین آمد . تا صبح در کوچه ها راه رفت . صبح به خانه حسام الملک رفت میدانست که اگر بتواند خبری بدست بیاور فقط آنجاست !! اما کسی جز سکینه و خانم ابتهاج السلطنه خبر نداشت که ناروک چرا و چگونه رفته است. کنار حوض نشسته بود ، سکینه بسویش آمد ، متوجه شد که سرو صورت او کبود است ؛ شازده اهل دعوا نبود با تعجب پرسید :

" خدا مرگم بده شازده صورتتون چی شده ؟"

شازده از بچگی سکینه خانم را دوست داشت بیشتر از کنیز های عمارت خودشان چون او مثل مادر بزرگ مهربان بود ، بی اراده جواب داد:

" چی بگم سکینه خانم ،از تو که پنهان نیست ، میدونم از عشق من به ناروک خبر داری ، دارم دیوونه میشم ! دیشب رفتم روی پشت بوم های که فکر میکنم نزدیک خونه آنهاست، یعنی فکر میکنم آنجا باید خونه اونا باشه ، جایی که برای اولین بار ناروک رو دیده بودم .دو سه تا مرد فکر کردند برای چشم چر انی به بام خونه آنها رفته ام ، مرا گرفتند و کتک زدند ! خدا رو شکر ولم کردند"

سکینه خیلی دلش برای او سوخت به حیاط آشپزخانه رفت و مقداری نمک را توی دستمالی ریخت و دستمال را گرم کرد و آورد روی کبودی های صورت او گذاشت و بی اراده گفت:

"شازده اردلان .. حالا که شازده خانم به این وصلت راضی نیست توهم ناروک را فراموش کن "

اردلان ناگهان از جایش پرید و پرسید:

" کی رو میگی مادرم؟؟ یا مادر بزرگ؟"

سکینه یکی زد توی سر خودش ، ای داد چه دسته گلی به آب داده بود اما شازده ول کن نبود ، بالاخره سکینه او را قسم داد که از او نشنیده بگیرد و بعد همه جریان آنروز را برایش گفت .

شازده اردلان از خوشحالی در پوست خودش نمی گنجید یعنی او الان

نشانی ناروک را دارد!!؟ اما ازکار مادر و خاله خود خیلی عصبانی شد یعنی آنها اینقدر خود خواه هستند که بدون در نظر گرفتن احساسات او چنین تصمیمی درباره زندگی او بگیرند !!؟ آنها حق نداشتند با ناروک چنین رفتاری کنند !! چقدر به او بی حرمتی شده که حتی اجازه ندادند تا با شازده اردلان و شازده اردشیر خداحافظی کند . مادرش باید جواب پس بدهد که چنین بی رحمانه با آن دختر نازک ترازگل رفتار کرده.

بلند شد تا به عمارت خودشان برود و با مادرش حرف بزند ! او حق نداشت که در زندگی او چنین مداخله ای بکند . اما سکینه او را آرام کرد و گفت که مجتبی نشانی خانه ناروک را بلد است ، فعلا برود ناروک را پیدا کند بعد در مورد اینکه با مادرش چگونه در میان بگذارد اول با شازده اردشیر صحبت کند آن وقت با مادرش حرف بزند . آنقدر گفت تا شازده را آرام کرد . حق با سکینه بود ، فعلا باید برود و ناروک را پیدا کند و از دل او در بیاورد . همانطورکه سکینه میگفت بهتر است که مادرش نفهمد که او همه چیز را میداند چون نشانی خانه ناروک را بلد هستند ممکن است بلائی بر سر او بیاورند . فعلا دیدن ناروک از هر چیزی مهمتر بود ، بیچاره ناروک چقدر از این بی حرمتی ناراحت شده ، اردلان تصمیم گرفت همان لحظه به خانه ناروک برود سکینه به او گفت :

" شازده اردلان .. صبر کن بهتره با لباس معمولی به محله آنها بروی چون اینجوری زود شناخته می شوی ، از قرار معلوم مادر او هم زیاد از شازده ها خوشش نمی آید ، "

شازده اردلان با خودش گفت این سکینه خانم چقدر مهربان است ، از مادر دل سوز تر است ، پرسید:

"سکینه خانم چطور برم دم خونه اونا ؟ که مادرش عصبانی نشه ؟"

سکینه خانم یک دست از لباس های نوکر ها را آورد ، قبای بلند از پارچه ای راه راه ، یک پیراهن متقال ، یک شال کمر با یک کلاه نمدی و او را به یکی از اتاق ها برد تا لباس خود را عوض کند ، بعد مقداری ظروف چینی که دیگر بدرد خانه شازده نمیخورد و سالها بود که در زیر زمین عمارت گرد و خاک میخورد را لای پارچه پیچید و توی یک خورجین گذاشت و به او گفت:

" میری توی محله آنها و داد میزنی آهای کاسه بشقاب چینی دارم ، رخت کهنه ، لباس کهنه ، لحاف کهنه ، میخریم .. مرتب این را تکرار کن ، بعد در خانه آنها را بزن تا کسی به تو شک نکنه . هر کس که لباس کهنه آورد یه ظرف چینی به او بده که کسی نفهمد که شما فقط برای پیدا کردن ناروک آنجا رفته اید، و اگر ناروک در را بازکرد طوری حرف بزن که کسی نفهمه که تو او را میشناسی ، برای دختر بیچاره دردسر درست نکن "

بعد به مجتبی گفت که خورچین را بگذارد پشت اسب و همراه شازده برود که خدای نکرده شازده به دردسر نیفتد .

***

شازده وارد کوچه آنها شد ، بارها به این کوچه آمده بود ، اما فکر نمیکرد خانه ناروک اینجا باشد ، مجتبی از اسب پیاده شد و به شازده هم گفت که پیاده شود و افسار اسب را در دست گرفته و با صدای بلند هر دفعه یکی از آنها این کلمات را تکرار میکردند

" آهای کاسه بشقاب چینی داریم ، آهای لباس کهنه ، کفش کهنه ، لحاف کهنه ، میخریم ، آهای کاسه بشقاب چینی داریم ، لباس کهنه ، کفش کهنه ، میخریم"

یکی از خانه ها درش باز شد ، زنی بیرون آمد یک قبای کهنه و یک دامن زنانه روی دستش بود لباس ها خیلی پاره بودند اما قرار بود که با مردم معامله کنند ، داد زد :

" آهای کاسه بشقابی بیا اینجا ببینم چی داری ؟"

ای داد و بیداد نکند همسایه ها همه کاسه بشقاب ها را بخرند و چیزی برای ناروک نماند ، مجتبی به او اشاره کرد که بگذارد فقط مجتبی حرف بزند . جلوی خانه زن نشستند ، مجتبی لباس ها را از دست او گرفت و گفت :

" مادر جان همین ، با این چی بهت بدم ؟ چیز دیگه نداری ؟"

زن که انگار خیلی دلش میخواست یک ظرف چینی بخرد با التماس

گفت :

" نه واله چیز دیگه ای نداریم ، حالا یه چیزی به من بده !! دلم میخواد یه طرف چینی داشته باشم "

مجتبی هم یک کاسه ماست خوری از توی خورچین در آورد و به او داد و گفت :

" باشه مادر بیا این رو بگیر چکار کنیم دلم نمیاد که ناراحت بشی"

اما شازده یک بشقاب هم به او داد ، بیچاره پیرزن آرزویش داشتن یک ظرف چینی بود ، چه آروزی کوچکی.

دو سه خانه پائین تر مجتبی اشاره کرد که اینجا خانه ناروک است . این بار شازده با صدای بلند برای فروش میگفت ، شاید ناروک صدای او را بشناسد و به دم در بیاید :

" کاسه گل مرغی داریم ؛ بشقاب گل سرخی داریم ، برای جهاز عروس داریم ، آهای دخترای دم بخت ، بیاین ببینین چه چیزها داریم ، لباس کهنه میخریم ، لحاف کهنه میخریم "

ناروک توی حیاط بود یکدفعه با صدای شازده اردلان دلش لرزید . یعنی ممکن است او باشد !؟ با عجله چادرش را به سر کرد و به دم در حیاط آمد و فریاد زد :

" آهای کاسه بشقابی "

از شنیدن صدای ناروک نزدیک بود که قلب اردلان از حرکت بایستد با عجله به طرف خانه آنها رفت . ناروک کنار در ایستاده بود با چشمانی پر از اشک شادی وتعجب به اردلان زل زده بود ، از شادی دلش می لرزید و میخواست بسوی شازده بدود اما به خودش نهیب زد . باورش نمی شد که شازده بخاطر او خودش را به این شکل در آورده باشد!توی دلش به سر ووضع شازده می خندید ،اردلان صدای نفس های او را می شنید ، کنار در روی زمین نشست و آهسته گفت :

" توی خرجینم کاسه ی گلسرخی دارم ! توی سینه ام یه دل بیقرار دارم "

ناروک با وحشت نگاهی به طرف خانه کرد وبا اشاره گفت :

" آخه من چاره ندارم "

اردلان کاسه بشقاب ها را از خور جین در آورد و روبروی او گذاشت ویک النگو را که به نیت او خریده بود و همیشه با خودش داشت از جیبش در آورد و گفت :

" ای خانم جون یه النگوی چینی دارم ، دوست داری برات بیارم"

و بعد آهسته النگو را بدست او کرد . ناگهان مادر ناروک از در خانه بیرون آمد ، نگاهی به اردلان کرد و گفت :

"کاسه بشقابی.. ببینم چی داری ؟ واسه جهاز عروس هم داری ؟"

اردلان نگاهی به ناروک کرد و گفت :" واسه چنین عروسی هر چی بخواین داریم "

مادر ناروگ رو به ناروک و کرد گفت :" ناروک برو زیر زمین یه بقچه لباس کهنه هست بیار تا برات جهاز بخرم "

ناروک با دلخوری به داخل خانه رفت؛ دلش نمیخواست برود ولی چاره ای نداشت و با مقداری لباس کهنه بیرون آمد و لباس ها را جلوی اردلان روی زمین گذاشت . اردلان محو تماشای ناروک بود ، مجتبی لباس ها را ور انداز کرد و به مادر ناروک گفت :

" خوبه مادر جون حالا چی میخوای عوض اینها "

مادر ناروک با خوشحالی چند تا کاسه گل مرغی برداشت ، کنار گذاشت و گفت :

" آن بشقاب های گلسرخی رو هم ببینم .. میشه اونا رو هم ور دارم "

مجتبی نگاهی به اردلان میرزا کرد ، او محو ناروک بود ، مادرش پرسید:

" ببینم .. بشقاب گل مرغی ندارین؟"

مجتبی گفت :

" اگه بخواین براتون فردا می آریم.. " و آهسته به پهلوی اردلان میرزا زد که اینقدر به ناروک نگاه نکند. اردلان به خود آمد و گفت :

" باشه مادر جان فردا می آریم "

مادر ناروک برای آوردن چیزی بداخل خانه رفت و شازده نگاهی به ناروک کرد و گفت :

" شمعی نذر سقاخونه دارم .. تو دلم یه نیاز کهنه دارم :"

ناروک با لبخند گفت :

یه کوچه پاین تر از اینجا سقاخونه ی محله آنجاست "

مادر ناروک برگشت ، یک عبای کهنه آورد و چند تا ظرف دیگربرداشت مجتبی هم کاسه و بشقاب ها را جمع کرد و لباس کهنه ها را هم توی خور چین گذاشت و گفت :

" مادر جون ما بریم سقّا خونه شمع روشن کنیم ، فردا برات بشقاب گل مرغی می آریم "

مادر ناروک کاسه بشقاب ها را جمع کرد و از خرید خودش خیلی راضی بود بعد بداخل خانه رفت ، و به ناروک اشاره کرد که بداخل خانه برود ناروک نگاهی به اردلان کرد و آهسته گفت :

" اذان ظهر دم سقاخونه "

و با عجله بداخل خونه رفت . آنها هم کاسه بشقاب ها را جمع کردند که ناگهان یک همسایه دیگر در خانه اش را گشود و آنها را صدا کرد . مجتبی به اردلان میرزا گفت :

" قربان شما بروید دم سقّاخونه من کاسه بشقاب ها رو میفروشم و میام "

اردلان پرسان ، پرسان بسوی سقّاخانه رفت ، یک گذر بسیار فقیرانه ای بود ، دست فروشان در کنار گذر روی زمین بساط پهن کرده و

میوه وسبزی و وسایل کهنه دیگر میفروختند . یکی کفّاشی میکرد دور برش پر بود از کفشهای کهنه که وصله کند . پسر نوجوانی بامیه فالی میفروخت ، مردی روی گاری خیار و سیب درختی داشت . یک نفر نشسته بود و نامه نویسی میکرد چند تا زن هم دورش بودند . قهوه خانه ای هم آنجا بود و یک نقال داشت تابلوئی از رستم و سهراب را به دیوار میزد، حتما بعد از نماز مردم آنجا جمع می شدند و نقالی گوش میگردند . یک بچه کنار بامیه فالی نشسته بود و گریه میکرد و مادرش قسم میخورد که پول ندارد اتابک به بامیه فروش نزدیک شد و آهسته پرسید :

" بامیه ها فالی چنده؟"

پسرک بامیه فروش که شاید چهارده ساله بود جواب داد " یه عباسی"

شازده یک پنج تومانی جلوی او انداخت و گفت: "همه بامیه رو امروز بده به هر کس که دلش خواست به حساب من "

او ناروک را یافته بود شاید باید گوسفند قربانی میکرد!! فال بامیه که چیزی نبود . جوان بامیه فروش خیلی خوشحال شد و با خوشحالی پول را برداشت و دوتا فال بزرگ بامیه به پسری که گریه میکرد داد.

یک نفر لباس کهنه میفروخت ، آنها را به دیوار آویزان کرده بود ، اردلان با خودش گفت به مجتبی بگویم لباس هائی که از مردم گرفته بده به این مرد تا بفروشد . بعد نگاهی به لباس ها کرد ، خدایا چقدر مردم فقیر هستند که چنین لباس هایی را میخرند و می پوشند . بچه ای را دید که برای یک سیب درختی گریه میکرد و مادرش او را میکشید ، اردلان تا بحال چنین جائی ندیده بود ،برای آن بچه هم سیب خرید. با خودش میگفت ، این دولت مردان چگونه میتوانند چنین راحت زندگی کنید وشب سر راحت بر بستر گذارند و این مردم بیچاره با خراج شان خرج آنها را بدهند !!؟ آیا این مردم که چنین زندگی میکنند، حق ندارند که آزادی میخواهند ؟ یک دسته شمع خرید و روبروی سقّاخانه منتظر ناروک ایستاد .

بعد از دیدن محله فکر میکرد آیا کار درستی میکند ؟ آیا دختری که در این محله زندگی میکند را خانواده او به اسم عروس قبول میکنند !!؟

صدای اذان ظهر از گلدسته مسجد محله به گوش رسید ، شمعی روشن کرد و از خدا خواست که به این عشق پاک آنها رحم کند ، و در سر راه ازدواج آنها هر مانعی که هست خدا خودش بر طرف کند. قلب او بی تاب میزد ، ناگهان زنی را دید که دوان دوان بسوی او می آید ،از طپش قلبش فهمید که آن زن ناروک است . اگر در زیر گذر نبود اردلان آغوش می گشود و او را بغل میکرد ، ناروک نفس زنان به کنار او رسید ، پیچه اش را بالا زد ، و صورت قشنگش هویدا شد ، خدا را شکر کسی در کوچه نبود ، ناروک به او گفت :

" ای بی انصاف، تا حالا کجا بودی ؟ بعد از این همه مدت آمدی ؟ چشم من به بدر خشک شد !! ؟"

اردلان جواب داد :" بخدا قسم تا امروز صبح نمی دونستم که خونه تو کجا ست ؟؟ امروز مجتبی گفت ! نمیدونی چه بر من گذشته ! بگذار نگاهت کنم ، دلم برات یه ذرّه شده "

ناروک اخمهای ش را در هم کشید و گفت :

" وقتی به من گفتن باید برم نمیدونی دلم چقدر گرفت !! لااقل بی مروت خودت به من میگفتی !! یعنی لیاقت اینو رو هم نداشتم !! "

اردلان که می ترسید کسی آنها را ببیند و برای ناروک بد شود گفت :

" من به فدای دل کوچک تو ، از اون روز تا امروز نه خواب داشتم نه خوراک ، دلم برات یه ذره شده بود ، امروز هم سکینه به من گفت که نشانی خونه شما را داره ، ناروک الان برگرد برو خونه ، فردا قبل از ظهر با کالسکه میام دنبالت ، همین جا ، با هم بریم تا همه چیز رو برات بگم ! الان می ترسم کسی تو رو با من ببینه "

ناروک پیچه اش را روی صورت انداخت و با سرعت رفت ، اردلان کنار سقّاخانه ایستاد شمعی روشن کرد و کمی آب نوشید و بدنبال او براه افتاد تا همراه مجتبی به عمارت باز گردند .

آن شب ناروک تا سپیده صبح از شادی خوابش نمی برد ، یعنی اردلان میرزا اینقدر او را دوست دارد که لباس نوکرها را بپوشد ، و به این محله بیاید و کاسه بشقاب بفروشد !! بعد با خودش فکر کرد ، اگر شازده

او را به خانه نفرستاد پس کی این کار را کرده ؟ تازه به این فکر افتاد که عشق او و اردلان چه سر انجامی خواهد داشت !! مادر او از هر چه شازده بود بدش می آید ، و حتما خانواده شازده هم با این ازدواج مخالف هستند و گرنه او را چنین به خانه نمی فرستادند .

***

فردا صبح ناروک به مادرش گفت که به انجمن نسوان میرود و با هزار ترس بسوی سقّا خانه رفت اگر کسی او را با اردلان ببیند و به مادرش بگوید او چه جوابی بدهد !! اردلان درکالسکه انتظار او را میکشید .

ساعتی بعد در کنار صحن حرم شاه عبدل العظیم نشسته بودند و از عشق پاک خود حرف میزدند .ناروک از این عشق می ترسید ، از عشق شازده ها به دختران جوان و سپس ترک آنها ، مادرش بسیار برایش گفته بود ، که شازده ها قابل اعتماد نیستند ، شازده ها فرق بین عشق و هوس را نمیدانند ، وقتی از یک دختر سیر شدند او را رها میکنند عشق شازده ها مثل آفتاب یک روزه می ماند ، صبح طلوع میکند ، در ظهر به اوج میرسد و شب غروب میکند ، دل ناروک پر از آشوب بود نکند عشق او هم چنین عاقبتی داشته باشد ؟ نکند شازده او هم مثل بقیه شازده ها هوس باز باشد و او را رها کند!! ، ناگهان چشمهایش پر از اشک شد ، اگر چنین باشد او با این عشق که شب و روز او را پر کرده و خواب و خوراک را از او گرفته چه کند؟ اگر شازده اردلان هم او را بازیچه خود قرار داده باشد چه؟ اشکهایش روان شد . شازده دست او را گرفت و گفت :

"قربون آن چشمهای قشنگ تو برم چرا گریه میکنی ؟"

ناروک ناگهان به صدای بلند زد زیر گریه و راز دلش را گفت "

" شازده ی من ، می ترسم که من رو ول کنی ؟؟ مثل شازده های دیگر قجر که حَرفشون همه جا هست"

اردلان دست او را گرفت و برد توی حرم جلوی ضریح و گفت :

"به این امامزاده قسم میخورم که تورو خیلی دوست دارم و در مقابل خاندانم می ایستم و با تو ازدواج میکنم ! تا عمر دارم تورو تنها نمی

گذارم !! مگه مرگ منو از تو جدا کنه"

ناروک دست جلوی دهان او گرفت و گفت :

" خدا اون روز رو نیاره ، الهی من زودتر از تو بمیرم !"

اردلان دستش را در دست گرفت و گفت :

"ببین عزیز دل من ، ما جنگ بزرگی در پیش داریم ، اما نمی ترسیم چون به عشق هم اعتماد داریم ، با هر دو خانواده ها می جنگیم و پیروز میشویم ،مطمئن باش "

آنها کنار ضریح قسم خوردند و به همدیگر قول دادند که تا ابد مال هم باشند . اما ته دل هر دو میلرزید و هر دو از مشکلاتی که بر سر راه این عشق بود بخوبی خبر داشتند . با هم قرار گذاشتند تا زمانی که راه حلی برای این که چگونه در مورد این عشق به خانواده هایشان بگویند پیدا نکرده اند ، با هم خوش باشند و از کنار هم بودن، از این عشق پاکی که بی شان هست ، لذت ببرند و روزهای عاشقی را تلخ نکنند .

روزها اردلان به دنبال ناروک می آمد و به اطراف تهران میرفتند و ساعت ها در کنار هم از عشق میگفتند . او را به رستوران می برد ، به کافه های اروپایی می برد ، ناروک تا بحال تهران را این گونه ندیده بود !نان شیرینی های فرنگی که او هرگز نخورده بود ،غذاهای خوشمزه لیموناد و قهوه ، انگار وارد دنیای دیگری شده بود . در تمام این مدت شازده اردلان در فکر این بود که چگونه این موضوع را با خانواده اش در میان بگذارد . او حتی به شازده اردشیر هم در مورد اینکه ناروک را پیدا کرده چیزی نگفته بود . یک روز از ناروک پرسید چرا مادرت اینقدر از شازده ها بدش می آید !! و او در جواب گفت :

" همیشه ، از وقتی که یادمه هر وقت یه شازده میدیدیم مادرم زیر لب بد میگفت ،ولی خاطره ای که من یادمه ، پدرِ من تاجر خوبی بود ، میرفت از هندوستان پارچه های قشنگی می آورد و در بازار بزاز ها می فروخت ، و سود خوبی میکرد . حتی همیشه برای من و مادرم هم لباس های قشنگ هندی می آورد، ولی یک بار یک شازده بی وجدان تمام پارچه های او را برای عروسی دخترش خرید و گفت بعدا پولش

را میدهد و هرگز تا به امروز نداد !! پدرم چند بار به تامینات رفت و شکایت کرد ، ولی کتک خورده برگشت حتی یک بار دو شب هم او را زندانی کردند ، دیگه دنبالش رو نگرفت . ما خونه بهتری داشتیم توی یه محله خوب مجبور شد اون خونه رو فروخت و این خونه رو خرید که با تفاوتش بازم تجارت کنه اما دیگه نمیتونه تا هندوستان بره ، برای همینه که از شازده ها بدشون میاد"

شازده هر روز که میگذشت از شازده بودن خودش بیشتر شرمنده می شد ، کاش این لقب شازده گی را بر دوش نمی کشید .

***

صدر اعظم و دولت، ستار خان را به خانه ای در وسط باغها و دور از مردم تبعید کرده بودند ، تا مردم دسترسی به او نداشته باشند . زخم پای ستار خان خیلی وخیم بود ، تیر به استخوان خورده بود و خوب شدنی نبود ، بعضی از اطبا عقیده داشتند که پای او را باید قطع کرد ولی او مخالفت میکرد و میگفت تا آخر عمرش دوست دارد روی پای خودش باشد. مجاهدین پراکنده شده بودند ، بیشتر آنها همراه باقر خان به تبریز بازگشته و ستار خان و دو سه نفر از نزدیکان ش در آن خانه زندگی میکردند . تقریبا حبس خانگی بود ولی میتوانست به تهران رفت و آمد کند ، اما دیگر مجاهدین در اطرافش نبودند و او روزهای سخت تنهایی را میگذراند . اردلان یک روز به همراه ناروک به دیدن او رفت ستار خان روی تختی دراز کشیده بود ، بیشتر از اینکه درد جسمی او را آزار دهد درد روحی می کشید . آن همه زحمت ، آن همه خونریزی و جان فشانی ، به هدر رفته و روس تقریبا در تبریز مستقر گردیده بود . ستارخان وقتی شنید که ناروک این دختر بچه شانزده ساله در باغ اتابک می جنگیده و زخمی شده اشک هایش روان شد و گفت "

" من با دیدن چنین دختری به خودم افتخار میکنم ، هر چند که ظاهراً شکست خوردم اما اگر نسل آینده مثل این دختر را من تربیت کرده باشم !مجاهدین شکست نخواهند خورد و یک روز سر انجام پیروز خواهند شد.."

در بازگشت ناروک اشک میریخت ، از دیدن ستار خان در آن حالت خیلی دلش گرفته بود ،این نباید عاقبت یک سردار ملی باشد .

***

روزها میگذشت و آنها در عشق هم غرق بودند ، شب ها ناروک از دوری شازده اشک میریخت و اگر روزی او را نمی دید ، حالش بد می شد . آنها تا ابد نمی توانستند به این بازی ادامه دهند ، اردلان بارها به عمارت حسام المک رفت تا با اردشیر میرزا صحبت کند ولی هر بار خجالت می کشید و سکوت میکرد .

عمارت حسام الملک در تدارک یک مراسم عزاداری سالانه بود که هر سال حسام الملک برای سالگرد فوت پدرش از زمان جوانی برگزار میکرد . سه شب مراسم عزاداری و روضه خوانی میگذاشتند و شام میدادند . یک شب برنامه مخصوص شازده ها و اعیان و اشراف بود یک شب اهل محله را دعوت میکردند و یک شب هم علما و گروه های مذهبی را، در آن شب ورود برای همه آزاد بود و فقرا هم می آمدند و در بیرونی سفره پهن میکردند و به آنها شام میدادند .. از یک ماه پیش مباشر آقا و نوکرها برای خرید لوازم میهمانی میرفتند و کنیز ها هم به آماده کردن عمارت و تهیه غذاها و شیرینی ها می پرداختند . خانم ابتهاج السلطنه هم برنامه مفصلی مینوشت و به سکینه خانم میداد و هم چنین نام میهمان ها را ، چون هر سال عده ای می مردند ، عده ای عروسی میکردند و قوم خویش های جدیدی اضافه می شد ، برای همین این مراسم برای دو ماهی آنها را مشغول میکرد .

اردلان بیشتر شب ها به عمارت خودشان میرفت ، بارها با خودش گفت که امشب با مادرش در مورد ناروک حرف خواهد زد . ولی می ترسید که به او بگوید که دختری را که از خانه پدر بزرگ بیرون کرده اند را او دوست دارد . از این می ترسید که نکند بلائی بر سر ناروک بیاورند ؟ آنوقت اوچکار کند؟

یک شب خواهر کوچکش نور زمان و شوهرش برای شام به خانه آنها آمده بودند . شب خوبی بود ، از مراسم عزاداری عمارت پدر بزرگ صحبت شد و شوهر خواهرش تعریف کرد که در یکی از آن شب ها مادرش در عمارت شازده حسام المک، نور زمان را دیده و پسندیده بود و بعد به طرف مردانه آمده و او را صدا کرده تا نور زمان را به او نشان

دهد . او هم همان لحظه یک دل نه صد دل عاشق نورزمان شده بود، و هفته بعد برای خواستگاری ، خوانچه فرستادند . اردلان با خودش فکر کرد چه فکر خوبی !!چرا که نه !! او هم از ناروک بخواهد که شب اول که اقوام هستند او همراه مادرش به عمارت پدر بزرگ بیایند و در آنجا ناروک را به خواهرانش نشان دهد . سپس در حضور همه از پدرش بخواهد که ناروک را برای او از مادرش خواستگاری کند و مادر خودش را در مقابل همه قوم و خویش ها در رودربایسی قرار دهد و او را مجبور کند تا عشق او به ناروک بپذیرد از این فکر لبخندی بر روی لبانش نشست . نور زمان پرسید :

" اردلان چیه !! از داستان سیاوش میرزا خوشت آمد!! نکنه تو هم در فکر زن گرفتن هستی ؟"

اردلان خندید و گفت :

" چرا که نه !! بد فکری نیست منم امسال در شب میهمانی یکی را انتخاب میکنم "

نور زمان گفت :

" راست میگی؟ جدا میخوای زن بگیری ؟ باید هر کس رو انتخاب کردی اول به من نشون بدی !"

مادرش کمی به او نگاه کرد ، با خودش گفت ،خدا را شکر خیال آن دختر افغانی از سرش افتاده و با خوشحالی گفت :

" چرا که نه !! دست روی هر دختری بگذاره با سر میدهند ، فقط باید هم طراز خود ما باشه !!"

بند دل اردلان از این کلمه هم طراز پاره شد !! حالا کی زنگوله را به گردن گربه می اندازد و به اینها میگوید که ناروک شازده نیست !! بعد فکر کرد !! اولا باید به پسند من باشد ، ثانیا مگر ناروک چی از یک شازده کمتر دارد ؟ تمام حافظ را حفظ است ، زیبا ترین دختر تهران است ، مجاهد است ، هم فکر اوست . کجا دیگر او همسفری بهتر از این برای زندگیش پیدا خواهد کرد؟!!اما باید زمینه را آماده کند ، او میدانست که مادرش با این مساله به راحتی کنار نخواهد آمد ، ولی او هم بخاطر

این حرفهای صد من یک غاز از دختر دلخواهش دست نخواهد کشید در جواب مادرش گفت :

" نه شاه جان من این حرف رو قبول ندارم ، مگه زن گرفتن مثل خریدن لباسه که باید قبایش به ردایش بیاید !!"

حشمت زمان که کم کم داشت نگران می شد که نکند هنوز هوای آن دختر بی کس و کار در سر شازده اردلان باشد ، با قاطعیت گفت:

" از بس با اشخاص بی سر و پا رفت و آمد میکنی که شازده بودن خودت را فراموش کردی ، تو باید زن از یک خاندان متشخّص بگیری که لیاقت ترا داشته باشد ! زن باید هم کف شوهرش باشد"

شازده اردلان با خودش گفت ، امشب باید تکلیف خودم را با مادرم روشن کنم و این مشکل هم طراز بودن را حل کنم !!با لحن اعتراض آمیزی جواب داد :

" مگه ناصرالدین شاه هزار تا زن نداشت همه آنهاهم کُف او بودند ؟ هر دختری را که می دید میگفت بیاریدش دربار ، به این میگویید هم کف !!؟ تازه شاید صد تا زن قاجار هم داشت ، اما عشقش امینه و جیران بودند مگه نه ؟"

مادرش بر آشفت ، او نه تنها در مورد زن گرفتن خودش دارد صحبت میکند بلکه جلوی دامادی که شازده نبود دارد آبروی شاه قاجار را می برد و شاه فقید را هم زیر ذره بین گذاشته .

" اولا !!او شاه بود ، شاه میتواند هزار تا زن صیغه هم داشته باشد ولی مادر ولیعهد همیشه از ایل قاجار بوده و هست "

اردلان خندید و گفت :" حالا مگه من شاه مملکت هستم که بدنبال ولیعهد باشم !! تازه ولیعهد کیه ؟ یه بدبخت که باید همه جوانی خودش رو در تبریز زیر نظر مشاورین روسی بگذراند ، بعد هم که شاه شد از مردم فحش بخوره ، تازه آخرش هم نه مردم او رو میخوان نه همان مشاورین روسی که بزرگش کردن ، مثل محمد علی شاه که آن جوری بیرونش کردن "

بحث عروسی به سیاست کشیده شده بود ،حالا اردلان نه تنها زن از ایل قاجار نمیخواست بلکه سلطنت قاجار را هم زیر سوال برده بود!! حشمت زمان احساس میکرد او را خیلی آزاد گذاشته که چنین حرف هائی را جلوی او بر زبان می آورد با قاطعیت گفت :

" محمد علی شاه را همان دوستان خارجی از سلطنت بر کنار کردند "

اردلان فکر میکرد که اگر امشب بازی را به بازد همه ی عمرش را باخته است باید امشب همه بدانند که او نه زن قاجار میگیرد و نه طرفدار حکومت قاجار است .

" خیر مادر جان ، استبداد خواهی خودش کرد ، مجلس مردم را به توپ بست ، آزادی خواهان را اعدام کرد ، همین الان هم توی روسیه نشسته و دارد برای بازگشت به ایران نقشه میکشد ، که بیاید و پسرش را برکنار کند و خودش دوباره شاه شود ."

حشمت زمان می دید که پسر او دارد به همه چیز پشت پا میزند باید طوری او را ادب کند که دیگر در حضور کسی از این حرفها نزند جواب داد :

" تو این چیز ها را از کجا میدانی ؟ وقتی به تو میگوییم که با این مجاهدین و آزادی خواهان رفت آمد نکن برای همین است که این مزخرفات را توی سر تو نکنند "

اردلان دیگر واقعاً عصبانی شده بود مادرش به تمام عقاید او توهین میکرد صدایش را بلند کرد و جواب داد :

" اینها مزخرفات نیستند ، حقایقی هستند که شما نمی بینید ! همین شاه بچه ای که الان داریم ، دنبال الک دو لک توی باغ میدود آنوقت صدر اعظم گزارشات مملکت را به او میدهد ، او سوار دوچرخه از فرنگ آمده میشه و دارد دور حیاط قصر دوچرخه سواری میکند ، رئیس نظمیه باید دنبالش بدود و از اوضاع و احوال امنیت شهر برایش بگوید ، به این میگن شاه ؟؟

مادرش با عصبانیت بلند که اتاق را ترک کندکه جلوی دامادش اردلان بیشتر از این حرف نزند، وهم چنان که میرفت گفت :

" او دیگر بچه نیست به زودی تاجگذاری میکند"

و از اتاق خارج شد. نور زمان برای اینکه جو را عوض کند و دل اردلان را بدست بیاورد ، بلافاصله با لبخندی به اردلان گفت :

" برادر جان تو هر کس رو که خواستی بگیر من یکی که پشت تو هستم خودم برات میرم خواستگاری "

اردلان بدون توجه به حرف خواهرش اتاق را ترک کرد و بسوی اصطبل رفت تا خانه را ترک کند ، تصمیم داشت به خانه پدر بزرگ برود . باز هم آنجا از همه جا برایش آرام تر بود .

***

در آن روزها در تهران ، نیمه شب ها اشخاص مهم و سیاسی ترور می شدند اوضاع ایران دست خوش روی داد های جدیدی بود . تبریز در دست روسها بود . جنوب را انگلیسی ها در اختیار داشتند ، و مجاهدین هم خلع سلاح شده و دیگر قدرتی نداشتند و احمد شاه تدارک جشن تاجگذاری مفصلی را می دید و چون خزینه دولت خالی بود صد هزار تومان از بانک شاهنشاهی هزینه این جشن مفصل را دولت قرض گرفته بود .

شاه جوان و بی تجربه در رویای جشن تاجگذاری بود و در مملکت چه میگذشت برایش شاید مهم نبود و شاید هم آنقدر بچه و بی تجربه بود که درک نمیکرد ، او از زمانی که یادش بود روس ها برای پدرش تصمیم گرفته بودند . او لحظه ای که مربی روس پدرش به او گفت باید از ایران برود و ولیعهد شاه شود را هیچگاه فراموش نمیکرد . شاه همان مربی روس پدرش بود نه پدرش . او شاید خودش را عروسک یک خیمه شب بازی میدید ، به فرموده روس پدرش باید میرفت و او باید شاه می شد ، حالا هم داشتند جشن تاجگذاری میگرفتند . او اصلا شاید از سیاست چیزی نیاموخته بود . شاید باور او از شاهی همین بود و تقصیری هم نداشت . روس و عثمانی آذربایجان و شمال را در اختیار داشتند و جنوب ایران هم که بخاطر چاه های نفت جزء ممالک انگلیس به حساب می آمد و تحت اشغال سربازان هندی انگلیس بود مملکت دستخوش آشوب های خارجی بود و دولت مردان هم بفکر پر

کردن جیب خود و بازی دادن شاه جوان و دل خوش کردن او برای جشن تاجگذاری بودند .

***

بالاخره جشن تاجگذاری احمد شاه با شکوه جلال بر گزار شد و اعیان و اشراف و نمایندگان مجلس شورا و سفرای سفارت خانه ها به این جشن دعوت شدند . در میان مدعوین شازده حسام الملک ، مشیر الدوله و شازده اردشیر هم بودند .

شازده اردلان دور از چشم همه ، بیشتر اوقات زندگی خود را در کنار ناروک میگذراند و عشق او روز به روز نسبت به ناروک بیشتر می شد و هم چنین نگرانی اینکه چگونه این عشق را آشکار کند لحظه ای او را رها نمیکرد .

درست دو هفته پس از تاجگذاری احمدشاه جنگ جهانی اول با ترور ولیعهد اتریش در صربستان شروع شد ، روسیه متحد صربستان بود و به پشت بانی آن کشور وارد جنگ شد . ایران در آنزمان در آستانه ورشکستی بود و وضع متزلزل و نا بسامانی داشت . بحران اقتصادی و وضعیت بد سیاسی ، مداخلات قدرت های خارجی مثل روس و انگلیس ، ایران را به قهقرا می برد. جنگ جهانی به ایران نیز کشیده شد . از یک طرف روسیه و عثمانی که مردم ایران از دست تجاوز های آنها طی سالهای متوالی به امان آمده بودند و از طرف دیگرقشون هندی انگلیس برای حفظ چاه های نفت که خودش را مالک آن میدانست وارد ایران شدند .

ایران بوسیله صدر اعظم اعلام بی طرفی در جنگ جهانی را نمود ، ولی متاسفانه در حقیقت این کشور ها به عوض جنگ در خاک خودشان در خاک ایران می جنگیدند . در جنوب مردم تنگستان درجلوی قشون انگلیس ایستادگی میکردند . در آذربایجان هم مجاهدین در مقابل روسیه می جنگیدند ،ولی عثمانی از شمال ایران تا خلیج فارس هم مرز ایران بود چون در آنزمان امپراطوری عثمانی همه ممالک مسلمان را در زیر سلطه خود داشت.(ترکیه ، سوریه ، عراق) و متاسفانه ایران بازار مکاره جنگ جهانی اول گشته بود . آلمان ها با تبلیغ میخواستند که ایران را بسوی خود بکشند و روس و انگلیس که بیش از صد سال

ایران را در مشت خود داشتند شدیدا با این امر مخالف بودند و به شاه
این دل گرمی را میدادند که آنها قصد تصرف ایران را ندارند و فقط
میخواهند از پیشرفت آلمان در جنگ جلوگیری نمایند .

***

اردلان میرزا برای چند شبی در خانه پدر بزرگ بود ،از اینکه آن شب آن
طور با مادرش بحث کرده بود ، پشیمان شده بود . بالاخره باید مادرش
را برای ازدواج با ناروک آماده میکرد . از جریان این بحث نه به دایی
اردشیر چیزی گفته بود و نه به ناروک ، چون دل نازک ناروک تحمل
این همه درد را نداشت و می ترسید که ناروک را از دست بدهد . بالاخره
یک روز به عمارت خودشان رفت، دست مادرش را بوسید تا از دل او
بیرون بیاورد هر چند که به حرفهایی که زده بود ایمان داشت اما مادرش
را هم خیلی دوست داشت و نمیخواست خاطرش از او آزرده باشد و
بالاخره باید طوری او را راضی به این وصلت میکرد.

در این میان تصمیم خودش را گرفته بود ، که در شب عزاداری عمارت
پدر بزرگ ، ناروک و مادرش را هم دعوت کند و او را به نور زمان و
فروغ زمان نشان دهد و سپس در همان مجلس در مقابل همه عشقش
را به او ابراز کرده و از پدرش بخواهد که ناروک را برای او خواستگاری
نماید . البته خودش هم میدانست که قرار است کار بسیار خطرناکی
کند ولی راه دیگری به فکرش نمیرسید.

حالا باید فکری برای دعوت کردن ناروک و مادرش به عمارت میکرد ،
خودش که نمی شد بدر خانه آنها برود ، چون مادر ناروک اصلا از وجود
او خبر نداشت . به ناروک گفته بود که قرار است از خانه پدر بزرگ
کسی برای دعوت کردن آنها به خانه شان برود، و او باید مادرش را
راضی کند که به میهمانی بروند. ناروک به مادرش گفته بود که آن چند
روز که دستش تیر خورده بود در عمارت طبیبی بوده که او را مداوا کرده
است ولی نگفته بود که او شازده بوده. شازده اردلان به ناروک گفت که
میخواهد او را به خواهرانش نشان دهد و در مورد ازدواج با مادرش
صحبت کند . اما از اینکه با خودش قرار گذاشته بود تا همان شب از
او خواستگاری کند چیزی به ناروک نگفت. ناروک خیلی خوشحال
شد باورش نمی شد که شاهزاده رویاهایش در باره ازدواج با او حرف

میزند ، یعنی ممکن است او روزی را ببیند که همسر اردلان شده ؟ او مدتها بود که در انتظار روزی بود که شازده حرف جدی در باره ازدواج آنها بزند .

اردلان کنیز ها را زیر نظر گرفت میخواست کسی را بیابد که به اتاق مادرش رفت و آمدی نداشته باشد .

بالاخره یکی از کنیز های آشپزخانه را که رفت و آمدی به اندرونی نداشت انتخاب کرد ، بعد یک روز مانده به شب میهمانی ،شازده او را سوار کالسکه کرد و با یک ظرف کلوچه بدر خانه ناروک برد و به او یاد داده بود که چه بگوید. مادر ناروک در را گشود و ناروک که منتظر کنیز بود خودش را به جلوی در رسانید . کنیز سلام کرد و گفت :

" من از عمارت طبیب حاذق الدوله آمده ام که حال شما را بپرسم ، هم چنین به مناسبت سال آقای بزرگ در عمارت فردا شب مراسم سال برگزار میشود ، به من دستور دادند که از شما و مادرتان دعوت کنم که تشریف بیآرید "

ناروک با خوش رویی با کنیز رفتار کرد و با خوشحالی ظرف کلوچه را گرفت . مادرش به او چشم غره ای رفت و به کنیز گفت :

" از طرف ما تشکر کنید ، هم بابت دعوت و هم بابت نگهداری از ناروک ، ولی جای ما آنجا نیست . ما نخواهیم آمد "

ناروک با عجله گفت : " مادر جان فعلا تشکر کنیم بعدا در این مورد حرف میزنیم "

کنیز گفت :

" بهر جهت فردا قبل از غروب کالسکه برای بردن شما می آید لطفاً آماده باشید "

ناروک از کنیز تشکر کرد و همراه مادرش بدرون خانه رفتند ، مادرش با عصبانیت گفت :

" چرا اینقدر خوشحالی دو روز خونه یک آدم ثروت مند بودی ، خیال میکنی رفتن به آنجا افتخاره !! نه.. افتخار نیست ! اونا به همان اندازه

که از بیرون نشون میدن که آدم های خوبی هستن از داخل بد هستن ما به آنجا نمیریم ! همین که گفتم ”

ناروک با گریه بداخل اتاق رفت ! او میدانست که مادرش مخالف ثروتمندان است ، اما باید یک جائی قبول کند که همه آنها بد نیستند. پدرش توی اتاق بود و از اینکه ناروک گریه میکند ناراحت شد ! او طاقت اشک ناروک را نداشت ، بسویش رفت و او را نوازش کرد و پرسید که چه چیز او را به گریه انداخته ! و وقتی ناروک با گریه تعریف کرد ، پدرش به او قول داد که مادرش را راضی خواهد کرد که به این میهمانی بروند .

کنیز به داخل کالسکه بازگشت و آنچه که اتفاق افتاده بود برای شازده اردلان تعریف کرد ، شازده یک کیسه سکه به او داد و از او خواست که در باره امروز با کسی حرف نزند و گرنه شغلش را از دست خواهد داد کنیز یک چشم گفت و پیچه اش را روی صورتش انداخت .

***

بالاخره شب میهمانی فرا رسید ، دل اردلان در سینه اش میلرزید ، امشب چه اتفاقی خواهد افتاد !! میخواست در فرصت خوبی نور زمان را به پیش ناروک ببرد و آنها را با هم آشنا کند ! همچنین تصمیم گرفته بود که بعد از خاتمه سخنرانی ، او جریان را به دایی اردشیر بگوید و از او بخواهد تا با پدرش صحبت کند و ناروک را از مادرش برای او خواستکاری نماید. اضطراب زیادی داشت ، هزار جور نقشه می کشید که چگونه این جریان را مطرح کند که بد نشود ، میخواست امشب قائله را تمام کند و به همه بگوید . با خودش میگفت مرگ یا بار و شیون یک بار !!ولی خیلی می ترسید. مرتب به دم در بیرونی میرفت ، می ترسید نکند کالسکه خالی بازگردد و ناروک نیاید !!؟ از دیروز که همراه کنیز از خانه ناروک باز گشته بود دیگر از ناروک خبری نداشت . با حرف هائی که کنیز زده بود ، امکان نیامدن آنها وجود داشت، خدا کند که او مادرش را راضی کرده باشد ! اگر او امشب نیاید ، دیگر چنین موقعیتی پیش نخواهد آمد !! کاش جریان را به دایی اردشیر گفته بود ، نکند که اتفاق بدی بیافتد ؟ کاش خودش به پدرش بگوید مبادا که پدرش قبول

نکند و جلوی قوم و خویش ها آبروی آنها برود .

***

آنروز از صبح نوکر ها و کنیز ها به تزئین خانه ، حیاط بیرونی حیاط اندرونی پرداخته بودند . بر سر در خانه فانوس هایی را آویخته بودند که در شب روشن کنند و روی هشتی ها و طاقچه های بیرونی هم چراغ گذاشته بودند تا همه جا روشن باشد. از کرایه چی محله ، میز و صندلی کرایه کرده و دور تا دور حیاط چیده بودند . جلوی هر سه صندلی یک میز گذاشته ، که رویش رومیزی ترمه انداخته شده بود و ظرف های کلوچه و میوه را در روی آنها می چیدند . کف حیاط را با فرش های گران قیمت فرش کرده بودند ، یک طرف حیاط برای خانم ها و یک طرف را برای آقایان در نظر گرفته شده بود . البته پرده ای در بین نکشیده بودند چون همه قوم خویش و شازده ها بودند ، شبی که اهل محل و علما را دعوت میکردند پرده ای در وسط می کشیدند که مجلس زنانه و مردانه مجزا باشد .

از پرده ورودی بیرونی به اندرون در دو طرف صندلی چیده بودند ، که از یک طرف زنانه و از طرف دیگر مردانه شروع می شد ، معمولا دختران جوان صاحب خانه از ابتدای صندلی ها می نشستند تا به مردم خوش آمد بگویند و دختران حسام الملک و خانم ابتهاج السلطنه تقریبا وسط مجلس می نشستند . هر کس که وارد می شد ، دختران حشمت زمان و افخم زمان بلند می شدند و خوش آمد میگفتند ، بعد آنها به سوی صندلی هاییکه که دختران و همسر حسام الملک نشسته بودند می رفتند و پس از احوال پرسی کنیزها آنها را به جائی که بنا به شخصیت آنها برایشان در نظر گرفته شده بود راهنمائی میکردند تا بنشینند .

در قسمت مردانه هم چنین بود ، شازده اردلان و چند نفر از جوانان نزدیک به او در کنار پرده نشسته بودند و به آقایان خوش آمد میگفتند و آنها را به قسمتی که حسام الملک ، مشیر الدوله ، امیرخان و شازده اردشیر میرزا نشسته بودند راهنمایی میکردند پس از احوال پرسی ، نوکرها آنها را به جایگاهی که باید بنشینند می بردند .

در پشت صندلی ها هم یک ردیف صندلی چیده بودند ، برای کسانیکه همراه با قوم خویش ها می آیند ، که هم ردیف خانم ها و آقایان ننشینند

البته بین آن صندلی ها هم میز چیده بودند که از آنها هم پذیرائی شود اینجا بیشتر ندیمه ها و باجی ها و مباشر های میهمانان می نشستند در حیاط بیرونی هم از کالسکه چی ها و نوکرانی که همراه میهمانان می آمدند پذیرایی می شد و در همان حیاط هم به آنها شام میدادند .

دل تو دل اردلان نبود ، مرتب به حیاط بیرونی میرفت و به کوچه سرک می کشید ، نکند که ناروک نتوانسته باشد مادرش را راضی کند و امشب نیاید !!؟ خواهرش نور زمان که در جلوی پرده نشسته بود و به مردم خوش آمد میگفت ، متوجه پریشانی اردلان شد، آیا اردلان انتظار کسی را میکشد؟ نکند واقعاً دختری را که هم کف خاندان آنها نیست انتخاب کرده باشد ! و قرار است آن دختر امشب به اینجا بیاید !!؟ بالاخره طاقت نیاورد و وقتی اردلان به حیاط بیرونی رفت ، نور زمان هم به دنبال او رهسپار شد ، اردلان را دید که از توی کوچه می آید ، بسویش رفت و آهسته پرسید :

" چه خبره منتظر کسی هستی که مرتب مجلس را ترک میکنی ؟"

اردلان که قصد داشت ناروک را به نور زمان نشان دهد فکر کرد که الان بهترین موقع است که در این مورد به او بگوید جواب داد :

"نور زمان ، یادت هست که گفتی اگر از دختری خوشم آمد ، تو به خواستگاری میروی ؟ امشب قراره دختری که خیلی دوستش دارم همراه مادرش بیاد و من میخوام تو رو به او معرفی کنم ، بقیه اش با خودت که چطوری به مادر و پدر بگی"

رنگ صورت نور زمان پرید ، اردلان چه شب بدی را انتخاب کرده کاش با او قبلا مشورت کرده بود و زمانی دیگر وجائی دیگری قرار میگذاشت و آنها را با هم آشنا میکرد . نباید آنها را امشب دعوت میکرد ، اما دیگر کاری نمی شد کرد . او نمیدانست که اردلان تصمیم گرفته که امشب از ناروک جلوی همه خواستگاری کند . او باید به مجلس باز میگشت ولی به اردلان گفت وقتی آنها آمدند ، به او اشاره کند تا برود و کنار آنها بنشیند و با او آشنا شود . با دلی پر از تشویش به اندرونی باز گشت ، با خودش گفت انشاالله کسی متوجه نخواهد شد و او بطوری که کسی نفهمد با دخترک احوال پرسی خواهد کرد . چطور اردلان کسی را که هیچ کس نمی شناسد دعوت کرده !! آنهم شبی که مخصوص اقوام

است !! خدا کند کسی متوجه غریبه بودن آنها نشود و اتفاقی نیفتد .

***

کالسکه ای که بدنبال ناروک و مادرش رفته بود ، بالاخره دم در بیرونی نگه داشت و آنها پیاده شدند . مادر ناروک به آمدن راضی نبود و میگفت چه دلیلی دارد به خانه آدم هایی که نمیشناسند بروند ، آنقدر ناروک گریه کرد که پدرش او را راضی نمود و به او گفت :

" بالاخره آنها چند روزی از دختر ما پرستاری کردند برای تشکر هم که شده باید بروید ، مخصوصا که حالا دعوت هم کردند "

بالاخره او راضی شد . ناروک یکی از قشنگ ترین لباس های خود را پوشید یک دست لباس سبز هندی بود که مادرش آنرا همیشه در یک صندوقی میگذاشت و از آن نگه داری میکرد و به او گفته بود وقتی عروس شدی این لباس را به تو میدهم ، اما آن شب آنقدر التماس کرد تا مادرش راضی شد و اجازه داد آن لباس را بپوشد .

مادر ناروک وقتی از کالسکه پیاده شد نگاهی به محله کرد ، محله اعیان نشینی بود ، بالاخره بخاطر ناروک آمده بود و باید به داخل میرفتند . وارد بیرونی شدند و سپس به اندرونی رسیدند ، روبنده های خود را بالا زده بودند ، مادر ناروک فکر نمیکرد که مجلس زنانه و مرد دانه با هم باشد ، نگاهی به ناروک کرد و با اشاره به او فهماند که چادرش را در نیاورد .

اردلان چشمش به ناروک افتاد کم مانده بود که از خوشحالی سکته کند به احترام آنها تواضع کرد و به نور زمان اشاره نمود . نور زمان از روی صندلی خود بلند شد ، صلاح در آن دید که فعلا آنها را در جائی بنشاند که جلوی چشم نباشند چون کسی آنها را نمی شناخت ،جلو رفت و به آنها سلام کرد . وای که چشمش از دیدن ناروک خیره ماند ، این انسان است یا پری !! تا بحال دختر به این زیبائی ندیده بود ، اردلان حق دارد آنقدر او را بخواهد . بنظر خیلی کم سن و سال می آمد ، خدایا این پری آسمانی را اردلان از کجا یافته است ؟ چرا باید مادرش مخالفت کند !!؟ زیباترین عروس تهران را برادرش پیدا کرده بود. در صندلی های کنار حوض جا خالی بود ، با احترام آنها را به آنجا راهنمائی کرد

که مقابل جایگاهی بود که پدر بزرگ و دائی و پدرش نشسته بودند . برای چند دقیقه کنار آنها نشست ، از دیدن ناروک سیر نمیشد دوباره روی او را بوسید ..

مادر ناروک چشمش به مردها افتاد و ناگهان اردشیر میرزا و امیر خان را شناخت ، با عجله روبنده اش را روی صورتش انداخت و به ناروک گفت که به ردیف صندلی ها ی پشت بروند و آنجا بنشینند . حالش داشت بد می شد خدایا خواب می بینند ؟یعنی او به خانه اردشیر میرزا آمده ؟ یعنی ناروک در این خانه چند روزی را سپری کرده !! تمام بدنش از خشم میلرزید ، باید هر چه زودتر بروند ! چگونه دست سرنوشت دست او را گرفته و در مقابل دشمن جانی او اردشیر مسبب همه بدبختی های او قرار داده بود !! نور زمان آهسته بطوری که مادر ناروک نشوند به ناروک گفت :"

" عزیزم چقدر خوشگلی ماشاءالله ، چشم حسودان کور، خیلی خوش آمدی بعد آهسته در گوش او گفت ..من نورزمان خواهر اردلان هستم "

ناروک مثل بچه ها ذوق کرد . یعنی اردلان به خواهرش همه چیز را گفته ! از ته دل خوشحال شد و سرش را پائین انداخت و گونه هایش از شرم قرمز شده بود ، نور زمان در دلش گفت چه دختر با حیایی است خجالت کشید که اسم اردلان را آوردم بعد به مادر او گفت :

" ببخشید که مجبورم شما را تنها بگذارم ، من مامور استقبال از میهمانان هستم ، دوباره خدمت شما میرسم "

بلند شد و دوباره روی ناروک را بوسید و بسوی صندلی خودش رفت وقتی می نشست با لبخندی به اردلان نگاه کرد و اشاره ای با چشمش کرد یعنی که پسندیدم .

کنیزی برایشان چای و شربت آورد ، مادر ناروک بر نداشت. دلش میخواست هر چه زودتر فرار کند. ناروک تازه به مجلس نگاه میکرد او تا بحال مجلس شازده ها را ندیده بود ! زنها بیشتر تاج مرصع بر سر داشتند و زیر آن تور سیاهی بر سر انداخته بودند ، و لباس های مشکی بسیار قشنگ ، که سر دست نیم تنه های مخملی آنها اکثرا طلا دوزی بود ، غرق در جواهرات بودند ، دامن های بلند که یا زری دوزی بود و

یا سنگ دوزی گران قیمت بر تن داشتند ، شاید کنیز هائی که خدمت میکردند لباس شان گران قیمت تر از لباس ناروک بود . ناروک فکر نکرده بود که مجلس زنانه و مردانه یکی باشد بهترین لباسش را پوشیده بود ، اما حالا مادرش اجازه نمیداد که او چادرش را بردارد البته چند نفر دیگر هم که در ردیف پشت نشسته بودند چادر برسر داشتند .

در طرف مردانه هم بعضی ها لباس شازده ای پوشیده بودند که ردای یراق دوزی شده با کلاه قاجاری بود ولی خیلی از جوان ها کت های بلند که تا نزدیک زانوی آنها بود با شلوار و پیراهن فرنگی پوشیده و کراوات هم بسته بودند .

ناروک فکر میکرد شاید این جشن تاجگذاری خصوصی شاه باشد نه مجلس فاتحه!!؟ ناگهان در صندلی های مقابل خود اردشیر میرزا طبیبی که با او مثل یک پدر رفتار میکرد دید ، خیلی خوشحال شد دلش میخواست بلند شود و به کنار او برود و به او سلام کند . اما خجالت می کشید . ناروک آنقدر محو ضیافت شده بود که متوجه نگرانی که در صورت مادرش موج میزد نمی شد ، مادر ناروک میخواست از آن مجلس فرار کند قبل از اینکه اردشیر میرزا او را ببیند . دلش مثل سرکه و شیره میجوشید ، چرا به حرف ناروک کرده و به این مجلس آمده است! سعی میکرد که خودش را از نظرها پنهان کند تا کسی او را نشناسد .

نور زمان روی صندلی خودش بند نمی شد شادی بزرگی قلبش را پر کرده بود ، مرتب به اردلان لبخند میزد و نگاهی به ناروک میکرد ، فروغ زمان خواهر بزرگتر او که متوجه اشارات او به اردلان شده بود با تعجب به او گفت :

" چه خبره !؟ بین تو و اردلان چیه ؟ که هی نگاهش میکنی؟"

نور زمان که انگار بیشتر از این نمیتوانست این شادی بزرگ را در قلبش پنهان کند ، آهسته سرش را بیخ گوش او گذاشت و گفت :

"خبرهای خوب !! اردلان یه دختر پسندیده ، مثل قرص ماه و اون دختر الان اینجاست "

فروغ زمان با تعجب پرسید؟" کیه کجاست به منم نشون بده ؟دختر کیه؟ چطور اینجاست؟

نور زمان اشاره ای به صندلی که ناروک روی آن نشسته بود کرد و گفت

"بگذار صحبت آقا تموم شه با هم میریم پیش اون "

فروغ زمان مرتب سرک می کشید تا ناروک را ببیند !! اما چون ناروک در ردیف پشت نشسته بود صورتش دیده نمیشد . سکینه خانم ، ندیمه خانم ابتهاج السلطنه ناگهان متوجه شد که ناروک اینجاست . رنگ از رویش پرید ، نکند خانم افخم زمان کاری بکند که باعث آبرو ریزی شود؟؟ حتماً اردلان میرزا او را دعوت کرده وگرنه خودش که بی دعوت نمی آمده ؟ میخواست به خانم ابتهاج السلطنه بگوید ولی موقعیت پیدا نمیکرد . آهسته به آن سوی مجلس رفت و از پشت ناروک را بغل زد ناروک رویش را برگرداند و سکینه خانم را دید ، بی اختیار بلند شد و دست در گردن او انداخت این زن چقدر به او مهربانی کرده بود ،.

وقتی بلند شد رویش به طرف فروغ زمان شد و فروغ او را دید، با اینکه فاصله زیاد بود ولی از دور هم میشد دید که چقدر زیباست ، و چه لبخند قشنگی دارد!! حق با اردلان است که او را دوست داشته باشد ولی سکینه خانم از کجا او را می شناسد ؟؟نکند که از خاندان کنیز ها باشد!!آنوقت مادرش خون به پا میکند!! ولی فعلا که کاری نمیشد کرد ، بهتر بود بعدا از اردلان بپرسند که او را کجا دیده . بالاخره تحمل فروغ زمان تمام شد باید الان که سکینه هم آنجاست برود و بفهمد که سکینه از کجا این دختر را می شناسد. با اشاره به نور زمان بسوی ناروک رفتند ، سکینه هنوز آنجا بود ، که آنها هم رسیدند . ناروک جلوی پای آنها بلند شد و نور زمان، فروغ زمان را معرفی کرد ، فروغ زمان هم او را در آغوش گرفت و رویش را بوسید چه صورت معصوم و قشنگی داشت . فروغ زمان از سکینه پرسید که او را از کجا می شناسد و سکینه فقط توضیح داد که ناروک بیمار اردشیر میرزا بوده و بلافاصله آنجا را ترک کرد . فروغ زمان خیلی دلش میخواست که از ناروک بپرسد که برادرش را از کجا می شناسد ولی بعد از این جواب سکینه خانم فکر کرد که حتما وقتی ناروک بیمار دایی اردشیر بوده اردلان هم اینجا آمده و او را دیده و عاشق او شده . پس خدا را شکر

که غلام زاده نیست . چند دقیقه ای کنار او نشستند و بعد دوباره به جای خودشان بازگشتند

مرجانه ندیمه افخم زمان از رفت و آمد فروغ زمان و نور زمان به آن طرف کمی مشکوک شد که آنها کی هستند که آنجا نشسته اند ، مخصوصا که سکینه هم به آنجا رفته بود. به بهانه جمع کردن ظرفهای میوه به آنسوی رفت و ناگهان ناروک را دید و او را شناخت . با خودش گفت ای داد و بیداد دختری که خانم ها بیرون کردند با چه رویی باز گشته است؟ به سرعت خودش را به افخم و زمان رسانید ، و اهسته در گوش او گفت :

" خانم جان دختری که آنروز از اینجا بیرون کردید ، الان آن طرف نشسته و فکر میکنم با اردلان میرزا سرو سری دارد ، چون دختران حشمت زمان خانم الان پیش او دختر نشسته بودند "

افخم زمان سرش را به آنسوی کرد و ناروک را شناخت ، ای داد از آنچه می ترسیدند به سرشان آمده بود ، این بی چشم و رو بعد از بیرون کردنش ، حتما طوری با اردلان ارتباط بر قرار کرده و گرنه از کجا می دانسته امشب در اینجا میهمانی هست ؟چکار کند؟ به خواهرش بگوید یانه ! با اشاره چشم به حشمت زمان ، از او خواست که به داخل عمارت بروند . حشمت زمان تعجب کرد شاید در آشپزخانه اتفاقی افتاده !؟شاید غذا حاضر نیست ؟ که در قیافه خواهرش اینقدر نگرانی موج میزند !!

حشمت زمان با نگرانی از خواهرش پرسید که چه شده ؟ و او در جواب بطور خلاصه گفت که ناروک اینجاست و دختران او مرتب به او سر میزدند انگار اردلان از خواهرانش خواسته ! بعد اضافه کرد :

" فعلا بهتر است کاری نکنیم بعد از پایان میهمانی خدمتش میرسیم"

اما حشمت زمان مثل کوه آتش فشان شده بود ، چگونه این دختر جرات کرده به اینجا بازگردد!!؟و چه کسی او را دعوت کرده !؟ حتما دوباره بسراغ اردلان آمده ،وگرنه ازکجا میدانسته امشب اینجا میهمانی است ؟ حالا می فهمید که آنشب در عمارت خودشان چرا اردلان به او پرخاش کرد که زن شازده و هم کف خود را نمیگیرد ، و هر کس را که

خودش بخواهد میگیرد!! ؟پس میخواهد این بی سر و پا را عروس او کند ؟ باید امشب به این دختر درس خوبی بدهد تا دنبال پسران شازده به امید عروس خاندان قاجار شدن نیفتد . حشمت زمان مرجانه را صدا کرد و به او گفت :

" برو و به این دختر بگو همین الان بی سرو صدا اینجا را ترک کند و برود و دیگر پشت سرش را هم نگاه نکند و گرنه هرچه دیده از چشم خودش دیده "

افخم زمان از کار خودش پشیمان شده بود نکند باعث آبرو ریزی شوند و آبروی پدرشان در پیش قوم قاجار برود !!؟ به خواهرش اصرار میکرد که لااقل صبر کند تا شام را بکشند و وقتی میهمانان برای شام خوردن به داخل عمارت میروند مرجانه او را بیرون کند . ولی حشمت زمان قبول نمیکرد خیلی عصبانی شده بود و انگار میخواست تلافی حرفهای آنروز اردلان را سر ناروک در بیاورد و میگفت همین الان باید برود .

مرجانه بسوی ناروک رفت ، ناروک او را شناخت ، همان کنیز بد اخلاقی که آنروز او را بخانه رسانید و در تمام طول راه حتی یک کلام هم با او حرف نزد ، حتی بدون خداحافظی او را پیاده کرد و رفت . ناروک اخمهایش را در هم کشید و رویش را به طرف دیگر کرد . مرجانه به کنار او رسید و آهسته گفت :

" خانم جان امر فرمودند که تو همین الان باید از اینجا بروی بیرون"

مادر ناروک که از ابتدای ورود به این مجلس خیلی ناراحت و عصبی و آماده انفجار بود و از درون بخودش می پیچید،و منتظر یک جرقه بود که منفجر شود !! این بی احترامی را دیگر نتوانست تحمل کند و ناگهان به صدای بلند فریاد زد :

" خانم جان شما غلط میکند با شما، بیجا کرده که چنین دستوری میدهد !! خودتون دعوت کردید و خودتون بیرون میکنید ؟"

به صدای فریاد او همه بسوی آنها نگاه کردند ، و متوجه آنطرف شدند حتی سخنران هم ساکت شد ! اردشیر میرزا ناگهان به آن طرف نگاه

کرد این چه بی آبرویی است !! چه اتفاقی افتاده که این زن چنین فریاد میزند؟ با عجله بلند شد که به آن طرف برود . مرجانه که دید با فریاد این زن همه متوجه شده اند و یک رسوایی به بار آمده تصمیم گرفت که حتما او را بیرون کند . حالا که کار از کار گذشته ، حالا که این زن اینطور به خانم توهین میکند پس باید آنها را بیرون کند . دست ناروک را گرفت و از روی صندلی بلند کرده و به طرف در بیرونی کشید . ناگهان چادر از سر ناروک افتاد و اردشیر میرزا که هاج و واج به این صحنه نگاه میکرد انگار بی نظیر را در شب عقدش در لباس سبزی که پوشیده بود میدید . تا خواست بفهمد که چه شده ! این ناروک است یا بی نظیر!!؟ ناروک اینجا چه میکند،!!؟ که مادر ناروک ، مرجانه را هل داد و مرجانه دستش از دست ناروک جدا شد ، ناروک تعادل خود را از دست داد و وسط حیاط به روی زمین افتاد و سرش به لبه حوض خورد و خون فواره زد ! مادرش روی زمین نشست ، مردم همه از جا برخاسته بودند که ببینند چه خبر شده است که ناگهان مادر ناروک فریاد زد :

"آهای شازده اردشیر میرزا ..بیا ببین !!این بی آبرویی را ، بیا ببین که دخترت را در برابر چشم همه قوم قاجار چگونه کتک میزنند ، ببین این خون تست که توی پای شوره حوض عمارت با شکوه شما ریخته !! بیا ببین که دخترت را چگونه جلوی همه دارند خوار خفیف میکنند ... حقیقت هیچوقت زیر ابر نمی ماند ، ببین چطور خداوند داد بی نظیر را گرفت و آبروی ترا برد"

اردشیر ناگهان ناصره را شناخت ناصره اینجا چکار میکند ؟ یعنی ناروک ، دختر اوست ؟ بی اختیار بسوی آنها دوید ، خدایا دختری که در آسمانها بدنبالش میگشت جلوی چشمانش بوده واو ندیده !!یعنی ناروک همان دختری است که او دربدر دنبالش میگشت ؟ ناروک را از لبه حوض بلند کرد و در آغوش گرفت ، و سر و صورت او را می بوسید ، او را به سینه چسبانده و گریه میکرد . مردم مات به این صحنه چشم دوخته بودند ، این دختر کیست ؟ مگر اردشیر میرزا زن داشته !! که دختر داشته باشد!!؟

حسام الملک که می دید جلوی همه میهمانان آبرویشان دارد بر باد میرود فریاد زد :

" اردشیر این چه مسخره بازی است ؟ این زن کیست که به تو نسبت این بی آبروئی را میزند ؟ این بی ناموسی ها به تو نمی چسبد "

اردشیر بدون توجه به حرفهای پدرش ناروک را که بیهوش شده بود در در آغوش گرفته ، سرش را می بوسید ، صورتش را می بوسید . قربان صدقه اش میرفت . اردلان هم دوان دوان خودش را به آنجا رسانید و ناروک را از روی زمین بلند کرده در حالی که از سرش خون به روی زمین میریخت ،روی دو دست گرفت و فریاد زد :

" مجتبی در مطب را باز کن"

حسام الملک که جلوی همه قوم و خویش ها ابرویش داشت میرفت دوباره فریاد زد :

" اردشیر کجا میری ؟این بی آبروئی به تو ربطی نداره برگرد"

اردشیر بسوی پدرش نگاه کرد وبا صدای گریانی که دنیایی از عشق پدری در آن موج میزد فریاد زد :

" پدر جان این دختر منه ، دختر من و بی نظیر" و بسوی درمانگاه دوید .

ناصره که دستهای ناروک را در دست گرفته و گریه میکرد با صدای بلند در جواب اردشیر میرزا گفت:

" نه شازده اردشیر.. این هنوز هم دختر بی نظیر بیچاره ی ناکام و نا مراد است که خواهر های تو با بی رحمی تمام او را از خانه بیرون کردند ... واو از غصه سل گرفت و مرد ، تا زمانیکه تمام این خاندان به اصطلاح اصیل تو به پای ناروک من نیفتند و از او بخاطر این بی احترامی معذرت نخواهند او دختر بی نظیر است نه دختر تو!"

شازده اردشیر بدون توجه به حرفهای پدرش و ناصره دنبال اردلان بسوی مطب میدوید تا زخم ناروک را ببندد و از خون ریزی جلوگیری کند . میرزا گل محمد و میرزا جان محمد که میدیدند چه اتفاقی دارد می افتد ونگران شازده اردشیر بودند با عجله مجلس را ترک کرده وپشت سرآنها بطرف مطب دویدند حشمت زمان که می دید جلوی همه آبروی

خاندان آنها دارد میرود ، با التماس به اردشیر گفت:

" اردشیر این بی آبرویی را به جان نخر ، این وصله ها به تو نمی چسبد معلوم نیست کدام دختر حرام زاده ای را میخواهند به ریش تو ببندند؟"

ناگهان از بین جمعیتی که در صندلی های پشت نشسته بودند زنی که چادر بسر داشت بلند شد و روبنده اش را بالا زد و گفت :

" آهای خانم حشمت زمان ، از خدا بترس و تهمت نزن ، دامن شازده اردشیر را لکه دار نکن ، من دایه اردشیر میرزا هستم ! خدا را خوش نمی آید ،این لکه ها نه به اردشیر می چسبد و نه به بی نظیر ، من قسم میخورم ، به خدای احد و واحد قسم میخورم و شهادت میدهم که این دختر ، دختر شازده اردشیر و بی نظیر است ، من و شوهرم شاهد عقد آنها بودیم ، بی نظیر زن عقدی شازده اردشیر بود"

و بسرعت بدنبال ناروک و ناصره بطرف مطب دوید حشمت زمان غش کرد و افتاد توی حیاط ، حال حسام الملک هم بد شد او را به اتاقش بردند ، مجلس بهم خورد ، سخنران از منبر پائین آمد ،عده ای از میهمانان مجلس را ترک کردند ، ولی عده ای هم که فضول بودند ماندند تا سر از قضیه در بیاورند

مجتبی با عجله در مطب را باز کرد ، و بسرعت رفت تا چراغ بیاورد. اردلان ناروک را روی تخت گذاشت . دستهای اردشیر میلرزید ، دلا شده و موهای او را نوازش میکرد ، سرش را می بوسید و مرتب میگفت :

" دخترم ، عزیزم ، قربونت برم ،چشمهایت رو باز کن ، یادگار بی نظیرم چشمایت رو باز کن "

اردلان بطرف اردشیر رفت ، او هیچوقت دایی خود را چنین بی قدرت و درمانده ندیده بود ، او را بغل کرد و با او گریست ، اشکهای او را پاک میکرد و گفت :

" دایی جان قربونت برم ، برای این حرفها خیلی وقت داری فعلا خودت رو جمع و جور کن ، بخودت بیا دایی جان ، ناروک الان به تو احتیاج داره ، سرش شکسته داره خون ریزی میکنه ، سرش رو بخیه بزن !!"

شازده اردشیر بخودش آمد ، حق با اردلان است ، فعلا باید بفکر زخم ناروک باشد ، بطرف قفسه ای رفت و وسایل جراحی را برداشت و بسوی ناروک بازگشت ، باید اول بفکر سلامتی او باشد ، اردلان کنار دست او ایستاد . زن قابله ای که اردشیر استخدام کرده بود هم امشب جزء میهمانان بود با سرعت خودش را به مطب رسانید تا کمک شازده اردشیر باشد گل محمد و جان محمد هم درکنار اردشیر بودند و کمک میکردند .

زخمش را شستشوی دادند ، خدا را شکر قسمت بالای پیشانی او زیر موهایش شکسته بود ، و صورت زیبایش زخمی نشده بود که بعدا جایش بماند!، اردشیر و قابله شروع به کار کردند و اردلان هم جلوی دست آنها میدوید .سکینه خانم هم به مطب آمده بود که اگر کاری از دستش بر می آید انجام دهد .

ناصره کنار دایه خانم نشسته بود و اشک میریخت ، دایه خانم دست هایش را بدور کردن او انداخته بود و دلداریش میداد و با او حرف میزد :

”ناصره جان شما کجا رفتین ؟ چرا رفتین؟؟ نمیدونی شازده اردشیر چقدر دنبال شما گشت ؟ چقدر زجر کشید ؟ بی نظیر چی شد ؟ چرا مُرد؟ کی مُرد؟ شما این مدت کجا بودین؟“

ناصره اشک میریخت ، حالش خیلی بد بود ، فعلا فقط سلامتی ناروک برایش مهم بود ، چرا چشمهایش را باز نمیکند ؟ خدایا بلایی برسر دخترش نیاید ؟

در مدتی که اردشیر مشغول مداوای ناروک بود ، دایه خانم جریان زندان رفتن اردشیر و بی خبری از آنها و بعد بدنبال آنها گشتن را همه برای ناصره تعریف کرد . ناصره باور نمیکرد که شازده آنها را زندانی نکرده باشد !! پس به دستور کی آنها را زندانی کرده بودند !!

اردشیر زخم ناروک را بخیه زد ، ناروک هنوز بیهوش بود ، اما اردشیر میدانست که حالش خوب است و به زودی به هوش می آید . دستهایش را شست و آمد کنار ناصره نشست وبی اراده دلا شد و دست ناصره را بوسید . ناصره خجالت کشید و دستش را کنار کشید . خدایا او

در افکار خودش از اردشیر دیوی ساخته بود و حالا باید باور میکرد که او غیر از اینکه مخفیانه بی نظیر را عقد کرده بود گناه دیگری نداشته پرسید:

" شازده اگر تو آن همه بلاها را سر ما نیاوردی ؟ پس کی کرد؟"

شازده دو باره دستش را بوسید و گفت :" ناصره بیگم اول تو بگو که چه بر سر شما و بی نظیر من آمد !! شما کجا رفتید!!؟من بعدا همه چیز را برایت میگویم"

و ناصره چنین برای او گفت :

"شازده اردشیر از کجا برات شروع کنم ، از عروسی خواهر زاده ات آن یک هفته که ما خونه میرزا امیر خان بودیم ، من حتی نفهمیدم که شما و بی نظیر عاشق هم شدید، شب آخر خواهر های شما حشمت زمان و افخم زمان مرا به اتاق افخم زمان صدا زدند ، پول کمی به من دادند ، و گفتند صبح زود بی نظیر را بر میداری و میری ، باید بری افغانستان و حق نداری با شازده اردشیر تماس بگیری . من که از قضیه بی خبر بودم ، قسم خوردم که بین شما ها چیزی نیست ، اما آنها من رو تهدید کردند ، که اگر نرویم و یا به شما چیزی بگم بلایی به سر ما می آوردند که مرغان هوا بحال ما گریه کنن . صبح زود رفتیم کاروانسرا میخواستم به طرف افغانستان برم ولی قافله ای نبود و منم به طرف قم رفتم که اگر شما آمدید کاروانسرا ما را پیدا نکنید، وراهی قم شدیم!حالا بی نظیر بی چاره ام چقدر گریه میکرد فقط خدا میداند ،که تو آمدی و ما را برگرداندی. چقدر من و دایه جان به تو التماس کردیم ، که از این عشق واین عقد بگذری ، اما تو قبول نکردی و بی نظیر را عقد کردی . بعد از چند هفته تو دیگه سراغ ما نیامدی ، نمیدونی که چی بر سر بی نظیر آمد شب و روز گریه میکرد ،که ناگهان یک شب در را محکم کوبیدند فکر کردیم شما برگشتین ، اما سه تا سرباز بودند گفتند بدستور شازده ما باید همراه آنها بریم ، من راضی نبودم گفتم کجا بریم چرا شازده خودش نیامده ؟ آنها که استقامت ما را دیدن ، دهن های ما رو بستن به سر ما گونی کشیدن و دست پای ما با زنجیر بستن و ما را کشان کشان بداخل یک کالسکه بزرگ انداختن و بردن!! بدستور کی ما را زندانی کرده بودن !! اگه شما دستور نداده بودین ؟ پس بدستور

پدر شما ما را زندانی کردند؟"

شازده اشک میریخت و با ادب به او جواب داد:

" حالا شما همه قصه را بگو من بعدا برایت توضیح میدهم"

و ناصره ادامه داد :

"خلاصه ما را توی یه سیاه چال پر از موش زندانی کردن ، دستهای ما رو به دیوار بسته بودن ، یه زنی روزی یه بار آب و نان خشک برای ما میآورد و میرفت . شبها اگه خوابمون میبرد موشها گوشت ما رو گاز میگرفتند ،اگر بدانی چقدر این سیاه چال وحشتناک بود ؟ بی نظیر مریض شد مرتب استفراغ میکرد ، آنقدر حواسم پرت بود که فکر نمیکردم شاید حامله باشه ! زبیده که همسفر ما بود همونی که سی تار میزد، وقتی حال او رو می دید به من گفت که شاید بی نظیر حامله است که اینقدر استفراغ میکنه !!؟ بیچاره بی نظیر ، روز به روز حالش بدتر می شد ، مرتب سرفه میکرد ، فکر میکنم از همون سیاه چال سل گرفت . بعد از مدتها یه روز همون سرباز آمد و دست و پای ما رو باز کرد و گفت یا الله پاشین برید آزادید !! و ما رو از اون خونه بیرون کردن !!ما نه می دونستیم کجا بریم ! نه حتی راه رفتن به خونه خودمون را بلد نبودیم. نه پول داشتیم نه کسی را می شناختم ، نه میدانستیم کجا هستیم !! ویلان و سرگردان وسط خیابون ایستاده بودیم!! زبیده به من گفت مگه توی اون خونه سکه و طلا نداری!! بریم اونا رو برداریم و برگردیم افغانستان . اصلا نمیدونستیم خونه ما کجا بود ..پرسان ، پرسان رفتیم تا خانه را پیدا کردیم! وسایل کمی که داشتیم و سکه ها را برداشتیم ، شبانه از ترس اینکه تو بر نکردی و دوباره ما را زندانی کنی رفتیم کاروانسرا و دو سه روز بعد و با یک کاروان راه افتادیم بطرف مشهد، اما حال بی نظیر خیلی بد بود مرتب توی راه استفراغ میکرد تب داشت ، سرفه میکرد!! وقتی به مشهد رسیدیم ، قافله سالار گفت که دیگه ما رو نمی بره باید مشهد بمونیم ، چون حال بی نظیر بده ، من بیچاره تنها و بیکس با بی نظیر مریض موندم مشهد و همسفرامون رفتند .

توی کاروانسرا بودیم ، یه تاجر افغانی برای تجارت پارچه از هند می آمد ایران و میرفت ، ما رو توی کاروانسرا دید ، گفت به ما کمک

میکنه که توی شهر برامون اتاق بگیره ، با پول کمی که داشتیم یه اتاق گرفتیم ، و مشهد موندنی شدیم ، بی نظیر مسلول شده بود ، حکیم دوا کردیم اما فایده نداشت ، بالاخره زائید و ناروک رو بدنیا آورد ،بی نظیر بدبخت میگفت این دختر حسرت همه ی زندگی منه برای همین اسمش رو حسرت میگذارم .

یک روز میرزا اسداله همان تاجر افغانی از من خواستگاری کرد ، منم که از بی کسی داشتم می مردم قبول کردم ،حسرت دو ساله بود که بی نظیر کم بخت من مُرد . من و اسداله میرزا هم فکر کردیم که حسرت بشه دختر ما و هیچوقت به او نگیم که پدر و مادرش کی بودن !! اسم ناروک رو هم میرزا براش انتخاب کرد ، یه اسم افغانی! جونش به او بسته ، اگه بچه خودش هم بود نمی تونست بیشتر از این دوستش داشته باشه ! من از بی نظیر خیلی برای ناروک گفتم ، ولی او فکر میکنه که بی نظیر خاله او بوده ، حتی لباس های بی نظیر رو برای او نگه داشتم یکیش همین که الان تنشه ، لباس شب عقد شماست ! بعد میرزا تصمیم گرفت بیایم تهرون ، من میترسیدم که نکنه با شما روبرو بشیم !! ولی او کفت تهران خیلی بزرگه کسی کسی رو نمیبینه ، بالاخره به تهران آمدیم .

اینجا یه خونه خرید و تجارت راه انداخت ، اما از بخت بد ما یه شازده بی همه چیز! دارو ندار او رو خورد و پولش رو نداد ، مجبور شدیم خونه خوبی که داشتیم فروختیم و یه خونه کوچک خریدیم و با بقیه اش هم دوباره کار کرد . من اصلا نمیدونستم که ناروک این مدت خونه شما بوده ، از این پسره اردلان میرزا هم الان خبر شدم شازده این کیه ؟قوم خویش شماست؟ او و ناروک چطور آشنا شدن ؟ ناروک چطور آمد خونه شما؟یعنی باز هم قصه عشق شما و بی نظیر زنده شده ؟ بازم یه شازده عاشق دختر من شده ؟"

ناصره سکوت کرد و اردشیر میرزا، اشک میریخت ، خدایا یک شازده از خدا بی خبر زندگی چند نفر بیگناه را به تباهی کشیده آنهم برای یک هوس !!؟ خدا را شکر که این میرزا اسدالله زندگی ناصره و بی نظیر را نجات داده و پس از آنکه کمی آرام شد آغاز به گفتن کرد و همه داستان بدبختی خودش را گفت و در آخر از نامه بی نظیر گفت و حتی گفت که تا مشهد هم رفته ، مشتی غلام رضا را هم یافته و سر خاک

بی نظیر هم رفته و در آخر اضافه کرد.

" قصه عشق ناروک و اردلان با اون قصه زمین تا آسمون فرق داره حالا من مثل یه کوه پشت سر دخترم می ایستم ببینم کی جرات داره اینها رو از هم جدا کنه ؟"

***

در بیرون از مطب غوغایی بود میهمانان رفته بودند ، چون در چنین شرایطی ماندن نداشت ، مردم محل که از سرو صدا فهمیده بودند که در عمارت حسام المک دعوایی بر پا شده! دم در بیرونی ایستاده بودند هر کس داستانی درست میکرد و میگفت . حشمت زمان که حالش بهتر شده بود به دم مطب آمده و محکم بدر میکوبید و اردلان را صدا میکرد یکی از نوکر ها به شوهرش مشیر الدوله خبر داد که حشمت زمان درکوچه دارد داد و بیداد میکند ، او به بیرون آمد و به او گفت :

" خانم شما بفرمائید در اندرونی جای شما اینجا نیست "

اما حشمت زمان حال خودش را نمی فهمید و مرتب داد میزد ، فحاشی میکرد ، کاری که از یک شازده خانم بعید بود، شوهرش به کنار او رفت و دوباره حرفهایش را تکرار کرد ، ولی او جواب شوهرش را هم داد که ناگهان مشیر الدوله با دست محکم زد توی صورت او ، کنیز ها ریختند و با عجله حشمت زمان را به درون بردند . مشیر الدوله به جمعیت نگاه کرد ، انگار مردم تماشای معرکه گیری آمده باشند . شاید بیشتر از دویست نفر زن و مرد توی کوچه ایستاده و به این معرکه نگاه میکردند مشیر الدوله فکر کرد الان باید بفکر آبروی حسام الملک باشد . مشتی رضا و نوکران سعی داشتند که مردم را متفرّق کنند ولی مردم ، کمی جا بجا می شدند و دوباره باز میگشتند ، مشیر الدوله ، مشتی رضا مباشر حسام المک را صدا کردو گفت :

" مشتی رضا میهمانان که شام نخورده رفتند ، برای اینکه این جمعیت از دم در مطب دور شوند ، اعلام کن که بروند و از خانه های خود ظرف بیاورند دم در حیاط آشپزخانه توی کوچه بغلی ، شام بگیرند و ببرند "

مشتی رضا، اول فکر کرد که برود و اجازه بگیرد ولی بعد با خود گفت

دستور مشیرالدوله مثل دستور آقاست از آن گذشته توی این شلوغی کی باو جواب میدهد!!؟ بنابراین رفت بالای سکوی هشتی و فریاد زد :

" آهای مردم هر کس شام نخورده بره از خونه ش قابلمه بیارد کوچه پشتی دم در حیاط آشپزخونه و شام بگیره "

ناگهان کوچه خالی شد ،هر کس میدوید که زودتر به خانه برسد و ظرفی بیاورد تا غذا تمام نشده ، چند دقیقه بعد این کوچه خالی شده و همه قابلمه بدست پشت در حیاط آشپزخانه صف کشیده بودند ، آنشب مردم کوچه و خیابان شامی خوردند که در عمرشان نخورده بودند . در زمان جنگ و قحطی که نان خشک هم به زور پیدا میکردند چه کسی از چنین شام شاهانه ای که در خواب هم ندیده بودند و شاید فقط اسم آن غذا ها را در عمرشان شنیده بودند، میگذشت . خورش فسنجان شیرین پلو ،خورش قورمه سبزی، ته چین ، جوجه کباب ، مرصع پلو ، خلاصه تا دیر وقت مردم ظرف بدست می آمدند و دست پر میرفتند، حتی از بعضی خانه هاچند نفر آمدند تا غذای بیشتری بگیرند . این تدبیر مشیر الدوله بسیار عاقلانه بود ، هم مردم متفرّق گشتند ، هم آن همه غذا روی دست حسام الملک نماند ، و هم اینکه اگر این برنامه برای فاتحه و خیرات روح آقای بزرگ بود بهتر از این نمی شد که به دهن انسان های گرسنه شهر قحطی زده تهران برسد.

***

در تالار عمارت اوضاع کمی آرامتر شده بود ، حشمت زمان بعد از خوردن سیلی از شوهرش آرام گرفته و روی یک صندلی نشسته بود حال حسام الملک هم بهتر بود وغریبه ها رفته بودند . جوان تر ها در حیاط نشسته بودند و در این مورد حرف میزدند و صلاح را در این می دیدند که از بزرگ تر ها دور باشند .حسام الملک رو به همسرش کرد و پرسید :

" خانم ابتهاج السلطنه شما بفرمائید که از این جریانی که امشب آبروی مرا برد چه میدانید ؟ و این آشوب چگونه بر پا شد؟"

افخم زمان و حشمت زمان به او نگاه کردند که چیزی نگوید ، ولی ابتهاج السلطنه بیش از اینها برای شوهرش احترام قائل بود که به او

دروغ بگوید در جواب گفت :

" آقا جان از جریان بی نظیر و شازده اردشیر در آن زمان من چیزی نمیدانم ، همین چیزی که امشب شما شنیدید و فهمیدید من هم دیدم و شنیدم! اما ناروک ، چند وقت پیش در غائله باغ اتابک و زخمی شدن ستارخان ، اردلان میرزا که آنجا بوده ، ناروک را که تیر به دستش خورده و زخمی شده بود به اینجا آورد. اردشیر میرزا هم تیر را از دست او در آورد و چند روزی در اتاق پنج دری پیش ما بود ، دختر زیبا ، بسیار شیرین و دوست داشتنی بود ، حافظ را از حفظ میخواند ، کنیز ها عاشق او شده بودند . اردلان میرزا هم اینجا بود و گاهی با او حرف میزد ،اما من رابطه مشکوکی از آنها ندیدم. یک روز افخم زمان آمد اینجا و او را دید و رفت و بلافاصله با حشمت زمان بازگشت ودو خواهر به من گفتند که ناروک باید قبل از برگشتن اردلان میرزا به خانه خودش برود ! من خیلی سعی کردم که جلوی این کار را بگیرم ولی قبول نکردند و ناروک را مجبور به رفتن کردند . من حتی برای اینکه دلش نشکند دو دست لباس و یک جفت گوشواره به او دادم ، اما جریان سالها پیش را از دختران تان بپرسید ، من خبر ندارم . "

حسام الملک نگاه غضبناکی به آنها کرد و گفت :

" لازم نیست اینها حرف بزنند، اینها همین که امشب باعث آبروریزی من شدند بس است!! یکی برود دایه خانم را صدا کند !"

چند دقیقه بعد ، دایه خانم وارد اتاق شد و تعظیمی به حسام الملک کرد و گوشه اتاق ایستاد ، حسام الملک گفت :

" دایه خانم بیا جلو ، اینجا بنشین و همه جریان را برای من تعریف کن ! این زن چه میگوید ! این دختر اردشیر است ؟ تو واقعاً شاهد عقد آنها بودی؟"

دایه خانم هم ، همه داستان را برای او تعریف کرد ، از بیرون کردن ناصره و بی نظیر از خانه ی امیر خان بوسیله حشمت زمان و افخم زمان ، رفتن شازده به دنبال آنها ، و آوردن آنها به خانه دایه خانم ، و در آخر گفت :

'' حضرت شازده بخدا من بی تقصیر بودم ، خیلی به شازده گفتم که اینکار را نکند ، اما او در حضور من و رجب علی بی نظیر را عقد کرد بیچاره خواهر بی نظیر هم التماس میکرد، که از بی نظیر چشم بپوشد ولی شازده به حرف هیچکس نکرد . بعد هم در شاه عبدل العظیم برایش یک خانه گرفت . میرزا گل محمد و جان محمد هم از این جریان اطلاع داشتند . شازده نواب بی شرف گور بگور شده ، که باعث زندان رفتن شازده اردشیر شد ، در عقد کنان منور زمان عاشق بی نظیر شده و بعد از به محبس انداختن شازده اردشیر ، یکی را بسراغ اینها فرستاده و همه اینها را به سیاه چال انداخته ، آن گوهر تاج نمک به حرام که همه توی خونه هاشون راهش میدن ، اون به شازده نواب بی نظیر را نشون داده . شازده نواب بی همه چیز رو با لباس مبدل آورده عقد کنان منور زمان تابی نظیر را ببیند . بی نظیر در سیاه چال مسلول شده بعد از مرگ شازده نواب آنها را هم آزاد میکنند . آنها که از زندانی شدن شازده اردشیر بی خبر بودند، فکر کردند که بدستور شازده اردشیر زندانی شدند، بعد از رها شدن از سیاه چال بفکر فرار می افتند و روانه افغانستان میشوند ولی در بین راه بی نظیر مریض میشود و مشهد می مانند. بی نظیر بچه اش را به دنیا می آورد و بعد می میرد. بله حضرت اشرف به همان حضرت شاه عبدل العظیم که قفلش رو گرفتم ، به نان و نمک شما که یک عمر خوردم این دختر، دختر شازده است . خدا پدر مادر،خاله اش را بیامرزد که چنین دختری بار آورده مثل دسته گل بعد اشاره به خواهر های شازده کرد و ادامه داد اینها که در حق شازده اردشیر خواهری نکردند ، شما پدری کنید و دخترش را قبول کنید ، شاید این تنها دل خوشی این پسر منه که خداوند بعد از آن همه عذاب برایش فرستاده ''

و شروع به گریه کرد ، حشمت زمان و افخم زمان تالار را ترک کردند چون مطمئن بودند که باید جوابگوی پدر باشند . حسام الملک سرش را بین دو دست گرفته بود ، بعد بلند شد و در طول اتاق قدم میزد ، لحظات سختی را میگذراند ، بعد از مدتی رویش را به کنیزی که در اتاق بود کرد و پرسید:

'' گل محمد و جان محمد کجا هستند آنها را صدا کنید ''

سکینه خانم تعظیمی کرد و جواب داد :

" در مطب در کنار شازده اردشیر هستند ، الان بدنبال آنها میفرستم که به خدمت برسند "

چند دقیقه بعد ، گل محمد و جان محمد به خدمت حسام المک رسیدند تعظیم کردند و کنار دیوار ایستادند . حسام المک همان سوال را از آنها کرد و آنها هم جواب دادند که از همان شب خواستگاری منور زمان از این عشق خبر داشتند ، و سعی کردند که جلوی این رابطه را بگیرند ولی شازده سخت عاشق بی نظیر بوده و به حرف هیچکس نکرده ، حتی گل محمد اضافه کرد که برای پیدا کردن آنها پس از ترک خانه امیر خان او هم همراه شازده بوده واز عقد آنها و اینکه شازده اردشیر برای آنها در شاه عبد العظیم خانه ای گرفته بوده هم خبر داشته و در آخر ادامه داد که :

" حضرت اشرف چند ماه پیش نامه ای که سالها پیش بی نظیر برای شازده اردشیر نوشته بوده هم پس از چندین سال بدست شازده اردشیر رسید. این نامه پیش حاجی بابا مباشر پدرم بوده و او این نامه را به هیچکس نشان نداده بود تا اردشیر میرزا از فرنگ بازگشته نامه را به خود شازده داده که در آن نامه بی نظیر نوشته بود که دختری دارد و خودش مسلول شده . متاسفانه او نامه را زمانی که شازده به فرنگ رفته بود فرستاده وخیلی دیر بدست شازده رسید .اگر خاطرتان باشد من و شازده مدتی پیش به مشهد رفتیم ! این یک سفر زیارتی نبود ! من همراه شازده دنبال دخترش به مشهد رفتم ! خانه کسی که نامه را آورده و بدست حاجی بابا داده بود هم پیدا کردیم که همسایه قدیمی آنها بودند. همسایه آنها گفت که خاله دختر او را برده و حتی بر سرمزار بی نظیر هم رفتیم و شازده دستور داد که سنگ قبر او را عوض کنند و رویش نوشتند آرامگاه بی نظیر خاتون فرزند محمد وزوجه شازرده اردشیر میرزای قاجار"

حسام الملک پرسید:

" شما خبر داشتید که افخم و حشمت آنها را از خانه بیرون کرده بودند؟"

جان محمد و گل محمد نگاهی به هم کردند ، افخم زمان برای آنها

مادری کرده بود درست نبود که بر علیه او حرفی بزنند پس از چند لحظه سکوت گل محمد گفت :

" حضرت اشرف ما از این جریان خبر نداریم هر چه بوده در اندرونی زنانه بوده "

حسام الملک دو باره نشست ، سرش را بین دو دست گرفته و فکر میکرد ، بعد سرش را بلند کرد و کفت :

" همه بجز شازده خانم بروید بیرون احتیاج به فکر کردن دارم ولی هیچ کس امشب به خونه خودش باز نمیگردد، همه امشب اینجا می مانند تا من تصمیم بگریم و آن کنیز بی ادبی که باعث به هم خوردن مجلس و یک چنین آبرو ریزی شد را هم توی زیر زمین زندانی کنید تا فردا در موردش تصمیم بگیرم"

***

توی مطب هم همه چیز آرام بود و همه منتظر به هوش آمدن ناروک بودند ، اردشیر میرزا به ناصره گفت :

" ناصره بیگم شما با دایه خانم بفرمائید توی اندرونی استراحت کنید "

ناصره با عصبانیت جواب داد :

" نه شازده من پام رو توی خونه ای که بدخترم بی احترامی کردند ، نمیگذارم ، همین جا می نشینم تا فردا با دخترم برم خونه ، فقط اگه لطف کنید و یکی را بفرستید که به میرزا اسدالله بگه که ما امشب اینجا می مونیم ممنون میشم بیچاره حتما تا الان خیلی نگران شده"

شازده اردلان پرید وسط حرف و گفت :

" اصلا نگران نباشید الان یک نفر میفرستم که میرزا را بیاره اینجا که خیال او هم راحت باشه "

و بلافاصله از مطب بیرون رفت تا همان کالسکه ای را که آنها را آورده بود بدنبال میرزا اسدالله بفرستد و به کالسکه چی گفت که به میرزا بگوید که او هم برای شام دعوت داشته چرا نیامده واز او خواهش کند

که همراه او بیاید . کالسکه چی با عجله به سوی خانه آنها براه افتاد .

شازده اردشیر به جواب ناصره فکر کرد او درست میگوید چگونه به خانه ای قدم گذارد که چنین به آنها بی احترامی شد!! او هم تا از دخترش عذر خواهی نشود نباید به عمارت بازگردد. دایه خانم به کمک سکینه برای خودش و ناصره بیگم رختخواب آورد تا در اتاق انتظار کمی استراحت کنند .

اردشیر میرزا روی سر ناروک نشسته بود و از او چشم بر نمی داشت ، خدایا این دختر زیبا ، دختر اوست ؟ یعنی خداوند او را لایق دانسته و چنین دختری به او عطا کرده !! چقدر شبیه بی نظیر شده !! چطور آن چند روزی که اینجا بود متوجه این شباهت نشده !!؟ ای کاش بی نظیر هم زنده بود ! ای کاش زندگی با او چنین نمیکرد ! زمانی که او در اروپا بوده ! دخترش در چه شرایطی بوده ! اگر این میرزا اسدلله با ناصره ازدواج نکرده بوده الان ناروک کجا بود ! خدای ناکرده داشت در جمع عده ای مست در افغانستان یا هندوستان میرقصید !! خداوند به بی گناهی مادر او رحم کرده .

اردلان هم گوشه دیگری از اتاق نشسته و به ناروک خیره گشته بود، و به بازی سرنوشت فکر میکرد ، شبی که او از آن پشت بام بالا رفت و داخل پشه بند ناروک شده ، آیا هرگز فکر میکرد که این دختر، دختر دائی اردشیر است ؟ شاید خداوند او را مامور یافتن ناروک کرده بوده عجب تصادفی ؟ چه قصه عاشقانه ای ؟ بیاد حرفهای دایی اردشیر افتاد که گفته بودمواظب باشد و به عشقی غلط و دختری غلط دل نبندد !! حالا می فهمید که این حرف از کجا سرچشمه گرفته !!چقدر دایی اردشیر در این مدت زجر کشیده ؟ چه عشق پر شکوهی بین آنها بوده !! بیچاره دایی اردشیر چه زندگی غم انگیزی را گذرانده ؟چطور مادر و خاله او چنین ظلمی را در حق بی نظیر و دایی کرده اند ؟با خود گفت چطور ندارد مگر امشب باعث این بی آبرویی نشدند !! چگونه مادرش امشب به خودش چنین اجازه ای را داده که ناروک را از خانه پدر بزرگ بیرون کند !و جلوی همه قوم و خویش ها چنین بی آبرویی راه بیاندازد!!؟ شاید او هرگز مادرش را نشناخته !

در این فکر ها بودند که کالسکه ای که بدنبال میرزا اسدلله رفته بود

بازگشت ، وقتی میرزا رسید که دیگر در کوچه هم خبری نبود، و چراغ های بیرون عمارت را که برای میهمانی گذاشته بودند هم خاموش کرده بودند ، میرزا تعجب کرد که اینجا چه خبر است ؟ پس میهمانی کجاست؟ کالسکه چی او را به مطب راهنمائی کرد . وقتی وارد شد ، ناصره را دید که روی یک صندلی نشسته و با زن دیگری دارد حرف میزند ، اینجا که میهمانی نیست !! چه خبر شده ؟ ناصره با دیدن او بسویش رفت ، دست او را گرفت و کنارش نشست و بعد آرام آرام داستان را برایش گفت ! پیرمرد اشک میریخت هم خوشحال بود که پدر ناروک پیدا شده و هم غم بزرگی دلش را گرفت که مبادا دیگر ناروک او را پدرش نداند .

اردشیر میرزا صدای حرف زدن ناصره را با یک نفر شنید ، و از اتاق بیرون آمد و میرزا اسدلله را دید که کنار ناصره نشسته ، مطمئن بود که او شوهر ناصره است ، بسوی او رفت سلام کرد و وقتی میرزا سرش را بلند کرد که ببیند کی به او سلام کرده ، اردشیر دلا شد و دست او را بوسید ، میرزا دستش را عقب کشید ، این کیست و چرا دست او را بوسید ! اردشیر یک صندلی آورد و روبروی او نشست و دستهای او را در دست گرفت و در حالی که اشک هایش روی گونه هایش میریخت شروع به صحبت کرد:

" میرزا اسدلله شما در حق من بزرگی کردید ، پدری کردید!! شما از امانت بی نظیر من نگه داری نمودید ، من نمیدونم چطور از شما قدر دانی کنم ؟"

پیرمرد اشک هایش را پاک کرد و گفت :

" همین قدر که مرا از دخترم جدا نکنی برایم بس است "

خدایا به این میگویند بزرگی ! به این میگویند گذشت !به این میگویند عشق پدری ! او در میان همه این اتفاقات فقط به این فکر میکرد که نکند ناروک بعد از این او را پدر خود نداند و او دخترش را از دست بدهد. او فقط عشق دخترش را میخواست و بس.

اردشیر دوباره دست های او را بوسید و گفت :

" شما فقط در حق ناروک پدری نکردید ! در حق منم پدری کردید ، شما این افتخار را به من بدهید که همیشه پدر او باشید و هرگز برای لحظه ای فکر نکنید که چیزی عوض شده و اجازه بدهید که من هم در حاشیه زندگی او باشم او دختر شماست و شماهمیشه بابای عزیز او هستید "

میرزا اشک خود را پاک کرد و ناگهان پرسید :

" دخترم کو !! کجاست ؟"

ناصره قسمت پایانی را هم برایش گفت که ناروک زمین خورده و در اتاق مجاور است . ناگهان میرزا بلند شد وبه اتاق ناروک رفت ، چه بلایی سر دخترش آمده؟او هنوز هم بیهوش بود میرزا دستهای او را در دست گرفت و میبوسید و او را صدا میزد :

" دخترم ، نور چشمم ، قربونت برم چشمایت رو باز کن ، ناروک بابا من رو مترسون ، عزیز دلم "

ناروک از صدای پدرش بیدار شد، نگاهی به اطراف کرد ! کجاست چه اتفاقی افتاده ؟ پدرش اینجا چه میکند ! کم کم همه چیز یادش افتاد آن کنیز میخواست او را بیرون کند ، و او به زمین افتاد ، حرفهای مادرش را کم و بیش شنیده بود ، اما درست یادش نبود ! مادرش از چه حرف میزد ، او چه ارتباطی با شازده اردشیر دارد ؟ پدرش دست های او را میبوسید و اشک شوق میریخت که او به هوش آمده . اردشیر و اردلان اتاق را ترک کردند تا پدرو مادرش با او حرف بزنند و همه چیز را برایش بگویند . ناصره آرام آرام داستان بی نظیر و اردشیر و همه اتفاقاتی که افتاده بود را برای ناروک تعریف کرد آنها گناهی نکرده بودند فقط نمیخواسته اند که ناروک با این غم بزرگ شود که پدر و مادر ندارد و غصه بخورد !! اما دست حادثه آنها را امشب با پدر واقعی او روبرو کرده بود !! چقدر برای ناروک سخت بود که چنین حقیقتی را قبول کند ! تمام باور های زندگیش در هم میریخت !!؟اما پدرش با مهربانی او را راضی میکرد که پدر اصلیش را ببیند و او را قبول کند .

میرزا اسدالله مرد بسیار خوش قلبی بود . او برای ناروک خوشحال بود که اکنون به آغوش خانواده اصلی خود باز میگردد و همچنین برای ناصره بیگم هم خیلی خوشحال شده بود چون در این چند سالی که

زن او بود همیشه این غصه مثل کوهی روی دل او سنگینی میکرد که شازده اردشیر به آنها نارو زد و پس از اینکه با بی نظیر خوش گذراند آنها را آواره کرد و امشب خداوند کمک کرد تا ناصره حقیقت را بفهمد و روحش آرام بگیرد.

ساعتی بعد آنها اتاق را ترک کردند تا اردشیر میرزا به کنار ناروک برود و با او حرف بزند ، ناروک گریه میکرد ، یعنی او همه عمرش را با یک دروغ زندگی کرده !!؟ او دختر خاله بی نظیر است !!؟ و شازده اردشیر پدر واقعی او میباشد. ؟برایش قابل قبول نبود ، یعنی او یک شاهزاده خانم است ! و این طبیب مهربان پدر واقعی اوست ! و اردلان پسر عمه اوست؟باور کردن همه ی این حرفها با هم برایش قابل درک نبود شازده اردشیر برای تبرئه کردن خودش حرفی نداشت که بزند احساس میکرد او همه عمرش مرد ترسوئی بوده . اگر روز اول نمی ترسید وبی نظیر را محرمانه عقد نکرده و او را بعنوان عروس به خانه پدرش آورده بود، هرگز چنین اتفاقاتی نمی افتاد ، او فقط اشک میریخت و دستهای ناروک را می بوسید و از ناروک تقاضای بخشش میکرد . قصه عشق خودش و بی نظیر را برای او میگفت ، میگفت و میگفت که او و مادرش چقدر همدیگر را دوست داشتند۲۱۲۳۴÷، این عشق چگونه اتفاق افتاد و چگونه آنها قربانی تقدیر و بازیچه یک شازده هوس باز شده اند برایش از عشق خودش نسبت به بی نظیر میگفت ، از زندان رفتنش و از اینکه چرا بیشتر بدنبال بی نظیر نگشته و به فرنگ رفته احساس پشیمانی کرده وبعد از خواندن نامه بی نظیر چقدر دنبال دخترش گشته باورش نمی شد دختری را که آنچنان از یافتنش نا امید شده بود اکنون در برابر خود می بیند این معجزه ای بود که به وقوع پیوسته بود !! فقط ناروک را در آغوش گرفته و میگریست .

***

فردا صبح عمارت حسام الملک آبستن حوادث زیادی بود ، هیچ کس نمیدانست که او چه تصمیمی خواهد گرفت . شب پیش ،قبل از خواب ابتهاج السلطنه به او گفته بود :

"آقا جان شما هر تصمیمی بگیرد من از شما پشتیبانی خواهم کرد ، چون شما تاج سر من هستید!!ولی خواهش میکنم که تصمیم درست

و عاقلانه ای بگیرد ، اردشیر میرزا عمری را به سختی گذرانده است
از ابتدای زندگی بی مادر بوده هر چند که من و دایه خانم بودیم !ولی
او هیچوقت این احساس را نکرد که مادر دارد. بدون محبت مادری
بزرگ شد، در تنهایی وغربت خودش ، بعد هم که عاشق دختری شده
آن گونه دختر را از زندگی او دور کرده اند. حالا پس از عمری خداوند
به او لطف کرده و زندگی یک روی خوش به او نشان داده و دخترش
را یافته است . سزا نیست که بخاطر تعصبات قومی و حرف مردم ،
بقیه عمرش را هم با غم سپری کند ! حال که دختر او پیدا شده باید آنرا
بفال نیک گرفت !! باید او روی آرامش را ببیند و شما نباید دل او
را بشکنید و مطمئن باشید که ناروک لیاقت شازده بودن را دارد . او
نوه شماست و در این مدت از عشق شما و پدرش محروم بوده ، آنچه
را که باید مال او باشد به او باز گردانید ، لقب شازده گی را ، و نوه
دیگر شما اردلان میرزا هم عاشق اوست ، این دو دلداده را هم نباید از
هم جدا کرد. اشتباهی که سالها پیش شده دوباره نگذارید تکرار شود"

                              ***

    همه آنهایکه دیشب را در خانه حسام المک مانده بودند بیدار شده و
روی صندلی ها توی حیاط نشسته و منتظر آمدن حسام المک بودند ،
حشمت زمان و افخم زمان خیلی اضطراب داشتند که پدر چه تصمیمی
میگیرد ، مشیر الدوله و امیر خان هم گوشه ای نشسته و با هم گفتگو
میکردند .

بالاخره حسام المک و ابتهاج السلطنه از عمارت بیرون آمدند ،همه به
احترام آنها از جای برخاستند ، حسام المک با اشاره سر اجازه نشستن
داد و چنین آغاز به سخن کرد :

" بسیار متاسفم که نتوانستم فرزندانم را درست تربیت کنم ، باور
نمیکنم که دختران من مرتکب چنین کارهای ناشایستی شده باشند و
از شازده بودن فقط هم طراز بودن را آموخته باشند!!من انتظار چنین
اشتباهاتی را از افخم زمان و حشمت زمان نداشتم !!؟ چگونه با زندگی
برادرشان بازی کرده ودختری را که او چنین عاشقانه دوست میداشته
از خانه بیرون کردند و باعث همه ی آن گرفتاری های آنزمان اردشیر
گردیدند. شاید اگر بی نظیر را همان موقع عقد کرده و به خانه می آوردیم

اردشیر به زندان نمیرفت و این همه مصیبت نمیکشید!!آیا خداوند از گناه آنها میگذرد؟ من نمیدانم انشالله !!

همچنین باعث آبروریزی دیشب شدند که شاید سالها نقل مجالس باشد و من نتوانم سرم را در میان اقوام بلند کنم . حشمت زمان و افخم زمان باید از آن دختر و مادرش معذرت بخواهند که در انظار همه قوم و خویش ها به آنها بی احترامی شده است . میهمانی امشب و فردا شب هم بر گزار نخواهد شد که بیشتر از این آبرویمان جلوی مردم نریزد!! و به آشپزخانه دستور میدهم که غذاهایی را که برای امشب و فردا شب تهیه دیده اند به مسجد محله برده و در آنجا قسمت کنند . از مشیر الدوله هم بخاطر تصمیم درستی که دیشب گرفته و غذا ها را بین فقرا تقسیم کرده ممنونم . از این به بعد این دختر ، نوه من است و همه باید به اندازه بقیه نوه های من برای او ارزش و احترام قائل شوند و کسی حق ندارد به او بی احترامی کند! کنیزی که باعث بی آبروئی دیشب شد هم فورا باید از تهران به یکی از آبادی ها تبعید شود و هرگز به اینجا باز نگردد "

بعد رویش را به سکینه کرد و گفت :

"سکینه خانم به نوه من ناروک و مادرش بگویید بیایند اینجا تا حشمت زمان و افخم زمان از آنها عذر خواهی کنند ".

اردشیر میرزا و اردلان از دیشب به عمارت باز نگشته بودند ، و قصد آمدن هم نداشتند ، حال ناروک بهتر شده بود ، اما آنچه که دیشب اتفاق افتاده بود را باور نمیکرد . او بابای خودش را خیلی دوست داشت و قبول اینکه طبیب پدر واقعی او است برایش سخت بود ، اما این حقیقتی بود که باید بپذیرد .

سکینه خانم به مطب آمد ،همه دور ناروک نشسته بودند و صحبت میکردند . سکینه امر آقا را گفت ، ناصره برآشفت و جواب داد :

" ببخشید شازده اردشیر ، اما اهانتی که دیشب به ما در مقابل همه قوم خویش های شما شد و آبروی ما را ریخت ، این جوری جمع نمی شود ، ما همین الان به خونه خودمون میریم ، روزی که خواهر های شما جلوی چشم همه آنها یی که دیشب اینجا بودند و بی احترامی و

توهینی که به ما شد رادیدند، از ما معذرت خواستند آنروز ناروک دختر شما خواهد بود ،ناروک هنوز هم دختر بی نظیر است . اگر به او اعتبار شاهزاده گی دادید و جلوی همه گفتید که او دختر شماست آنوقت دختر شما میشود"

زیر بازوی ناروک را گرفت و از اتاق بیرون برد ، شازده اردشیر اجازه داد که آنها بروند ، درست هم همین بود که ناصره میگفت ، یک بار و برای همیشه باید این غلط جائی درست شود .

اردلان همراه آنها بیرون رفت و خودش در کالسکه نشست تا آنها را بخانه برساند . سکینه هم که زن عاقلی بود به عمارت بازگشت و گفت که آنها صبح زود به خانه خود رفته اند .

***

شب جمعه مردم محله فقیر نشین ناروک ناظر آمدن چندین کالسکه اشرافی به محله خود بودند ، همه میدانستند که شاهزاده ای عاشق ناروک شده و به خواستگاری او می آید . روی سر نوکر ها طبق های هدایا و شیرینی و میوه بود ، میرزا اسدلله و ناصره کسی را نداشتند که دعوت کنند همه میهمان ها از طرف داماد بودند فقط دایه خانم و شوهرش از طرف عروس دعوت بودند .. زن و شوهر برای استقبال به جلوی در رفته بودند ، وقتی حسام المک از کالسکه پیاده شد ، ناصره ناگهان زانو زد و دست او را بوسید . شازده ای با آن همه اعتبار کار بزرگی را با آمدن خودش به خانه آنها کرده بود .

خانه آنها کوچک بود ، حیاط را هم فرش کرده بودند ، روز پیش اردشیر میرزا با گاری میز و صندلی ، فرش و وسایل پذیرایی با دو کنیز فرستاده بود تا همه چیز آنطور که باید باشد . بجز خانواده حسام الملک و دختران ، عمه اردشیر ، عموی اردشیر و خاله او و هم با همسرانشان و فرزندان آنها که در شب میهمانی حضور داشتند آمده بودند . پس از اینکه همه جا بجا شدند،ناصره بیگم به درون خانه رفت و ناروک

را که لباس بسیار زیبائی پوشیده بود و مثل ماه میدرخشید با خودش به حیاط خانه آورد . حشمت زمان بلند شد و پس از گرفتن اجازه از پدرش بطرف ناروک رفت وبا احترام گفت :

" دخترم ناروک عزیزم ،من بابت بی احترامی که یکی از کنیز های ما در حق تو و مادرت خانم ناصره بیگم کرد معذرت میخواهم ، آن کنیز را تبعید کردند ، تو نور چشم و عزیزما هستی ! تو آرزوی محال ما هستی، تو دختر یکی یکدانه شازده اردشیر ما هستی "

و روی او را بوسید و گردنبدی از زمرد به گردن او انداخت . شازده اردشیر به این دختر افتخار میکرد ، او را در آغوش گرفته و خدا را سپاس میگفت که پاره تنش را یافته !! کمشده ای را پیدا کرده بود که از یافتنش مأیوس گشته بود . حسام الملک هم برای اولین بار نوه ای را که آرزویش را داشت در بغل گرفت ، او همیشه فکر میکرد چرا شازده اردشیر ازدواج نمیکند تا او نوه پسری هم داشته باشد حال به چنین دختری افتخار میکرد.

سپس سکینه و جیران به طرف خوانچه ها رفتند و هدایایی که برای ناروک و مادرش آورده بودند به همه نشان دادند و بعد مشیر الدوله با اجازه حسام الملک ناروک را برای اردلان از میرزا اسدالله خواستگاری کرد . اردشیر میرزا اینطور خواسته بود که به احترام عمری که اسدالله میرزا در حق ناروک پدری کرده بود ، امشب هم ناروک را از او و ناصره بیگم خواستگاری کنند. ناصره اشک میریخت ، کجایی بی نظیر که ببینی آنچه را که از تو دریغ کردند ، اکنون دخترت بدست آورده است .

قرار عقد را برای شب جمعه آینده گذاشتند ، و قرار شد که در عمارت حسام الملک همه میهمانان آنشب کذائی دعوت شوند و عقد کنان در آنجا و در حضور همه انجام بگیرد.

***

همه دختر های محله فقیر نشین ناروک توی کوچه جمع شده بودند و آرزو میکردند که روزی مرغ سعادت بر بام آنها نیز بنشیند وآنها هم چنین خوشبخت شوند ؛ چندین کالسکه که با فانوس ها و گل ها

تزئین یافته ، بدنبال عروس آمده بود ند . ناصره بیگم ، ناروک را به سبک عروسان هندی آرایش کرده بود، لباس سنگ دوزی شده سبزی براو پوشانده و به دست و پایش حنا بسته بود . مثل عروسهای هندی او را آرایش کرده و بالای ابروهایش را با پولک های نقره ای تزئین کرده و جلوی صورتش نقابی از گل یاس انداخته بود. او واقعاً شبیه شاهزاده خانم ها شده بود . اردلان به اتفاق نور زمان و فروغ زمان و همسران آنها وبقیه دختران وجوانان اقوام خویش به دنبال عروس آمده بود ، نوکر ها بین مردمی که توی کوچه به تماشا ایستاده بودند نقل و شیرینی و میوه پخش میکردند با هلهله و صلوات او را از در خانه بیرون آوردند. روبرویش یکی از کنیزها آیینه بزرگی گرفته بود و چند کنیز دیگر اسفند روی منقل هایی که در دست داشتند می پاشیدند تا کسی او را نظر نزند و مباشر مشیر الدوله بر سر آنها سکه میریخت تا بچه های فقیر جمع کرده و برای خوشبختی آنها دعا کنند. او را سوار کالسکه ای کردند و در کنارش اردلان نشست و بسوی عمارت حسام المک روان شدند .

در جلوی عمارت حسام المک ، همه به استقبال عروس آمده بودند ، سر در عمارت را با فانوس تزئین نموده و سه تا گوسفند هم در دست نوکر ها بود که تا عروس پایش را به زمین گذاشت قربانی کرده و به فقرا بدهند ، مردمی که دو هفته پیش برای دیدن دعوا جمع شده بودند اکنون برای تماشای عروسی آمده و منتظر گرفتن گوشت قربانی بودند حسام المک دستور داده بود ، به میمنت پیدا شدن نوه اش به همه آنهائی که در کوچه جمع شده اند شام بدهند .

کالسکه عروس رسید ، ناروک را با هلهله و کف زدن پیاده کردند ، بر سر او و اردلان گلبرگ و نقل وسکه می پاشیدند . گوسفند ها را قربانی نموده و او را به داخل عمارت بردند . در جلوی درب عمارت شازده حسام المک ، خانم ابتهاج السلطنه و شازده اردشیرو بقیه خاندان شازده حسام المک به پیشواز آنها آمده بودند . شازده اردشیر او را در آغوش گرفت ، اشکهایش بروی صورتش میغلتید ، ای کاش او در آن زمان بی نظیر را چنین وارد این عمارت میکرد ، اما بخودش نهیب زد که چرا ناشکری میکند !! خدا را شکر کند که دخترش را یافته آنهم به این خانمی و با اصالت !! نه بصورت طوائف که همیشه در کابوس هایش میدید!!او حتی بعضی از شبها خواب میدید که دخترش طوائف

شده و دارد برای مردهای مست میرقصد . خدا را هزار بار شکر که ناصره بیگم چنین دختری را برای او تربیت کرده . در دوطرف عروس دو پدر او قدم برمیداشتند ، یک طرف او میرزا اسدالله و طرف دیگرش شازده اردشیر و او را بطرف سفره عقد می بردند. مثل شب میهمانی دور تا دور اندرونی را صندلی چیده و لاله های رنگی حیاط را روشن کرده بود . سفره عقد بسیار بزرگ و زیبائی در وسط حیاط روی تختی چیده بودند ، سفره از ترمه زر بافت بود و تورهای رنگی از هر طرفش آویزان و روی تخت آلاچیق زیبائی با تورهای رنگی درست کرده بودند. در روی سفره آیینه و شمعدان نقره ای برزگی به چشم میخورد و درون سفره در ظرف های بلور آبی ، نان و پینر سبزی ، نقل ، گردوهای رنگ کرده کلوچه های مختلف و جواهراتی که از طرف خاندان داماد برای عروس تهیه کرده بودند و همچنین جواهراتی که قرار بود بر سر و دست و گوش عروس بیاویزند در درون جعبه های رنگی در روی سفره بود . ناروک را مستقیم پای سفره عقد بردند ، همه میهمانان آنشب کذایی حضور داشتند، پس از نشستن همه ،حسام الملک بلند شد و به کنار تخت آمد و چنین شروع به صحبت کرد .

" به همه برای اینکه در جشن شادی ازدواج دو نوه عزیز من اردلان میرزا پسر حشمت زمان و مشیر الدوله و ناروک خاتون دختر اردشیر میرزا و بی نظیر خاتون شرکت کرده اید تشکر میکنم . متاسفانه به دلایل مشکلاتی که سالها پیش برای اردشیر میرزا پیش آمد و سفر او به فرنگ و فوت بی نظیر خاتون ، ما نوه عزیزمان را گم کرده بودیم و خداوند را شکر که او را تصادفا یافتیم . من در اینجا از خاله او بانو ناصره بیگم و شوهر ایشان میرزا اسدلله افغانی تشکر میکنم که بهتر از یک پدر و مادر واقعی در تربیت وتعلیم و پرورش او همت گماشته و یک خانم به تمام معنی بار آورده اند. من امشب قبل از اینکه صیغه عقد جاری شود میخواهم اسم نوه عزیزم را تغییر داده و بیاد مادر عزیزش بی نظیر خاتون که متاسفانه فوت کرده و دیگر در بین ما نیست ، او را بی نظیر سلطان بنامم و خداوند را سپاس گزارم که این رحمت را در حق ما نموده و ما او را یافتیم . بی نظیر خاتون بخاطر اینکه ایرانی نبوده و از کشور هندوستان به اینجا بصورت میهمان آمده را من عروس ایران می نامم و به دخترم بی نظیر سلطان افتخار میکنم که در رکاب ستار خان قهرمان نامی ایران ، در راه مشروطه و آزادی خواهی جنگیده ودر باغ

اتابک زخمی شده و سهم بسزایی در راه مشروطه خواهی داشته ،من او را عروس مشروطه می نامم ..چون نه تنها باعث افتخار خاندان ما است بلکه باعث افتخار ایران و مشروطه خواهان هم هست"

ساعتی بعد صیغه عقدناروک و اتابک خوانده شد ، ناصره اشک میریخت و از خداوند تشکر میکرد که آنقدر عمر به او داد تا چنین روزی را ببیند . از طرف خاندان داماد و قوم خویش های اردشیر میرزا آنقدر جواهرات به ناروک هدیه دادند که ناصره بیگم نمیدانست چطور آنها را جمع کند چون دیگر در سرو گردن ناروک جائی نبود تا آنها را بیاویزند.

خانم ابتهاج السلطنه سکینه را مامور این کار کرد که هدایا را در کیسه ای جمع کند و در همان مراسم عقد دو کنیز به ناروک هدیه شد که پس از این کنیز مخصوص او باشند . قرار بر این شد که عروس و داماد فعلا در عمارت حسام الملک زندگی کنند تا عمارتی نو برای آنها ساخته شود و بسلامتی به عمارت خودشان بروند .

ناصره اشک میریخت و خداوند را برای چنین روزی شکر میکرد . هرچندکه غم ناکامی های بی نظیر نمیگذاشت تا او از این همه شادی لذت ببرد . اما خوشحال بود که یادگار بی نظیر را به دست پدرش رسانید. او از اینکه بی نظیر مرد و حقیقت را نفهمید خیلی غمگین بود کاش او میفهمید که اردشیر میرزا آدم بدی نبوده و آن ظلم ها را باو روا نداشته .

شاید روح بی نظیر هم اکنون به آرامش رسیده باشد که وصیّت او انجام شد و دخترش به آغوش پدرش بازگشت . اردشیر اشک میریخت وبیاد عقد غریبانه خودش و بی نظیر افتاده بود . آرزو میکرد که ای کاش بی نظیر زنده بود و چنین روزی را می دید ، بی نظیر چقدر آرزوی باز گشت به عمارت را داشت؟ سرش را بلند کرد انگار روی بهار خواب بی نظیر را می دید که لباس سفید زیبائی بر تن دارد و لبخندی بر لب و برای آنها خوشحال است ودست تکان میدهد . عشق او و بی نظیر هم مثل همه عشق های افلاطونی به قصه ها پیوست ، مگر نه این که میگویند عاشقانی ابدی میشوند که به هم نرسند، مثل شیرین و فرهاد لیلی و مجنون ، وامق و عذرا ، رمئو وژولیت ،حالا شاید باید اردشیر و

بی نظیر را هم به این نام ها اضافه کرد.

حتما حالا روح بی نظیر دیگر از او راضی شده و او را بخشیده ، اگر چنین نبود او ناروک را نمی یافت همین برایش کافی بود تا روزی که دوباره در دنیای دیگری بی نظیر خودش را بیابد.

جنگ جهانی اول ادامه داشت ، ایران از هر سو در محاصره بود . قوای کشور های خارجی از هر طرف بسوی ایران روان بودند .اما مردم غیور ایران بازهم مثل همه زمانهایی که خوشی و ناخوشی ، جنگ و صلح خونریزی و آرامش درکنار هم بوده و آنها به زندگی ادامه داده بودند. به همه این چیز ها عادت کرده و زندگی میکردند، جشن میگرفتند ، عروسی میکردند ، بچه دار می شدند و زندگی هم چنان ادامه داشت و مردم ، سربلند همیشه گی تاریخ ایران بودند.

پایان

خرداد ماه ۱۳۹۹

ژوئن ۲۰۲۰

لاگونا هیلز کالیفرنیا